浙江省一流学科（A类）温州大学"中国语言文学"学科资助出版

温州大学教学改革项目"高校文学类教材的教改研究（项目号：18jg24）"阶段性成果

"卖布丁"论文选集

U0733152

叙事与空间研究

孙鹏程　主编

中国国际广播出版社

图书在版编目（CIP）数据

叙事与空间研究 / 孙鹏程主编 . —— 北京：中国国
际广播出版社，2018.6
ISBN 978-7-5078-4212-8

Ⅰ . ①叙… Ⅱ . ①孙… Ⅲ . ①叙事文学—文学研究
Ⅳ . ① I0

中国版本图书馆 CIP 数据核字（2018）第 136265 号

叙事与空间研究

编　　者	孙鹏程	
责任编辑	刘　晗	
版式设计	宋晓璐·贝壳学术	
责任校对	徐秀英	

出版发行	中国国际广播出版社 ［ 010-83139469　010-83139489（传真）］	
社　　址	北京市西城区天宁寺前街2号北院A座一层	
	邮编：100055	
网　　址	www.chirp.com.cn	
经　　销	新华书店	
印　　刷	北京金康利印刷有限公司	

开　　本	710×1000　　1/16	
字　　数	175 千字	
印　　张	13	
版　　次	2018 年 8 月　北京第一版	
印　　次	2018 年 8 月　第一次印刷	
定　　价	52.00 元	

CRI
中国国际广播出版社　欢迎关注本社新浪官方微博
官方网站 www.chirp.cn

主 编 简 介

孙鹏程，男，浙江苍南人，浙江大学比较文学与世界文学博士，省级学会理事，主要研究方向为认知叙事学，在各级学术刊物上发表论文20余篇，其中有2篇为《新华文摘》全文转载、6篇为中国人民大学复印报刊资料全文转载，独撰专著2部，参撰专著2部，译著1部，主持完成教育部人文社科青年项目1项，参与国家社科基金2项（分别排名第2、第3），均承担实际研究工作，所参与的国家社科基金均已结项，并获得"优秀"等级，获省政府颁发的省哲学社会科学奖1项，市哲学社科奖、中国外国文学教学研究会优秀奖及省优秀学位论文奖等奖项6项。

内 容 简 介

　　近年来，叙事与空间研究成为外国文学研究热点，围绕这个核心问题，"卖布丁"研究团队发表了系列论文，多篇刊于《外国文学评论》《国外文学》等核心刊物。在前期研究基础上，我们编选了《叙事与空间》论文集，旨在推动叙事与空间研究进展。本论文集适用于中国语言文学、外国语言文学及空间研究等领域，对于外国文学爱好者也有一定启示。

目 录

《失乐园》中的堕落叙事与自由意志论

罗诗旻①

　　自由意志论是基督教神学中一个极富争议性的主题，成为历代神学家和信徒争论的焦点。上帝在创造人时是否赋予了他自由意志？自由意志是先于堕落的神赐特质还是堕落本身带来的？人的堕落是否完全出于人的自由意志？自由意志在其中起了怎样的作用？堕落是否是必然的？如果是，是什么决定了它的必然性？如果人的意志是自由的，那么堕落就不是人的必然选择；如果人没有自由意志，那么堕落是由什么决定的？上帝吗？问题问到这，已经有了渎神的意味。然而人是不会停止追问的，于是提问继续下去：如果是上帝注定了人的堕落，那是否意味着对"上帝全善"这一基本神学前提的否定？如果是上帝之外的力量注定了人的堕落，那是否意味着对"上帝全能"这一基本神学论断的否定？《失乐园》作为一部史诗，对自由意志与堕落的关系是怎样表现的？它用诗歌语言对以上问题进行了怎样的探讨，得出了怎样的结论？这就是本文试图解答的问题。

一、自由意志论的神学语境

　　以上一系列问题不光困扰着《失乐园》的作者，同样也困扰着历代神

---

　　① 罗诗旻（1980-），女，汉族，浙江工业大学之江学院副教授，博士，主要研究方向：英国文学。本文是教育部人文社科项目"文学伦理学视野下的失乐园研究"（项目编号：16YJC752016）阶段性成果。

学家与基督徒。因此,丹尼尔逊这样阐述自由意志论的论证过程:简单说来,自由意志论的提出是为了在"恶,尤其是道德恶的存在"这一前提下解决上帝全能和上帝全善同时成立的问题。其论证过程大致如下:上帝是全善的,因此祂的创造物也是善的,恶绝不是上帝的创造,因此,恶只能是创造物滥用自由意志导致的。上帝之所以将自由意志赋予祂的创造物是因为创造物的自由意志本身是一种重要的善,对它的剥夺便是对善的损抑。既然创造物的意志是自由的,那么上帝便不能操纵他们的选择,这并非是对上帝全能的否定,因为全能并不意味着实现逻辑上自相矛盾之事,即既将创造物变为受制于上帝的牵线木偶,又给他们赋予自由意志。因此,结论是上帝全能、全善及恶的存在这三个论断可同时成立,它们彼此并不矛盾。[1](P92-93)对于自由意志论,一直存在赞成与反对这两派观点。力挺自由意志论的神学家如阿尔文·普朗汀葛认为:自由意志是上帝赋予人的神圣权利,人既然自由,其中当然包括作恶的自由,正如上帝自由决定是否创世,创造物也自由决定是否作恶。[2](P20)反对自由意志论的神学家则认为:上帝全善意味着祂拥有消除恶的意愿,上帝全能意味着祂拥有消除恶的能力,在这两个前提下,上帝的全知意味着祂预先知道赋予人自由意志会导向罪和恶的造作,这一举动就与上帝的善的意愿相违背了。在约翰·欧文看来,两派争论的焦点集中在对这一问题的回答:是上帝的力量先于上帝的善还是上帝的善先于上帝的力量?按前一种观点,上帝的绝对全能先于上帝善的意志;按后一种观点,上帝的力量为祂的善所决定和规范,被导入某种秩序。[3]根据前一种观点的逻辑,上帝的全能当然包括控制人的意志的能力,人的自由意志就在本质意义上被否定了;而根据后一种观点的逻辑,人拥有自由意志意味着上帝不可能控制人的意志,但这种不可能性乃是一种有条件的不可能性。这一条件就是人的自由意志是一种重要的善,这种善超越了所有可能由它带来的恶,因此上帝赋予人自由意志具有充分的正当性,它恰恰证明了上帝的善。正如普朗汀葛所说,"若拔除某种恶的必要条件是同时拔除大于这种恶的善,那么一个好人绝不会拔除这种恶"。[2]（P20）自由意志论将自由意志本身的善的绝对优先价值视作理所当然的前提，而这一前提无疑是假设性的。丹尼尔逊认为这一假设性前提的提出与基督教思想中人与上帝的关系具有深刻关联。[1]（P97）在基督教神学看来，人与上帝的关系具有几个层面。首先，这是一种律法契约关系。这层关系集中体现在《旧约》的"十诫"中，上帝与人立约，人凭借对神圣契约的遵守成为上帝的子民。既然是一种契约，那么人即拥有守约或违约的自由。此外，人与上帝关系的第三个层面是"个人性"的层面。这种"个人性"集中体现在《新约》中的基督身上，基督降生为人彰显了神圣上帝倾身下顾的恩典，上帝通过基督的亲身受苦承负现世恶，拯救陷于罪中的人。否定人的自由意志就勾销了善恶的价值区分，取消了个人通过基督和圣灵重建与神圣上帝之间关系的意义。基于人与上帝关系的以上层面，丹尼尔逊认为："自由是人之为人的一个重要特质。如果要使爱有意义，自由就是必需的。"[1]（P101）

二、自由意志的堕落：从自由到奴役

基督教思想中尽管有着大量对自由意志的肯定与赞美，但与此同时创造物的自由意志始终与堕落和罪性纠葛在一起。不可否认，正是自由意志使得创造物的堕落成为可能。上帝并没有在创造物身上创造恶，恶是创造物自主选择割裂自身与上帝关系的结果，创造物自己需为此负责。那么，自由意志是怎样导向罪的？这一过程是怎样发生的？自由意志与堕落有着怎样的关系？《失乐园》对此是如何呈现的？《失乐园》对这一问题的文学性探讨表达对神义伦理有着何种意义？

首先需明确的一点是，《失乐园》自始至终都坚定地肯定自由意志的价值及其善的本质。在《失乐园》第三卷中上帝对祂赋予人的自由意志进行了专门的论述："如果不给人以自由，只照不得已行事，/显不出本心的主动，那么凭什么/证明他们的真诚、实意、忠信/和挚爱呢？意志也好，理性也好/（理性也包括选择），若被夺去自由，/二者都变为空虚无用的了，/二者成了被动，只服从不得已，/而不服从我，这样的服从，/有什么可赞赏？"[4]（卷三，85—86页）。在这段话中，上帝首先肯定了自由意志本身所具有的内在价值。即使它有被滥用的可能，但自由意志的善的内在价值使它远远值得这种冒险。其次，上帝认为，神与人、人与人之间的关系之所以有意义，自由意志是个必需的前提条件。事实上，它对于任何一种涉及忠诚、信仰与爱的关系都是如此。无论天使还是人类，自由意志都在创造之初便赋予了他们，这是神义伦理的第一要义，是上帝之道的正当性的表现和首要前提；此外，《失乐园》对自由意志的肯定与坚持还来自上帝与人之间的相似性这一重要关联。在第四卷中，"in true filial freedom placed"（《失乐园》卷四，291—294行）一句中"filial"（孝顺的）一词表达了造物主与人之间有如父母与子女间一样的家族关联；而第三卷中上帝在天国的宝座上俯视伊甸园，为的是"一睹祂的作品和他们（亚当夏娃）的作品""祂首先看到我们的始祖双亲"（《失乐园》卷三，64—65行），其次看到亚当和夏娃创造的"永生的欢乐与爱的果实"（《失乐园》卷三，67行），两个"作品"的并列再次强化了人与上帝之间的这种相似性关联，依照丹尼尔逊的观点，这种关联是创造物的自由意志的终极根据，创造物的自由来自他与神圣上帝的超越关联，与神性形态紧紧关联在一起。

因此，在这一背景下，创造物的自由就成了凭靠还是背离神性形态的意志抉择。对这两种抉择《失乐园》都进行了呈现，在这两种抉择中自由意志无疑有着不同的运作机制。作为一部展现人与上帝关系的原初断裂的诗歌，《失乐园》无疑更加关注第二种抉择，关注自由意志在堕落中有着怎样的蜕变过程，关注它是如何被滥用的。在《失乐园》中首先做出这种抉择的是撒旦。诗歌一开篇呈现在读者面前的就是已堕落的撒旦，这时的撒旦给人最深刻印象的就是他对"自由"的极度高扬："弯腰屈膝，拜倒在他的权力之下，那才真正是卑鄙、可耻，/比这次的沉沦还要卑贱"（《失乐园》卷一，7页），而"在这儿，我至少是自由的"。（《失乐园》卷一，13页）回溯到堕落前，他如此珍视的"自由"更是他鼓动反叛的演说中的关键词："难道你们愿意伸出头颈去受缚，/愿意曲下软弱的双膝在他面前？/不，我想你们是不愿意的，/如果我没有错认你们，/你们必也自知都是天上的子民，/本来不从属于谁，即使不完全平等，/却都自由，平等地自由"，"那么，论理性或正义，谁能/对平等的同辈冒称帝王而君临？/论权力和光荣，虽有所不同，/但论自由，却都是平等的"（《失乐园》卷五，190—191页）。在这里"自由"成为他选择背叛上帝的正当性依据。正是为了捍卫"自由"，他才起而反叛上帝的"独裁"决定。然而，事实真的如此吗？作为谎言的艺术家，深谙权术之道的政客，撒旦在下属面前的煽动性言辞显然不足为信，更可靠更真实的无疑是他独处时的自白。在《失乐园》第四卷开头撒旦那段著名的独白中，他唯一一次披露心迹，敞开自己的内心世界，直视其中的"地狱式的图景"。其中，他谈及自己反叛上帝的缘由："啊，为什么开战？由于我/以怨报德，真是对他不起"，"他对我的德，在我都变成怨；/我被升到那么高的地位，/便不愿服从，妄想再进一步，/要升到最高位，并且想在一时间/就把无穷无尽的恩债都还清，免得负债累累，还了又欠无尽期"（《失乐园》卷四，116页）。上帝赐予的恩典在撒旦这里成为一种债务，上帝凭此成为他的债权人，作为债务人，他需用感恩来偿还这一债务，而且这一债务的期限是无限期的永恒，撒旦将这看作对他的自由的剥夺和损辱。那些弯腰屈膝，"歌颂他的宝座，/他的神性，被迫歌唱哈利路亚"的天国居民不过是需要一个崇拜对象以便能把自己的自由转让给他的懦弱之辈。撒旦强烈地意识到自己拥有自由意志，但这种有着高度自我意识的"自由"感觉很快就有点不对了。撒旦紧接着做了一个奇怪的假设："如果他那强有力的命运注定我做个/下级天使，那倒要幸福得多，/不会有无限的希望，引起我的/野心！"难道这个强大的自由灵魂竟软弱到需要通过命运的强制来逼迫自己安于"奴隶"的位置？！这哪里是"自由"？他的假设并未止于此，撒旦继续沿着这个假设推想下去："可是那又未必！可能/会有别的天使

也有我这样的 / 权位，还妄想更高的地位，/ 我虽卑微，也会被引为同党"（《失乐园》卷四，116—117 页）。这就是说，即使命运迫使他无力反叛上帝的权威，他也会选择追随别的强大力量背弃这一神圣权威。但他仍然拒绝回归上帝的神圣权威，"因为被死对头刺得如此深透的 / 创伤，不会有真正的愈合；/ 那只会导致我更坏的逆转 / 和更深的坠落"，"所以 / 同我的不求和解一样，他也不给。/ 一切的希望都断绝了，看吧，/ 他放逐、摈弃我们，代以他的 / 新欢，人类，为他创造了这个世界"（《失乐园》卷四，119 页）。为了彰显高扬这一自由，撒旦遂将自我的主体地位抬高到至高无上的位置，为独一无二的个体自我赋予了绝对权力和价值，捍卫这个"自我"才是他弃绝神恩的更深层原因："你不是也有同样的自由意志 / 和力量，可以站得住吗？/ 是的，你有；但除了天上 / 自由的爱，平等地给予大家外，/ 谁又能拿什么来责难你呢？（此句笔者试改译为"你又能拿什么来责难谁呢？"，窃以为此译更符合诗句原意）/ 那么，我要咒诅他的爱"（《失乐园》卷四，117 页）。于是撒旦接下来宣称："别了，希望，别了，和希望一起的恐惧；/ 别了，悔恨！对我来说一切的善都 / 丧失了。恶呀，你来作我的善"（《失乐园》卷四，119 页）。这是以感性个体自我为价值终极依据的必然结果——弃绝希望，勾销善恶的价值区分，或说将区分善恶的权力从上帝那里攫取到自己手中。撒旦以个体自我的权利为依据"取消了一切崇高的、卓越的、神圣的东西"[5]（P345–346），他宣称："不挠的意志，/ 热切的复仇心、不灭的憎恨，/ 以及永不屈服、永不退让的勇气，/ 还有什么比这更难战胜的呢？/ 他的暴怒也罢，威力也罢，/ 绝不能夺去我这份光荣"（《失乐园》卷一，7 页）。更为诡异的是，通过这种荒诞的激情，荒诞本身似乎就被超越了，"那还有什么关系，如果我能不变，/ 屹立不动？"（《失乐园》卷一，12 页）"我们在这里可以稳坐江山，我倒要在地狱里称王，大展宏图"（《失乐园》卷一，12 页），撒旦自豪地宣告："最深的地狱，来吧，/ 来欢迎你的新主人吧！他带来 / 一颗永不会因地因时而改变的心，/ 这心是他的住家，在它里面 / 能把天堂变地狱，地狱变天堂"（《失乐园》卷一，12 页），这是一种与现代性生存心心相通的存在状态：在这种状态下，个体"本身就是自己的超越中心"，除掉他的"主观性宇宙外，没有别的宇宙"[6]（P125）。撒旦也多少意识到自身逻辑的荒谬，因此它必须鼓吹自由意志的强力，必须敢于绝望，敢于将一切恶的后果担负起来，这就是他在后来对"罪恶"和"死亡"所嘱咐的："去吧，要坚强！"（《失乐园》卷十，359 页）

三、结论

需要始终牢记的是，自由意志首先是上帝的神圣赐予，它与神性形态有着密不可分的关联，事实上，创造物的自由正是对造物主的自由的仿拟，体现的是他与创造主之间一种具有家族相似性的超越关联。所不同的是，创造主的自由是无限的，而创造物的自由则是有限的。上帝给创造物的自由施加了界限——在天堂，这个界限就是"天上众生灵都得 / 向他（圣子）屈膝，承认他是主宰"（《失乐园》卷五，185 页）；在伊甸园，这个界限就是"那棵能给你辨别善恶 / 力量的树，……不要去尝味它"（《失乐园》卷八，278 页）。被施加了界限的自由还是自由吗？撒旦认为不是，在他看来，给自由施加的任何限制都是对自由的败坏和剥夺，自由必须是无限的。但同时他又坚持"地位和等级，跟自由 / 不相矛盾，可以和谐地共存"（《失乐园》卷五，191 页）。一方面他凭恃高出其他天使的"地位和等级"，君临地狱，尽逞王者威风，甚至妄图取上帝而代之，成为宇宙的主宰；另一方面，他却又反抗"地位和等级"远高于他的圣子的统率，反叛处于"地位和等级"顶端的上帝，抗议上帝对他的自由施加的限制。从这一自相矛盾的双重标准可见他宣扬的所谓"自由"不过是他一己的自由，是他一己的任意妄为，只有他才拥有绝对的自由，而他人只有服从的自由和被奴役的自由。

自由本是上帝给予的，与神性形态紧紧关联在一起，一旦创造物割断这一关联，将有界限的自由变为"无限"的自由，并将其推进为无所不可为的强力意志，他的存在便成为荒诞的，这个荒诞的个我存在很快感到一个"渴求的空缺"，这是他与神性关联的断裂带来的必然结果，而且这个空缺是"怨恨的空缺"，于是"恶的造作便开始成为获得意义的必然中介"[7]（P403）。此时自由便成了担当恶的自由。由创造物与上帝关系的原始断裂带来的"欠缺"便是罪，它起源于创造物的自由意志对上帝为其设置的界限的跨越，而秉得自授的虚假无限性的自由意志在罪中的造作便是恶，恶就这样产生了，这就是恶的发生学过程。它并不是上帝创造的，而是创造物自愿背离神性形态的意志抉择，他自己需为此负责。将恶认作善，勾销价值区分，坦然接受价值虚无主义，必须有撒旦这样敢于绝望的强力，拥抱荒诞的精神，在堕落中不觉得可耻、在残忍和冷漠中不觉得难受的心肠。从撒旦的例子可清楚地看到，从捍卫自身自由到滥用这一自由再到剥夺他人自由，其间只有一步之遥。

【参考文献】

［1］Danielson D R. Milton's good God[M]. Cambridge: Cambridge University Press, 1982.

［2］Plantinga A. God, Freedom, and Evil[M]. Cambridge: Wm. B. Eerdmans Publishing, 1974.

［3］Owen J. A Dissertation on Divine Justice: Or the Claims of Vindicatory Justice Asserted (1790)[M]. Whitefish, Montana: Kessinger Publishing, 2010.

［4］弥尔顿.失乐园[M].金发燊，译.长沙：湖南人民出版社，1987.

［5］陀思妥耶夫斯基.被欺凌与被侮辱的人[M].冯南江，译.北京：人民文学出版社，1980.

［6］让-保罗·萨特.存在主义是一种人道主义[M].周煦良，汤永宽，译.上海：上海译文出版社，2008.

［7］刘小枫.拯救与逍遥[M].上海：上海三联书店，2001.

"鲁滨孙三部曲"的隐退和修行叙事

王晓雄[①]

一

《鲁滨孙飘流续记》开篇即引用了一句英谚:"骨中习性,至死难改。"这一习性指的就是鲁滨孙难以克服的漫游癖(wandering inclination)。在第一部中,鲁滨孙的父亲克鲁兹拿苦口婆心地数说中产生活的优势——既无困窘劳苦之忧,亦无富贵野心之累,试图收住鲁滨孙漫游的心。但鲁滨孙敌不过胸中的浪游欲望,硬是私逃出了海。笛福在《续记》中故技重施,克鲁兹拿的角色换成了鲁滨孙的妻子。其妻声泪俱下,说到鲁滨孙年事已高,不应该再出门冒险,一开始算是劝住了他,于是鲁滨孙在比德弗尔(Bedford)置了地产,举家都迁了过去。在那里,鲁滨孙只需要管理佣人,经营农田,衣食无虞,很有田园隐退的意思。但是妻子一死,他的漫游癖再次发作,不久,又往伦敦伺机出海了。

事实上,鲁滨孙对自身的漫游癖是有着反思的。但他事后对自己的行为进行检视时,言语常有不一:有时候觉得无比痛恨,认为这是魔鬼的撺掇;有时候又做自我辩护,认为这是天意的暗示。如果我们把漫游癖理解

---

① 王晓雄,汉族,1989年生,浙江大学人文学院比较文学与世界文学研究所,博士研究生,主要研究方向为18世纪英国文学。

① 王晓雄,汉族,1989年生,浙江大学人文学院比较文学与世界文学研究所,博士研究生,主要研究方向为18世纪英国文学。

9

为魔鬼的撺掇的话，那我们就可以将鲁滨孙的遭际对应到整个人类的历史。如杰拉德·吉列斯比（Gerald Gillespie）所言，鲁滨孙的"离家远游和重返故乡组成了那种暗示着《圣经》叙事形式的 U 形情节线的两根支柱"[1]（P121），即以个人的生活变化指涉了整个人类的反叛，受罚和得救的过程。那么鲁滨孙离父／妻的出海大概就对应着人类初祖从伊甸园的叛出。顺次而下，鲁滨孙的海难和流落荒岛便对应着受罚，在经过忏悔之后，离岛就意味着得救。在明了鲁滨孙历程的象征关系之后，我们还须仔细探讨其出海的缘由——漫游癖。事实上仅从鲁滨孙对自我癖性的解释，就可看出其言辞的含混性，这含混性大概也源于作者笛福自身的举棋不定。在《魔鬼政治史》中，笛福指出魔鬼一直在与上帝争夺对人类的掌控权，魔鬼没有大能，只能通过迂回的方式来诱惑人类。而人类的原罪，在笛福看来，并非内在于人性的罪恶，而只是一种可能为恶的自然倾向（在《家庭导师》中，笛福把人的罪称为一种存于心中的罪，似不同于固有的罪，因为在他看来，这种罪暗示着人们天性里只有为恶的自然倾向，因而可以通过文明的教化来扭转，使人向善，似乎是一种比较温和的原罪观。）[2]（P20-22），因此容易被魔鬼煽动而落实为真正的恶行。笛福的这一理解，似乎取消了原罪的本质论特征，将恶行和为恶之人分开；再者，因人类有为恶的倾向，魔鬼才有可乘之机，所以笛福笔下的魔鬼既真实地处于那个外在于我们的无形世界（invisible world），又内在于人心。回到鲁滨孙，显然在笛福笔下，其出海欲望是有魔鬼的诱惑成分在的，但某些时候，鲁滨孙又把它看作是天意的暗示。上帝和魔鬼的角力一直存在，从伊甸园中何以允许蛇的存在，到星期五对鲁滨孙的发问，为何上帝不杀死魔鬼？星期五这一貌似天真的疑问，其实也是鲁滨孙自身的困惑，他无法解决这个问题，并在小说里老老实实地承认。从这个意义上来说，鲁滨孙和星期五不像是主奴关系，倒更像是基督教的同修者。鲁滨孙的原罪——漫游癖同样存在于星期五身上，在英国人看来，美洲人的最大问题在于无法安定下来，鲁滨孙自己也不否认，在这一点上他们是相通的。况且，当星期五说到他们信仰的贝纳木基老人时，鲁滨孙断定他必是魔鬼幻化来蛊惑人心的。星期五和鲁滨孙一样，是受了魔鬼的煽动才变得堕落，鲁滨孙向他开示真神的存在，试图接引他到上帝的国土，而星期五的加入也使鲁滨孙得以在对话（笛福偏爱的叙述方式）中展开信仰的探索。二人在魔鬼问题上的犹疑，同样也是压于笛福头顶上的乌云。在《魔鬼政治史》中，笛福表达了自己的困惑："罪恶的种子如何从天使的天性里生出？如何在完美无瑕神圣的国度里生出？……野心、骄傲、嫉妒从何而来？无瑕的纯净里怎么能生出腐败呢？"[3]（P76）困惑之余，他又对撒旦的堕落大加赞赏："天使堕落了，他们犯罪（精彩！）于天国，而后上帝驱逐他们；他们的罪是什么尚不清楚，但是总之这是对上帝的背叛；所有罪必是如此。"[3]（P81）面对撒旦的堕落，笛福按捺不住在句中即高呼"精彩"，在他看来，魔鬼的存在证明了上帝允许背叛的选择，也为善恶做出了界分。笛福在讲述中似乎倾向于奥古斯丁的观点，即魔鬼并非一股独立的力量，而只是一个不顺从意愿的产物，一种善的缺失。此种善的缺失，便成为笛福虚构布阵的疆土：鲁滨孙是人类始祖的象征，而克鲁兹拿则遥远地暗指着上帝的力量，人类始祖和上帝的矛盾皆在于自我与服从的对抗。然而也未必说得上是矛盾，笛福既然为撒旦的堕落高呼精彩，又暗示上帝允许背叛的选择，那么上帝也一定首肯蛇在伊甸园中的游走，亦不会意外于人类始祖的背叛，换言之，他要给人类自由。如C.S.路易斯（C.S.Lewis）所言，人能背离上帝，只因上帝给予人自由意志，因只有自由意志之人才能去爱，才能知晓无限的幸福。[4]（P65）如此魔鬼就有意或无意地成为上帝交予自由的推手；恶也成为彼得－安德雷·阿尔特所说上帝的"无限权力的一个重要表演形式和神权谱系的一个表现"[5]（P86）。至此，笔者或可总结道，鲁滨孙的漫游癖既是魔鬼撺掇的恶欲，亦是上帝仁慈的恩典；上帝迂回地借由魔鬼之手来诱惑人类，是给予人类自由意志，让人类拥有选择的权利，因为唯有步出伊甸园，获得自由之后，再自主地将自由交还给上帝，那才是真正的信仰；同理，鲁滨孙逃离中产阶级的生活，亦是为了获得自由的权利，待了却航海与荒岛的征程而回归家园的时候，他才能够真正懂得人生的意义。

在第一部中，获得自由的鲁滨孙曾在荒岛发现一个山洞，一看见洞中有两眼荧荧，鲁滨孙吓了一跳，后来他知道那是一只濒死的公山羊。笛福惯会以征象吐露天意，这一带有哥特色彩的细节，也许和克鲁兹拿甚至上帝不无关系，鲁滨孙进洞听见山羊的好几声叹息，未尝不可看作其父的深重忧虑。并不是所有的儿郎出海都能全身而返，也并不是所有的子民步出伊甸园后都能寻回归家的道路。自由需要代价，如同《卡拉马佐夫兄弟》里伊万的控诉，在约伯的脚下躺倒千千万万被魔鬼诱惑而死去的身体，他们也是上帝的子民，为何上帝不理会他们。可伊万忘记了，人们要进的是窄门，注定有千千万万配不起自由的人，被挡在窄门之外。因此，从鲁滨孙的漫游癖入手，我们可以看见上帝仁慈的意图，他一方面不想子民们永远无知地把持信仰，因而借魔鬼煽动自由和智慧，另一方面又忧虑获得自由的子民将永远迷失归途，这当然是永恒的悖论。在明确罪之根源和父之仁慈之后，笛福在小说中希望经由鲁滨孙的隐退和修行向世人指示回归的路径。

二

在上一节中，笔者探讨了鲁滨孙出海和人类始祖步出伊甸园的类比性。鲁滨孙在第一部中逃离中产阶级生活，最终回返，在第二部中逃离比德弗尔的生活，最终也回返，那时候年逾古稀的他重申道他已懂得了隐退生活的可贵。这种古罗马诗人式的田园趣味并不是一开始的鲁滨孙所向往的，但是在世间行走一遭后，他最终还是选择了这一闲适型的隐退。在此，我们可以排出一条闲适型隐退的序列：伊甸园—中产阶级生活—比德弗尔，这是起点，亦是终点。人类/鲁滨孙的生活轨迹从叛离始，至回归终，内里心境却完全不同；被魔鬼诱惑的人类，虽则上帝放任魔鬼分派自由，但这自由会带来最严重的后果——执于自我，则野心、骄傲、嫉妒三毒俱全，也就永远背离了父。笛福在鲁滨孙的故事中，嵌入整个人类堕落的启示，也勾勒了回归的路径，之间的漫漫长夜是鲁滨孙艰苦的修行过程。

由于对鲁滨孙修行的讨论将涉及天主教式的隐退，故而笔者认为有必要区分这两种隐退。（布鲁伊特将比德弗尔代表的闲适型隐退和鲁滨孙荒岛修行代表的苦行式隐退统称为隐退神话，并认为此种隔离身体的隐退是不必要的，笛福并不宣扬这种隐退，反而是在驳斥。笔者认为笛福确实是在驳斥苦行式隐退，但是闲适型隐退作为伊甸园的隐喻而存在，指示的是人类堕落和回归的起终点，不可混淆，因此应对两种隐退做出区分。）[6]（P49-50）其一，以伊甸园为表征的闲适型隐退；其二，以其荒岛修行为表征的苦行式隐退。前者是起点，也是终点；后者虽是鲁滨孙修行的必由之路，但也只是权宜之法。

《续记》结尾，鲁滨孙在托木斯克遇见一位被流放的沙俄王子，可谓情投意合。王子虽处阴冷硗确之地，但远离俗世的龌龊和罪恶，得以滋养纯洁的灵魂，因而快活自在。鲁滨孙对王子极为赞赏，试图将王子救离流放地。王子经历心中短时的挣扎，最后表示，脱离此地未必是上帝恩典，倒也可能是魔鬼的诱惑；在此处并无任何引诱，他可葆有松快，倘若到了外边，浮华迷眼，又将成为灵魂可悲的奴隶。鲁滨孙听罢有些惊讶，无奈之下也只得作罢。可以说，沙俄王子的遭遇是对鲁滨孙荒岛经历的一个回应，也是笛福为阐释苦行式隐退而设立的一个对照组。

布鲁伊特曾梳理过隐退生成的历史语境，涉及出世沉思和入世行动的两种生存方式：从柏拉图的理念和现实，到亚里士多德的沉思和行动，以及伊壁鸠鲁和斯多葛学派的两种人生方式的争论，最终在斐洛手中，二者在基督教语境中得到调和，即沉思的生活须与宗教结合，具体表现为隐退和孤独，此后，沉思的生活便彻底占了上风，中世纪大量作家都以"舍弃此世"为名，以求获得来世的报偿。[6]（P45）故而天主教孳萌回避现世之传统，沙漠隐士和修道院，亦成为此种传统的标签。应该说，沙俄王子效仿的也是这个传统，习惯了清苦、隔绝的生活，俗世的纷扰很可能会搅乱王子心中的宁和。鲁滨孙自身在荒岛的数十载，也是一个物理隔绝的过

13

程，从最初拼命想要回归社会的执念，至渐渐以劳作和祈祷慰安的平静，只有当鲁滨孙不再执着于回归时，他才获致回归的希望。和王子不同，鲁滨孙最终回到了世俗，因为对他／笛福来说，天主教的隐退并非究竟之法。

在《鲁滨孙沉思录》中，笛福借鲁滨孙之口重述了圣保罗的事迹。《哥林多后书》中保罗说恐其所得启示甚大，过于自高，就有一根刺加于其肉体，他三次求过主，叫这刺离开他。鲁滨孙表示，圣保罗遭遇诱惑后并没有进入肉体的苦行，隔绝于人类或者进入沙漠斋戒，这些都只是圈套，他首要做的只是庄重地向上帝祈祷，于是上帝回应道："我的恩典足够你用的。"鲁滨孙补了一句，"足够"到不需要那些矫饰的禁欲和苦行。[7]（P16）因为在鲁滨孙看来，以宗教或哲学的名义远离人群，保持孤独，都只不过是骗术。按布鲁伊特的说法，天主教对俗世的消极回避显得软弱，清教徒的美德不在于此，而是要积极地抵御现世的诱惑，直至天国荣光的照临。[6]（P42-43）因而理想的修行方式是身处俗世之中，而心不为诱惑所转，鲁滨孙如此表达这种心境：

> 他人的悲伤和快乐对我们来说有何意味？也许我们是被同情的力量所打动，一种秘密的情感转变；但是所有的情感最终都导向我们自己。我们的沉思尽是完美的孤独；我们的激情皆在隐退中练习；我们皆在孤独和隐蔽中爱、恨、贪求和愉悦；我们与他人交流爱恨，不过是借助他们完成我们对欲望的追求；结局就是归家；所有的乐趣和沉思都是孤独与隐退；我们愉悦，我们受苦，也都是为我们自己。[7]（P2-3）

乍看之下，鲁滨孙的修行方式与天主教式的苦行颇为相似，皆要求精神上的隐退和孤独。不过，天主教式的隐修还要求物理意义上的与世隔绝，但清教式的修行则是在这个世界之中，与他人为伴，尽管其核心仍是自我的孤独。鲁滨孙还举例描述此种修行的体现，他谈到一个疏浚工人，那人没有家庭，因而无牵挂，社会地位不高，故可以苦难视角观照世事，其缄默的冥想引领他超出烦扰世俗。鲁滨孙指出那位工人只维持必要性的人际交往，而把大多数的时间用以与天堂对话。[7]（P14）倘若人人都能如这位工人一样，身处俗世而不为境转，内心始终保持孤独和隐退，那自然如鲁滨孙所说修行"不需要在野外，不需要山顶的修士小屋，亦不需要海中孤岛"[7]（P7），往世俗走便是了。然而以上鲁滨孙所描述的状态，已是修行之果了。普通资质的人一上来就立于纷扰的俗世，早已心迷意失，百千颠倒，哪来的孤独和隐退。在这一点上，沙俄王子显得特别老实，他放弃出逃，畏惧世俗的诱惑，亦无非是对自己的心念没有把握。天主教式的修炼者们也必定是持了这样的信念，对自身弱点看得明了，故先以隔离法外在地灭除欲望，毕竟若是在世俗诱惑中始终心意迷乱，则永远无法走上修行的正途。

因此，鲁滨孙提出的修行方式是有一定门槛的。与其说俗世间的孤独是一种修行方式，倒不如说是一种检验，检验其面对诱惑的抵御能力。毕竟一味的苦行和隔绝，易走向无知的寂静，则又复返伊甸园的状态了。如上所述，笛福暗示上帝首肯人类走出伊甸园，是为了交付自由，但最终仍希望人类自主地将自由归还，这才是真正自由的信仰。也只有从身体上的物理隔绝转为世俗间精神的孤独，才算得上真正的自由。大概也是为此，沙俄王子虽然拒绝了鲁滨孙的出逃计划，但还是把儿子托付给了鲁滨孙。其中有王子为父的眷眷爱意，也有自身对入世的苦涩寄托。

三

应该说，《鲁滨孙飘流记》在叙事上有着写实和说教的分裂，在一些论者看来，小说生存细节的描摹有多动人，其伴生的道德说教就有多恼人。毕竟，从《续记》可以判断，小说的叙述人乃是古稀之年的鲁滨孙，因而其叙事口吻也贴合一个历经沧桑、而今回望的老人，难免絮叨，偶尔前言不搭后语，且惯以事件来推动叙事（这恰恰是老人牵引往事的思维方式），更关键的是，除了一点倚老卖老的气息外，老年鲁滨孙对受众怀着热切的疼爱，特别是在宗教上，生怕自己说得不够明白。所以我们看到的关乎道德宗教的长篇大论，皆是老年鲁滨孙岁月钩沉一番演绎的结果。当真还原鲁滨孙的荒岛生涯，自然更近于沙漠隐士的景况。试想鲁滨孙孤身于荒野，入耳的不过自然大海的孔窍之声，必是以绝对的静默细细聆听来自无形世界的声音，又怎么可能是老年版本那样聒耳的喧哗。也只有一个静默的鲁滨孙才能捕捉到笛福所说的来自彼岸的"暗示和冲动"。

对鲁滨孙来说，修行的主要方式即辨析"走向天堂的最可靠的指南——上帝的语言"。按笛福在《幽灵的历史和真实》中的说法，存在四种灵体：上帝、人的灵魂、（善）天使和魔鬼。笛福宣称，上帝不会再以显现的方式出现于人世；至于人死后的灵魂，新教徒一般不认可天主教的炼狱说法，虽然内中仍有分歧和妥协，但有一点是大致可确定的，即亡魂没有再回人间的可能。故此笛福指出，若这世界出现了幽灵，那必然是后两种灵体——天使和魔鬼显形的结果。在笛福看来，无形的天使作为上帝的扈从和派遣，会下界来传达意旨，故有时需要借人形显现。当然，有时天使并不总是显现，也会通过警示、预兆、梦境、暗示、声音等来给人类启示。这种迂回的启示也成为笛福架构小说惯用的推进手法。《罗克珊娜》中先有罗克珊娜看见珠宝商情人遭遇不测的幻景，然后才有情人的真正遇刺；《摩尔·弗兰德斯》中，摩尔与杰姆分离之后，伤心痛哭，大喊："呵，杰姆，回来吧，回来吧。"十二里开外的杰姆清楚地听到摩尔的呼唤，当真回到了旅馆，事后，杰姆表示当时听到摩尔的声音和面对面一样真切。笛福并不畏惧以此超自然的因素编织情节，在鲁滨孙的故事中，梦境尤其令人记忆深刻。《续记》开头，鲁滨孙再次出海之前就已经把岛上要发生的事情都梦到了，最后证明是真有其事，鲁滨孙将之视为"神秘莫测的精神交流"。第一部中最关键的遭遇星期五之前亦是如此，鲁滨孙已经预先做了遇到野人的梦，与之后现实中发生的如出一辙。对彼岸世界启示和征象的阅读，造成了笛福在叙述上粗暴的因果链。他预先构拟了遭遇星期五的文本，生怕突兀，所以造一个梦境为因，实际遭遇为果，反而愈发显出情节架构的刻意性。因为 18 世纪的笛福大概还不熟悉草蛇灰线，伏脉千里的战略。在鲁滨孙当真遇到星期五后，笛福或许是觉出了这种刻意性，他没有让鲁滨孙把星期五带到城堡里，而是带到石洞里，并且借鲁滨孙之口解释说："我这样做，是因为我有意不让自己的梦应验不爽，因为在梦里，他是跑到我城堡外边的小树林里来藏身的。"但很多时候，笛福并没有这种难为情，他理所当然地就近设伏笔，甚至很多时候连伏笔也算不上，根本就是事到临头的简单预报，冒冒失失却有着创世纪的底气，神说"要有光"，就有了光。笛福借的正是神圣启示的特权，赋予鲁滨孙的也是潜心修行，倾听彼岸才有的荣耀。

鲁滨孙的想象力蓬勃旺烈，这是论家们公认的。当我们还原鲁滨孙孤身在荒岛静谧思索的景况，正是其想象的意识喷涌蔓延，将整个岛屿环境囊括其中，而小说叙述的增值也是通过其想象完成的。比如看到失事船只的时候，鲁滨孙陷入了狂想，"假如他们看见这个岛（我不得不假定他们并没看见），我想他们必然设法利用小船向岸上逃生，可是他们却鸣枪求救，如我所想，尤其他们看到我的火光之后，这件事，使我不仅产生种种想法。首先，我猜想……一会儿我又猜想……一会儿我又猜想……"鲁滨孙通过猜想制造出多个潜伏于意识的平行宇宙[8]（P184），所谓处于"叠加态"的多个可能世界。最终鲁滨孙表示所有这些想法，至多不过是他个人的猜测罢了，经由叙述人的持续观察和记录，把多个可能世界"坍缩"成一个稳固的虚构世界。如此看来，整个荒岛都是鲁滨孙意识上的布景，从海难到求生到解救星期五，都是在捕捉神圣天意的基础上幻化出的修行戏剧。毕竟真正的修行还是意识上的谦卑、静默和捕捉。此种意识的演绎法，在英国作家威廉·戈尔丁（William Golding）《品彻·马丁》（Pincher Martin）的创作中被发扬光大。只不过戈尔丁借人濒死中的意识狂想，状写以龙虾大钳（品彻，pincher）扼住死神的喉咙以求得个体生存的强执状态，马丁的求生意识缀连着他生前种种的恶行，也照应其当下的执迷。他拒绝被救赎，上帝问他信仰什么，他答曰只信仰自己的生命。对比马丁所受的天谴——对自我的执迷，鲁滨孙所做的是聆听天恩，并将自己融入上帝，如同《哥林多后书》所说，看见主的荣光，像从镜子里返照，就变成主的形状，如同从主的灵变成的。这可能也是笛福坚决捍卫三位一体，认为耶稣有着全然神性的原因，只有这样才能保证圣灵的纯正性，也才能为人类回归伊甸园提供可能。

因此我们看到鲁滨孙三部曲出现了叙述上的转变，前两部的场景和影像在第三部中消失了，代之以非人格化的声音。当天主教开始用造像去吸引教徒的时候，新教却以捣毁圣象为主张，重新效仿犹太教对可视图像的禁忌。笛福在这一点上，体现出纯净的新教特征，即重声音而缩减画面、图像的叙事功能。当鲁滨孙交付出自我，消融于神圣天意的时候，他就退场了，留下的是庄严的"上帝的语言"。

米歇尔·图尼埃（Michel Tournier）曾重述鲁滨孙的故事，题为《礼拜五：太平洋上的灵簿狱》。笔者认为其中的两个段落完满地契合了人类步出伊甸园之前和最终回归神圣世界的状态，亦可作鲁滨孙修行历程的两个注解。现摘录如下：

在烂泥坑里，他的身体沉没下去，浑身上下裹在湿软发热的泥浆之中因失去重量而得到解脱。但这样一来，水中有害健康的毒性挥发物使他神志混浑不清了……他依附于土地的各种联系全部解除了，沉陷在一种痴呆麻木的梦幻中，头脑只有零星片段的记忆流过，这些回溯到过去岁月的记忆在静止不动的、树叶交错的天空中飞舞。他回想起他还是一个小孩的时候，偷偷躲在他父亲大批囤积毛织品和棉织品的阴暗仓库深处那些阒无声息的时刻。[9]（P35）

"烂泥坑"的隐喻——"神志混浊不清"——"痴呆麻木的梦幻"——父亲的阴暗仓库，都指向一种昏聩无知的石头和动物的状态。就好比伊甸园的始祖，中产生活的鲁滨孙，是上帝想打破的没有自由的开端。

它们被认知，被品尝，被感到重量，甚至被烘烤，被刮平，被弯曲，等等，而不必非有那个认知、品尝、感受重量、烘烤等的我存在不可……我对于某一对象具有的意识在认识的初发状态下，我的意识就是这个对象本身，所以对象被认识、被感觉到了等，而无需任何人去认识、感觉到等……这个形象的说法不如换成另一个形象说法为好：自身发出磷光的对象，根本不需要光源从外部把它照亮……也许应该把我压缩成为那种内在的磷光状态才行，它会使每一种东西都被认知，不需要任何有意识地去认知的人，不需要任何有意识的人……啊，又微妙又单纯的平衡，多么不稳定，多么脆弱，多么珍奇！[9]（P92-95）

"磷光"的隐喻。泯灭主客二元的对立，将虚妄的自我压缩进整个自然，乃至整个上帝的国度。

因此，以烂泥坑为始，以磷光为终。我们可以说鲁滨孙的修行是上帝导演的一场仁慈的戏剧，伊甸园中无知无识的状态不算信仰，唯有拥有过自由再交出自由才是真正的信仰。获得自由和智慧之后，识得执迷的自我只是一场虚妄，识得手中握有的珍宝终将逝去，就懂得泯灭自我，成为升入上帝怀抱的"磷光"。好比水融入水，书隐入书，光返回光。

【参考文献】

［1］杰拉德·吉列斯比.欧洲小说的演化[M].胡家峦，等，译.北京：生活·读书·新知三联书店，1987.

［2］Defoe D. The Family Instructor[M]. Liverpool: H. Forshaw, 1800.

［3］Defoe D. The Political History of the Devil[M]. London: Pickering & Chatto, 2005.

［4］刘易斯 C S.返璞归真[M].汪咏梅，译.上海：华东师范大学出版社，2013.

［5］阿尔特 彼得-安德雷.恶的美学历程：一种浪漫主义解读[M].宁瑛，等，译.北京：中央编译出版社，2014.

［6］Blewett D. The Retirement Myth in Robinson Crusoe:a Reconsideration[J]. Studies in the

Literary Imagination, 1982,15(2).

[7] Defoe D. Serious Reflections of Robinson Crusoe[M]. London: W. Taylor, 1720.

[8] Seidel M. Robinson Crusoe: Varieties of Fictional Experiences[M]//Richetti J J. The Cambridge Companion to Daniel Defoe. New York: Cambridge University Press, 2008.

[9] 图尼埃米歇尔.礼拜五：太平洋上的灵薄狱[M].王道乾，译.上海：上海译文出版社，1994.

《蓝登传》与斯末莱特的不列颠帝国想象

张　陟①

虽然与笛福、菲尔丁、理查森和斯特恩并称为 18 世纪英国小说五大家，[1]（P78）托比亚斯·斯末莱特（Tobias Smollett，1721–1771）得到的批评关注却远不如前四位。伊恩·瓦特的意见颇具代表性。瓦特认可斯末莱特作为"社会记者和幽默作家"的才能，却批评其大多作品都在"主要情节和总的结构上有明显缺陷"，因此没能在小说传统中发挥重要作用。[2]（P335）然而，随着学界对英国文学传统内部之间差异性的不断关注，斯末莱特的独特性也日渐凸显。如果说小说是现代民族在历史与社会的变迁中定义与构建自我的重要手段，那么，在 18 世纪有关不列颠帝国的种种想象之中，缺少了来自苏格兰作家的声音，显然有失完整。这便是本文的缘起。

1707 年苏英议会的宣告合并是英帝国历史上具有标志意义的重大事件。随着大不列颠联合王国的成立，曾经相互独立、长期为敌的英格兰王国与苏格兰王国均不复存在。但是，合并对于两国造成的影响，却不尽相同。对于积极推进合并又在其中占据主导地位的英格兰重商主义者（比如笛福等人）而言，"英格兰无须改变其基本原则，只需将其经济利益定位为整个不列颠的利益，然后继续为不列颠在国际贸易中寻求一个与之前便

---

① 张陟，男，1974 年生，宁波大学副教授，主要研究方向为英美航海小说。

独自寻求的强大地位"即可。[3]（P165）对于相对落后与弱势的苏格兰而言，情况却大不相同。合并虽然保留了苏格兰原本独立的司法、宗教与教育体系，带来了至关重要的经济发展与社会改良的机遇，却也引发了一场深刻的民族身份危机。[4, 5]如果说英格兰不再是需要随时提防的危险敌人，而是必须共居一岛的强大伙伴，那么，苏格兰应该如何重新看待自身与英格兰相异的历史、语言与文化传统？如何在英格兰的文化与生活方式的直接影响下，维系乃至发展本民族的存在感与共同感？尤为重要的是，面对不列颠帝国在全球范围内不断开拓的贸易与殖民空间，如何建构一种与之适应的、建基于苏格兰土地之上的、又能超越苏格兰之地域局限的认同观念？这些便是 18 世纪以来苏格兰文化精英念兹在兹的历史命题。

《蓝登传》（Roderick Random）出版于 1748 年，讲述同名主人公从苏格兰家乡出发，历经英格兰、欧洲大陆、加勒比等地，最终返乡的旅行/冒险故事。现有论者已经注意到小说之中蓝登的主体建构与不列颠帝国之间的关系。苏格兰文学史专家罗伯特·克洛福德肯定了《蓝登传》作为"第一部以苏格兰人为主人公的重要小说"的地位，认为《蓝登传》的写作旨在纠正英格兰的历史偏见，为位处边缘的苏格兰人赢得认同。[6]（P55-75）列斯·戴维斯将《蓝登传》放置在 1746 年的库洛登战役（Culloden）的余波之中，认为斯末莱特对屠杀的刻意回避体现了其塑造共同身份的努力。[7]（P63-73）伊凡·葛特莱德延续了前两位论者的思路，并以大卫·休谟与亚当·斯密的道德哲学为框架，探索斯末莱特如何试图在《蓝登传》中为苏格兰人赢得同情。[8]（P63-72）以上论述虽均涉及《蓝登传》与不列颠帝国的关系，但许多与小说意义直接相关的问题，却依然没有回答。比如说，小说之中的蓝登曾三次进出伦敦，作为帝国中心的伦敦如何在小说中再现，折射了斯末莱特对英格兰怎样的态度？爱尔兰角色不仅贯穿作品始终，还在小说戏剧冲突最强烈的部分扮演了极不光彩的角色，他们在斯末莱特想象英格兰/苏格兰关系的问题上起了怎样的作用？同时，斯末莱特不仅将蓝登巧遇生父的一幕设置在巴拉圭，其他苏格兰角色也均在不列颠之外获得了财富与成功，如此设计的意义何在？笔者以为，如果说身份并非本质意义上的固有属性，而是自我在迁延的时空语境中不断变化与调整的建构行为，那么，以上几个问题便构成了作家在建构新的民族身份时相互联系但侧重不同的三个维度。以下，本文将从这些问题出发，尝试再现斯末莱特在想象不列颠时那个充满矛盾、反讽与张力的过程。

一、伦敦：魔鬼的王国

18 世纪的英国文坛领袖约翰逊有句名言："一个苏格兰人能看到的最壮丽的景色，是把他引向英格兰的那条公路。"[9]（P94）约翰逊的话虽带有英格兰人的傲慢与自大，却也点出了苏英合并之后，苏格兰人面对英格兰时的尴尬境地。18 世纪初期的英格兰依靠其开明的政治与经济体制，强大的海军力量与不断扩张的海外贸易，业已成为欧洲的一流强国，而苏格兰则因为相对恶劣的自然地理环境、落后的生产方式与屡屡受挫的殖民开拓行动，变成了事实上的二等公民。按照当时的统计，英格兰的人口约为苏格兰的 5 倍，但其关税与货物税收入却是苏格兰的 36 倍，土地税的收入则高达 41 倍。[10]（P44-45）两国在经济上的悬殊，令英格兰下院的托利派领袖爱德华·希摩尔爵士有过如下感言："与乞丐联姻的人，只能从她的嫁妆中得到一只虱子"[11]（P3-4）。合并之后，苏格兰人纷纷进入帝国首都，渴望在不列颠中心获取财富、地位与尊严。但他们面对的不仅有改变现状的压力，还有类似希摩尔和约翰逊一般的英格兰人无处不在的歧视与偏见。因此，如何舒缓乃至消解来自帝国中心的歧视，成为斯末莱特需要处理的首要问题。

初到伦敦，蓝登与同伴斯特拉普便感受到自己与帝国中心的格格不入。打算问路而未及开口，便遭到车夫"下贱的苏格兰跟班"[12]（P82）的辱骂（后文出自同一著作的引文，将随文标出该著名称首字，不再另注。英文版本参考 Tobias Smollett, The Adventures of Roderick Random, Oxford University Press，1979.）；酒馆的陌生人不仅侮辱蓝登的口音与发型，还以问蓝登行囊之中"装的是燕麦，还是硫磺"来挑起事端（《蓝》：83）。在约翰逊著名的《英语大词典》之中，燕麦是英格兰人用来喂马的饲料，却是苏格兰人的日常食物，而硫磺则影射苏格兰长老派教义之中，罪人在地狱之中遭受硫磺之火熏烤的说法。无论是市井街巷，还是政府衙门，针对苏格兰人的偏见可谓无处不在。军医处的考官得知蓝登来历之后，颇为不屑："我们英格兰近年来遍地都是你们苏格兰人，就像《圣经》里所说的埃及闹的蝗灾一样。"（《蓝》：113）斯末莱特有意以"燕麦"、"硫磺"、"蝗虫"和"老苏"（Sawney）等歧视言辞与行为，凸显苏格兰人在帝国中心被标记与边缘化的遭遇。

帝国的中心不仅排斥来自边缘的苏格兰人，也以其自身的腐败与堕落不断吞噬着几乎一切美德。在斯末莱特的笔下，无论是上流人士云集的贵族府邸、政府厅堂，还是绅士聚集的时髦剧院与咖啡店，种种看似代表文明、财富和权力的空间，实则是私欲密布的陷阱。蓝登到达伦敦的时刻，恰是英帝国与西班牙开战在即，帝国海军急需人手，即便此时，上至贵族议员，下至官员小吏，却依然以敛财为第一要务。小说颇具反讽的一幕由此而生：原本自愿加入海军的蓝登，因无钱行贿而无法入伍，走投无路之际，却在伦敦塔下被强行拉入了海军。不仅蓝登有从自由民变为近似奴隶的厄运，其余的善良之人均难以幸免。小说上下两卷各以两章的篇幅，插入两个独立的故事：其一讲述良家女子威廉斯受人诱惑进入伦敦，屡经磨难而沦为妓女的经历；其二讲述诗人麦洛波因虽富有才华，却屡遭欺骗无法得志，最终身陷牢狱的经历。蓝登虽与威廉斯性别不同，但其被伦敦诱惑与吞噬的经历却如出一辙，而麦洛波因更与当年斯末莱特携带悲剧《弑君者》赶赴伦敦，希望一展才华却始终不得志的经历颇为相仿。[13]（P53-57）因此，两个插入的章节不仅不是离题之举，反而与蓝登的叙事互为映衬，既从小说主题上也从小说结构上强化了伦敦作为"魔鬼的王国"的想象（《蓝》：97）。

经历第一次的失败，蓝登曾感叹"天地之大，唯有在英格兰这个国家，老实的穷人最难生存"(《蓝》:301),并表示再也不愿意回去。如此描写,也从一个侧面折射了合并之后,苏格兰精英阶层对英格兰欲迎还拒的矛盾心态。一方面,苏格兰人渴求进入英格兰,从其迅速发展的商业文明之中受益;另一方面,则担心都市的腐败与堕落会影响苏格兰人的"质朴天性"。而小说中的伦敦的确并不仅仅是供人穿行的场所,更具有改变与形塑主体的力量,这一点,从蓝登重回伦敦,假冒绅士以追求富有女继承人的变化便可看出。斯末莱特以喜剧手法,挪揄了主人公以不断习得的风流伎俩,追求数位阔女子的情景。但反讽的是,蓝登的第二次伦敦之行,不仅诱骗计划屡遭失败,本人还险些成为喜好男风的英格兰贵族的猎物,折损财物不说,最终还因诈骗被关入监狱。在蓝登从被动受害到主动骗人的转变之中,作为中心的伦敦显现了引人堕落的可怕力量。同时,斯末莱特也以伦敦对蓝登的屡屡拒斥明确宣示,苏格兰人不要将希望过多地寄托在英格兰的现有财富上,而应该将眼光放到更加广阔的外部世界。

笛福曾在游记中如此写道:"现在,我接近了本书的中心,因此,我也要开始描述英格兰的伟大中心——伦敦城。"[14](P53)伦敦在不列颠帝国的中心地位,既建基于政治经济等物质现实,也得益于类似笛福等人推动的无数次的话语建构。但在《蓝登传》之中,斯末莱特则展现了一种与英格兰人颇为不同的"情感的地理分配":伦敦既难称"伟大",更不是苏格兰人的归依之处。这种情感也曾在斯末莱特的信中有所表达:"英格兰人对他们在特威德河对岸同胞的嫉妒,自合并之日起便时不时表现出来……最常见的怨恨是针对苏格兰人在英格兰取得的成功、财富和声望……"[15](P79)似乎是有意挑逗英格兰的"嫉妒"与"怨恨",临近小说结尾处,斯末莱特让蓝登以殖民地获得的巨额财富顺利锁定了婚姻,并以"大仇得报"的快感在伦敦炫耀一番,之后才返回苏格兰。蓝登不仅在苏格兰购回祖产,还得到家乡父老的热烈欢迎:"世界上只有苏格兰的农民和地主的感情最好,这些农民爱我们几乎爱得要把我们吞下肚去。"(《蓝》:537)从小说内容上看,蓝登之父已离家多年,而蓝登则少时顽劣,

"在村子里有流氓的名声"（《蓝》：9），但多年的消隐与少时的恶名并不妨碍斯末莱特将两人描绘成凯旋的英雄与归家的主人。与在伦敦时始终位处"他者"的遭遇相比，只有在苏格兰，蓝登才找回当家作主的感觉。不难看出，斯末莱特以蓝登三进三出伦敦而最终返回苏格兰的过程，不仅否定了英格兰在联合王国中的道德优势，舒缓了苏格兰人面对英格兰时可能的焦虑情绪，也以来自殖民地的财富，为苏格兰在不列颠之中的困境指出了另一种可能。

二、国家如船

《汤姆·琼斯》之中，主人公苏菲亚曾如此评价堂姐哈丽特的不幸婚姻（哈丽特远嫁爱尔兰，丈夫却在婚后出轨）："的确，哈丽特，我真打心里同情你！……可是你还能指望什么呢？你干吗，干吗要嫁个爱尔兰人？"虽然后者立即用"爱尔兰的男人中间也有和英国男人一样品德高尚、讲求信义的"[16]（P660）为自己的选择辩解，但她婚姻失败的境遇，却无力反转小说中爱尔兰人"品德低下、不讲信义"的预设命题。如此偏见也贯穿《蓝登传》始末。但与菲尔丁不同的是，斯末莱特既在两性关系中贬损爱尔兰人，也将"污名化"的处理方式延续到了政治/军事语境之中，这一点在小说的航海叙事部分尤为突出。贯穿小说始终的爱尔兰"贱民"，成为斯末莱特建构苏格兰自我与想象不列颠时的重要他者。

蓝登在追求个人成功的道路上，处处有爱尔兰竞争者的身影。初入伦敦，蓝登便遭遇了爱尔兰军官欧唐纳的挑衅。此人与药店老板的妻女有染，并出于嫉恨偷袭蓝登，险些要了蓝登的命。蓝登则以暴制暴，不仅设计将其痛殴一顿，还暴露了"这位爱尔兰英雄乃是专找有钱女人结婚"的真相（《蓝》：139）。再入伦敦，追求美林达时，蓝登在决斗中击败了另一位颇为愚钝的爱尔兰军官欧立干，但与对待欧唐纳不同，得知其生活窘迫之后，蓝登不计前嫌，慷慨赠与财物，赢得了欧立干的誓言："就是世界上的女人都绝了种，也不再想美林达了。"（《蓝》：371）同为英格兰女性与财富的追求者，蓝登虽有欺骗的初衷，却有变化的过程——乔装打扮成绅士在先，出海冒险获得财富在后，其后，更以不计未婚妻毫无财产而依然坚守诺言的行为，证明了对感情的忠诚。如果说"民族是一个想象的社区，而想象过程则充满性别意味"[17]（P180）的话，在这样一场苏格兰与爱尔兰男性竞相对英格兰女性示好的求偶竞赛中，蓝登以行动与承诺证明了苏格兰男性的价值，也将爱尔兰竞争者留在了贫穷与不忠的泥潭中。

斯末莱特显然不满足于仅在两性关系中击败爱尔兰对手，他还利用了一个更为宏大的历史事件和更为激烈的冲突展现苏格兰人的价值。1740年 3 月至 1741 年 9 月，斯末莱特以军医二副的身份随皇家海军远征时属西班牙的加勒比港口卡塔加纳（Cartagena），参与了"詹金斯耳朵之战"（the War of Jenkins' Ear）的核心部分。此战虽以英国失败而告终，却拉开了英帝国全面统治海洋的序幕。[18] 在《蓝登传》之中，斯末莱特不仅描绘了伤亡惨重的战争场景，暴露了帝国海军极端恶劣的生活与医疗条件，批评了海陆军将领不合而招致失败的军中内情，更为重要的是，他充分利用"军舰"这一帝国扩张的载体与象征物，以亲历者的眼光、口吻和遭遇凸显了蓝登在不列颠帝国之中扮演的开拓者 / 受难者的双重角色，在充分证明苏格兰对帝国的忠诚与价值的同时，把爱尔兰对手钉死在了帝国的耻辱柱上。

1739 年 8 月至 1740 年 10 月之间，英国海军遭遇了 18 世纪最严重的斑疹伤寒（typhus）的袭击，伤亡惨重。（英国海军有约 25000 人染病，占海员数一半，其中 2750 名身亡，1976 名被迫退伍。）[19]（P140）[18] 小说如实再现了当时疫情的严重与帝国海军恶劣的生活与医疗条件。仅蓝登所在的"雷霆号"一舰之上，便有五十多位病员挤在黑暗狭小的舱房之中，难见天日，缺乏通风，舱内满是排泄物，病员身上爬满蛆虫。但是，爱尔兰船长欧克姆与军医麦克贤不顾病人病情，勒令全体病员上前甲板接受检阅并恢复工作，虽然此举遭到正直刚烈的威尔士大副摩根和蓝登等人的抵制，但船长依旧一意孤行。小说之中最富黑色幽默的一幕出现在第二十七章：肋膜疼痛并吐血的病人，被强迫操作抽水机，认为这样可以帮他咳嗽得更痛快些，不到半小时，"一股血从他肺里像洪水似的涌出来，塞在喉咙里，把那人给呛死了"（《蓝》：202）。患水肿病的病人，被认为是好吃懒做之后的肥胖，在九尾鞭的逼迫下爬上桅杆，落入海中险些淹死。毫无人情的摧残之后，船上病人只剩下不到一打，而舰长和医生却在"庆祝为国王和国家立下的功劳"（《蓝》：203）。军舰上的疫情与极端恶劣的生活和医疗条件固然可怕，但更可怕的则是在封闭的空间与严酷的等级制下肆意妄为的爱尔兰人。

蓝登与摩根、汤姆逊等人在军舰之上尽职地医治病患，却遭到麦克贤的嫉恨与迫害，先被绑缚在军舰栏杆上经历战火，后被诬陷为意图谋杀船长而公开审判。蓝登在军舰上遭受的无端迫害也在此达到顶点。船长与军医大权在握，貌似公平地审判蓝登等人，却在审判之中被蓝登暴露了两人既无学识又无操守的卑下品行。尤其重要的是，蓝登还借机揭露了爱尔兰船长与军医虽自称新教徒，却实为天主教徒的真相。伪信的揭露之所以重要，与1748年小说出版前后英国国内的政治氛围密切相关。苏英两国之所以在1707年达成合并协议，核心原因之一便是英格兰需要得到苏格兰的合作，共同对付天主教的法国与其支持的詹姆斯王党人的复辟威胁。历史上，苏格兰不仅与英格兰多有战事，且与法国多次结盟，以前后夹击之势，对英格兰造成过重大威胁。即使在苏英合并之后，试图夺回王位的詹姆斯王党人先后发动多次叛乱。1745年，有"小僭越者"（the Younger Pretender）之称的查尔斯·爱德华·斯图亚特在苏格兰集结天主教支持者，一度率军逼近伦敦。（詹姆斯王党人的军队在1745年11月初南下进入英格兰，但由于缺乏法军策应，加之英格兰军队的迅速集结，被迫在12月6日从德比郡北撤。）[20]（P40）[21]（P300-325）虽然许多反对复辟的苏格兰清教徒加入了英军，战争也以英格兰的胜利而告终，但却无法避免加剧英格兰人对苏格兰人原本就有的怀疑与仇恨。[22]（P57-58）在这样的时代氛围中，便能看出"雷霆号"上蓝登受审的象征意义：斯末莱特是以蓝登在帝国军舰上遭遇的构陷与迫害，暗喻与戏仿了当时苏格兰人在帝国之中受到的怀疑与指责。虽然是被强征入伍，蓝登却既有正宗的清教徒（长老派）信仰，又尽职尽责地履行了军医使命，确是帝国难得的忠实臣民。真正应该接受审判的，则是如欧克姆和麦克贤一般冒充新教徒的爱尔兰天主教的"僭越者"。

国家如船（ship of state）是西方政治中的常用隐喻。早在《理想国》之中，柏拉图便以此为喻，探讨城邦内部的领导权问题。对于 18 世纪的岛国不列颠而言，海洋既是贸易与扩张的便利通道，又是防御外敌进犯的必争之地，而皇家海军的忠诚、团结与能力，直接关系帝国的安全、自由与繁荣。巧合的是，著名的《不列颠统治海洋》（Rule Britannia）一诗也诞生在 1740 年，即"詹金斯耳朵之战"进行之中。在这首意图鼓舞爱国热情与肯定扩张冲动的诗中，"不列颠"先后完成"消灭独裁"与"驱逐暴君"的光荣使命，业已成为"伟大神圣"的国度，如今不仅要击败来犯的外敌，最终还要"统治海洋"。诗作者为苏格兰人詹姆斯·汤普森（James Thompson），诗作原为戏剧《艾尔弗雷德》的一部分，经托马斯·阿内（Thomas Arne）谱曲，在英国广为传唱，具有类似英国皇家海军的军歌甚至英国国歌的地位。由于形象再现了"清教、商业、航海、自由"等1730 年代之后兴起的英帝国精神，这首诗也成为不列颠帝国主流意识形态的最佳表达。[23]（P173）与此诗渲染的不列颠民族仿佛先天便具有的共同历史与命运的宏大叙事不同，《蓝登传》则从一艘军舰的内部出发，展现了帝国之船上深刻的矛盾与分裂。"雷霆号"上极端恶劣的生活条件，皇家海军类似绑架一般的强制征兵行为，依靠鞭笞等酷刑手段维持的纪律与等级制，与诗中颂扬的英帝国之"伟大神圣"与"自由幸福"形成鲜明对比，而爱尔兰船长对苏格兰船员（蓝登、汤姆逊）和威尔士大副（摩根）的迫害，更与诗中鼓吹的各民族同仇敌忾、共御外敌的团结一致无从调和。需要特别指出的是，现有的批评大都指出了斯末莱特以蓝登的种种不幸为苏格兰人在帝国之中争取同情的努力，却少有提及他在小说中再现爱尔兰角色时表现出的民族偏见。这种在英格兰面前扮演受害者以求同情，同时却污名化爱尔兰人以彰显忠诚的双重他者化过程，恰恰反讽地折射了帝国内部与生俱来而难以化解的民族隔阂与认同危机。

三、梦圆加勒比

在《文化与帝国主义》一书中，萨义德提醒读者注意，诸如菲尔丁、理查森和斯末莱特这样看似"并没有把他们的小说与在海外积累财富与土地结合起来"的作家，实则与帝国扩张有千丝万缕的联系，而读者需要用批判的眼光去发现："《克拉瑞莎》和《汤姆·琼斯》中的空间是由两部分合一而成的，一方面是国内对于帝国在全球的存在和统治的配合，另一方面是在空间的活动与对空间的扩张的实际描述。这个空间必须要有人占据，有人享受，然后才能谈到对它的控制和限制。"[24]（P96）

萨义德的洞见为笔者讨论《蓝登传》中关于帝国扩张的描写提供了支点。苏英合并之前，受到西班牙、法国与英格兰等海上强国从海外贸易与殖民中攫取巨大收益的诱惑，苏格兰人也跃跃欲试，试图在巴拿马的达连（Darien）建立专属殖民地，能够更为便利地与非洲与美洲等地进行贸易。但是，由于航行准备不足、指挥不当、竞争对手西班牙的打击和缺少英国的经济与海军支持等原因，历经数年的三次远航均告失败，人员损失超过2000，经济损失则高达15万到20万镑，沉重的打击令苏格兰的海外扩张从此一蹶不振。[25]（P24-38）从这样的历史语境出发，《蓝登传》之中许多关于加勒比的情节，便既是斯末莱特本人在殖民地生活的经验再现，也体现了为苏格兰人重建殖民信心的愿望。更为重要的是，通过想象苏格兰群体在帝国扩张的空间之中"占据"和"享受"的成功经验，可以看出斯末莱特在肯定帝国扩张的合法性基础之上，试图超越英格兰/苏格兰之间的历史与情感纠葛，为苏格兰人在更为广阔的帝国空间之内建构新的认同的努力。

小说之中，即将从金斯顿返航前夕，蓝登巧遇了"雷霆号"上的旧友汤姆逊。此人因忍受不了船长与军医的折磨而投海自杀，却流落到金斯顿，成为当地种植园的总管。短暂的相聚之中，汤姆逊总以"各种家禽、鲜肉、柑橘、柠檬、菠萝蜜、麦地拉的白酒和上好的甜酒"招待蓝登（《蓝》：259）。丰盛的酒宴与舒适的生活，让蓝登颇为感慨："这短短的十天是我一辈子最舒服的日子了"（《蓝》：259）。而蓝登在殖民地的经历并非纯然虚构。在"詹金斯耳朵之战"进行期间与结束之后，斯末莱特本人曾在金斯顿居住，并与当地种植园主的女儿安妮·拉塞尔斯（Anne Lassells）结识成婚。传记作者路易斯·科纳普曾为斯末莱特竟然没有将"金斯顿的奴隶、市场、奢华与野蛮"写入小说而颇感诧异。[13]（P40）其实，从蓝登自述如何在金斯顿接受汤姆逊的慷慨招待，以及由此发出"一辈子最舒服的日子"的感慨中不难看出，殖民生活的快感已经结结实实地进入了斯末莱特的记忆之中。同时，比吃喝享乐更为实在的，或许是斯末莱特的殖民地联姻给他带来的财富承诺。安妮一家在 17 世纪便到达牙买加垦殖，生父与继父均是当地的种植园主，安妮虽然年仅 20，却已是两万英镑遗产的共同继承人。[13]（P39）斯末莱特虽然没有在加勒比寻回巨富的父亲，却也从殖民地找到了财富的来源。

《蓝登传》无处不在的"机械降神"之中，最核心的当属蓝登随舅舅出海贩奴，在巴拉圭巧遇生父的一幕。这次意外的相逢，不仅令小说情节首尾呼应，结构更加完整，更重要的是，与被迫离开家乡时的穷困潦倒不同，蓝登的生父不仅已是具有贵族头衔的"罗德利哥"先生，还依靠在此地多年的贸易与经营，获得了超过三万五千镑的雄厚资产。正是凭借这笔财富，蓝登才能摆脱一直以来在穷困、低贱与漂泊中度日的状态，充满自信地回到英格兰，实现命运的决定性反转。也正是在父子相逢的喜悦中，罗德利哥先生评价了蓝登冒险与旅行的意义："不幸的遭遇可以增长人的见解，改善人的心地，锻炼人的体质，使一个青年能够担当起生活的责任，同时能够知道怎样享受人生，这是在富裕的环境中所受的教育万万不能达到的"（《蓝》：514）。这番混杂着父亲与作者双重身份的权威论断，对无数出身低微、渴望财富与成功的苏格兰年轻人而言，既肯定了贫穷与冒险的积极意义，又以先行者的经验，为他们指明了克服不幸的现实出路。

进一步说，英帝国在海外不断拓展的空间不仅是蓝登父子的财富之源，也是美德与善行得以报偿的唯一场所。《蓝登传》视野广阔，苏格兰、伦敦（英格兰）、欧洲大陆等地均有再现，涉及人物众多且阶层分布广泛，但其中的正面人物唯有到达帝国边缘从事贸易或垦殖才能获得财富，美德也才能得到报偿。蓝登的生父追求婚姻自主，在苏格兰遭到祖父的严酷对待，家破人亡，流落到加勒比之后，受到当地贵族的信任与提携，置下丰厚产业；汤姆逊，正直善良，在"雷霆号"上饱受爱尔兰军医折磨，被逼投海自杀，到达金斯顿后，不仅发家致富，还娶了种植园主的独女，生活富足；蓝登的舅舅包凌，正直纯朴，一生为英国海军服役，只因与船长欧克姆不和，被迫四处漂泊，却也因为从事殖民贸易而日渐富裕。当然，与对待爱尔兰群体的态度相似，斯末莱特只看到苏格兰人遭受的种种不公，却无视非洲与加勒比的黑人和奴隶更为悲惨的命运。蓝登借以发家的奴隶只是"令人不快的货物"，而他对自己贩奴经历也仅是一笔带过："自从离开几内亚以来，我一直服侍着那些黑奴，着实是件苦差事，现在这批令人不快的货物已从船上卸走，我才开始享受一番，呼吸着巴拉圭的清爽空气，很是愉快。"（《蓝》：509）这一点上，斯末莱特没有超越他的时代。

《蓝登传》中的海外冒险之所以如此重要，因为其直接涉及斯末莱特如何看待苏格兰与英格兰的相互关系。如前文所述，定义苏格兰的自我，离不开英格兰的镜像作为参照，但两国之间的关系却颇为复杂。一方面，英格兰强大而傲慢，历史上苏格兰多受其辱，两国之间颇有嫌隙，尤其是1746年库洛登战役（Culloden）之中，英格兰军队对高地人的屠杀与随后的清洗，更对苏格兰民族情感有严重伤害。[26]斯末莱特曾以"苏格兰的眼泪"（The Tears of Scotland）一诗，表达哀悼与义愤：热血浸润我的静脉，被无法忘却的记忆占据；祖国遭受的命运，在我赤子般的胸中激荡；面对敌人的侮辱，我同情的诗句流淌：哀悼吧！不幸的加勒多尼亚！哀悼吧！你被放逐的和平，你被摧残的桂冠！（斯末莱特此诗作于1746年，被称为"或

许是他一生中最好的诗作",后经谱曲之后,流传甚广。)[13](P57-61)

另一方面,英格兰稳定的宪政制度,繁荣发达的工商业体系,强大的海军与殖民扩张能力,又是苏格兰未来发展必须依靠的力量。柯林·基德指出,至18世纪中期,苏格兰精英阶层大都已经认可,由英格兰开辟的政治、经济与社会发展道路,也将引领苏格兰走向现代化,而苏格兰所需要做的,则是跟从在英格兰身后以便收获自由、权利和财富的果实。[27]这种对英格兰在情感层面的拒斥与理性层面的认同,既是18世纪中期苏格兰精英阶层普遍面临的问题,也是斯末莱特试图在小说中予以处理的主题,而他的解决之道,便是如《蓝登传》中想象的那样,以不列颠帝国的扩张超越英格兰/苏格兰之间的对立,从更大范围的海外冒险之中找回苏格兰人的财富与尊严。

美国学者迈克尔·赫科特以"内部殖民"(internal colonialism)的模式解释英苏合并之后的相互关系,强调英格兰在帝国政治与经济上对苏格兰等民族的强势与控制地位。[28]戴维·阿米蒂杰对此有不同观点。在他看来,英帝国的扩张既有来自伦敦中心的政治与军事规划,也有来自帝国内部不同民族的社会精英与知识阶层的广泛倡导,更有位处边缘和底层的商人、士兵和开拓者在追求财富、平等与呼吁帝国保护时由下而上地推进。[23](P181-182)柯林·基德更是明确指出,对18世纪受过教育而贫穷的苏格兰人来说,"或许要比他们的英格兰同伴更愿意到帝国遥远的角落中去冒死亡和疾病的危险",而在这一过程中,"他们也与英格兰人一样,压迫着非白人的族群"。[29](P371)从蓝登的冒险经历不难看出,小说既再现了英格兰/中心对苏格兰/边缘的歧视与压迫,又肯定了苏格兰社会,尤其是底层民众对不列颠帝国扩张的热情与贡献,展现了苏英两国在帝国扩张中的一致利益。正是有无数诸如蓝登、包凌、汤姆逊等苏格兰群体为帝国海军与殖民事业的效忠尽力,不列颠帝国才得以将扩张的触角不断伸向远方。历史的发展也验证了斯末莱特的小说预言。18世纪30年代之后,随着英帝国势力的不断扩展,无论是在东印度公司、北美殖民地,还是在南美洲与加勒比地区，苏格兰社会的各个阶层均不同程度地卷入了帝国的海外拓展。其中既有大名鼎鼎的罗伯特·亨特、亚历山大·斯波兹伍德、亨利·杜达斯，罗伯特·亨特（Robert Hunter）曾任纽约与牙买加总督，亚历山大·斯波兹伍德（Alexander Spotswood）曾任弗吉尼亚军事首领与总督，而亨利·杜达斯（Henry Dundas）曾长期掌管东印度公司，对英政府的印度事务政策影响巨大，三人均为苏格兰人，[30, 31] 也有无数默默无闻的士兵、医生、商贩、农民、文职人员等。毫不夸张地说，在不列颠帝国向全球扩张的事业中，处处可以看到苏格兰人征讨、垦殖、贸易、航运与管理的身影。（苏英合并之前，苏格兰人口外流的主要目的地是欧洲，且以雇佣兵为主。1700 年之前，只有不到 6000 名苏格兰人到达美洲。苏英合并后的五十年内，此数字便达到了 3 万，而在整个 18 世纪，仅到达北美的苏格兰移民便超过了 15 万，而同期苏格兰的人口约为 100 万。）[32, 33] 与此同时，帝国的海外军事征服、贸易拓展与领土扩张，不仅为苏格兰开辟了巨大的市场与原料供应地，缓解了人口与粮食供给的压力，也有力地促进了国内工商业的发展，为苏格兰政治、经济与社会的现代化转型奠定了基础。（以烟草贸易为例，1738 年苏格兰的烟草进口仅占不列颠的 10%，到 1765 年，此数字飙升至 40%，格拉斯哥也由此成为大西洋两岸新的贸易中心；而亚麻作为苏格兰在 18 世纪最重要的产业，在 1768–1772 年的出口量要比 1736–1740 年翻了四倍。）[32]（P105）可以说，正是来自殖民扩张的巨大的共同利益舒缓与掩盖了苏英民族间的分歧，不断推动着对不列颠帝国认同的最终形成。

结语

著名英国史学家琳达·考利曾把 18 世纪南下的苏格兰人的命运分为了四类：第一类在梦想幻灭之后尽快回了家；第二类尽管留在英格兰，却如雇佣军般只求利益，不问其他；第三类如詹姆斯·鲍斯威尔（《约翰逊传》的作者）陷入认同的两难，既"太苏格兰"而无法适应英格兰，又"太英格兰"而难以回归；第四类则最为成功，其秘诀在于"可以在苏格兰的过去与英格兰的现实之间成功调和，将自己便利地认同为不列颠人。"[34]（P125）按此分类，现实中的斯末莱特似可归为第三类，至小说出版时，他已在伦敦定居数年，行医难称成功，写作差强人意，社交范围局限在苏格兰人之间，尚未被伦敦的上层社会接受。[13]（P57-61）显然，斯末莱特还没能在"苏格兰的过去与英格兰的现实之间成功调和"。但在小说之中，斯末莱特却以蓝登的冒险经历，为苏格兰人展现了另一种调和历史与现实的可能。在这个全新的帝国舞台之上，伦敦不再是帝国的中心，只是冒险的起点，而帝国扩张的脚步所及之处，才是真正的希望所在。同时，兼具正确信仰与忠实品行的苏格兰人也绝非爱尔兰人，不必因为贫穷与落后在英格兰人面前自惭形秽，海外贸易与殖民拓展为他们创造了获得财富与尊严的机会。不列颠是苏格兰人的帝国，他们与英格兰人一样，也是不列颠真正的主人。

【参考文献】

［1］侯维瑞, 李维屏.英国小说史（上）[M].南京：译林出版社，2005.

［2］伊恩・P.瓦特.小说的兴起[M].北京：生活·读书·新知三联书店，1992.

［3］Levack B P. The Formation of the British State: England, Scotland, and the Union, 1603-1707[M]. Oxford: Clarendon Press, 1987.

［4］Daiches D. The Paradox of Scottish Culture: The Eighteenth Century Experience[M]. London: Oxford University Press, 1964.

［5］Simpson K. The Protean Scot: The Crisis of Identity in Eighteenth-Century Scottish Literature[M]. Aberdeen: Aberdeen University Press, 1988.

［6］Crawford R. Devolving English Literature[M]. Edinburgh: Edinburgh University Press, 2000.

［7］Davis L. Acts of Union, Scotland and the Literary Negotiation of the British Nation 1707-1830[M]. Stanford: Stanford University Press, 1998.

［8］Gottlieb E. Feeling British: Sympathy and National Identity in Scottish and English Writing 1707-1832[M]. Lewisburg: Bucknell University Press, 2010.

［9］詹姆斯・鲍斯威尔.约翰逊博士传[M].王增澄, 史美骅, 译.上海：上海三联书店，2006.

［10］Pryde G S. The Treaty of Union of Scotland and England 1707[M]. London: Thomas Nelson and Sons, 1950.

［11］Devine T M. The Scottish Nation: A History 1700-2000[M]. New York: Penguin Books, 2012.

［12］斯末莱特.蓝登传[M].杨周翰，译.上海：上海译文出版社，1961.

［13］Knapp L M. Tobias Smollett: Doctor of Men and Manners[M]. New Jersey: Princeton University Press, 1949.

［14］Wall C. London and Narration in the Long Eighteenth Century[M]//Manley L. The Cambridge Companion to the Literature of London. London: Cambridge University Press, 2011.

［15］Kahrl G M. Tobias Smollett: Traveler-Novelist[M]. Chicago: University of Chicago Press, 1945.

［16］亨利·菲尔丁.弃儿汤姆·琼斯的历史[M].萧乾，李从弼，译.北京：人民文学出版社，1984.

［17］Loomba A. Colonialism/Postcolonialism[M]. London and New York: Routledge, 2005.

［18］Rodger N A M. The Command of the Ocean : A Naval History of Britain, 1649-1815[M]. London: Penguin Books, 2006.

［19］Hill J R. The Oxford Illustrated History of the Royal Navy[G]. Oxford: Oxford University Press, 1996.

［20］Oates J D. Jacobite Campaigns: the British State at War[M]. London: Pickering & Chatto, 2011.

［21］Duffy C. The ' 45[M]. London: Cassell, 2003.

［22］Shields J. Sentimental Literature and Anglo-Scottish Identity, 1745-1820[M]. Cambridge: Cambridge University Press, 2010.

［23］Armitage D. The Ideological Origins of the British Empire[M]. Cambridge: Cambridge University Press, 2004.

［24］萨义德 爱德华·W.文化与帝国主义[M].李琨，译.北京：生活·读书·新知三联书店，2003.

［25］Brown P H. History of Scotland, vol.iii., from the Revolution of 1689 to the Disruption 1843[M]. Cambridge: Cambridge University Press, 2011.

［26］Speck W A. The Butcher: The Duke of Cumberland and the Suppression of the ' 45[M]. Welsh Academic Press, 1995.

［27］Kidd C. North Britishness and the Nature of Eighteenth-century British Patriotisms[J]. The Historical Journal, 1996,39(2):361-382.

［28］Hechter M. Internal Colonialism: The Celtic Fringe in British National Development 1536-1966[M]. Berkeley: University of California Press, 1975.

［29］Kidd C. Integration: Patriotism and Nationalism[M]//Dickinson H T. A Companion to Eighteen-Century Britain. Oxford: Blackwell Publishing, 2002.

［30］Mackillop A, Murdoch S. Military Governors and Imperial Frontiers c.1600-1800: A Study of Scotland and Empire[M]. Leiden: Brill, 2003.

[31] McGilvary G K. East India Patronage and the British State: The Scottish Elite and Politics in the Eighteenth Century[M]. London: Tauris Academic Studies, 2008.

[32] Devine T M. The Scottish Nation: A History 1700–2000[M]. New York: Penguin Books, 2000.

[33] McCarthy A. Introduction: Personal Testimonies and Scottish Migration[M]//McCarthy A. A Global Clan: Scottish Migrant Networks and Identities since the Eighteenth Century. London: Tauris Academic Studies, 2006.

[34] Colley L. Britons: Forging the Nation 1707–1837[M]. London: Pimlico, 2003.

艾米莉·狄金森空间化的诗歌形式创造

王　玮①

艾米莉·狄金森（Emily Dickinson）这位隐居于父亲家宅中的诗人，她创作的诗歌被称为"装在盒子里的诗"，无论从实际意义还是象征意义上讲，空间都对艾米莉·狄金森影响重大。桑德拉·吉尔伯特和苏珊·古芭在《阁楼上的疯女人》中分析了19世纪女性作家"空间的焦虑"来源，认为她们在父权制社会中受到双重的拘禁——不仅必须居住在男性拥有和建造的祖先大厦（或茅舍里），还同样不得不待在男性作家创造的艺术之宫和小说之家中。[1]（P3）为此，艾米莉·狄金森这位"从未写过长篇叙事诗，也从未试笔写过散文故事、小说或传奇"（P729）的女诗人，有别于其他女性作家，只能采用角色扮演的方式对其女性经验进行处理。遗憾的是，吉尔伯特和古芭并没有继续深入地探讨艾米莉·狄金森对于空间经验的处理。姑且不论艾米莉·狄金森空间焦虑的来源问题，笔者认为，这位"作为思想家的诗人"[2]（P236）终其一生都在思考空间对于她的意义，这不仅体现于她诗歌中大量空间意象的存在，也体现在她空间化的诗歌形式创造之中。

而今，我们对狄金森的诗歌形式有了更深入的了解。约翰逊（Thomas

①　王玮（1981-），女，汉，山东临沂人，副教授，塔里木大学人文学院副教授，文学博士，研究方向：英美文学、女性文学。本文为塔里木大学2016年度哲学社会科学基金项目"艾米莉·狄金森的空间诗学研究"（项目编号TDSKYB1607）的阶段性成果。

H. Johnson）与富兰克林（R. W. Franklin）这两位狄金森诗歌全集的编辑者在此过程中可谓功不可没。他们不再以早期版本所谓的"生命"（Life）、"爱情"（Love）、"自然"（Nature）、"时间与永恒"（Time and Eternity）（这是希金森（T. W. Higginson）在编辑狄金森的诗歌时最早提出的分类方式）等主题排列，而是大致以写作年代为序进行编排，并保留了原作中不合惯例的标点符号、单词拼写和诗歌韵律等形式，提供了手稿本身所含有的替换词，在一定程度上还原了狄金森诗歌意义原本开放而非终结的文本特征。尤其是 1981 年富兰克林编辑的两卷本《艾米莉·狄金森手稿》（The Manuscript Books of Emily Dickinson）的出版，更是使读者有幸真正目睹诗人的手迹。诗人原稿中的语法、拼写、标点、大写字母、词汇改动痕迹、墨迹及装订时留下的窟窿都以其真实面目出现在读者面前。[3]（P340）手稿本的出现让读者有机会接触狄金森更多富有个人特色的诗歌形式特征。从影印的手稿中可以看到，狄金森的诗歌不仅选择措辞有待读者的介入，就连诗行的长短、诗节的分隔、字词的间距和行距都存在多种解释的可能性。[4]（P11）苏珊·豪就指出"书写会影响意义"（her calligraphy influences her meaning）[5]（P153），认为读者应该努力通过手稿本去了解诗人的可视化创作意图。

但在笔者看来，约翰逊与富兰克林的编辑一方面让读者得以一窥狄金森诗歌形式的独特性，另一方面其重建诗歌创作时间序列的努力，也构成了对狄金森诗歌形式空间性的一种遮蔽。艾米莉·狄金森不注明诗歌的创作时间，抹除诗歌的创作背景，正是要让所有的作品摆在一个平面上，打破时间的序次性，使空间并存性的关系得到彰显。虽然一直以来有关艾米莉·狄金森诗歌形式的研究丰富了我们对其形式的理解，然而我们不仅要知其然还要知其所以然，毕竟仅就形式而进行的形式研究无法得其形式之全部精妙。众所周知，艾米莉·狄金森"从未写过诗艺"[6]（P5），然而在与希金森（Thomas Wentworth Higginson，著名的社会活动家、激进的废奴主义者、女性权利的倡导者及文学圈子中的高层代言人。1862 年 4

月15日，狄金森主动给希金森写信，询问自己的诗"是否是活的"（L260）。此后，她尊称希金森为导师，希望他能指导自己的创作，开始了他们因诗结缘的漫长友谊）的通信中她却创造了一个坦陈自己诗学思想、为自己的诗歌形式进行辩护的机会。在本文中，笔者试图结合艾米莉·狄金森写给希金森的书信及相关传记资料追踪艾米莉·狄金森的创作意图，揭示其诗歌形式的空间化本质。

必须说明的是，本文所引诗歌主要参照 The Poems of Emily Dickinson[7]，为读者查阅方便则并列标明了约翰逊和富兰克林的编号，分别以"J""F"表示。而书信则出自 The Letters of Emily Dickinson[8]，文中所引书信采用字母"L"加书信编号的格式。此外，本文所引狄金森诗歌、书信等，除了注明译者外，均为笔者自译。后文引用诗歌与书信，将随文给出编号，不再另注。

一、为形式的辩护

"您认为我步态'痉挛'——我身处危境——先生——您认为我'缺乏控制'——我没有法官席"（L265），这是在导师希金森指出她的诗歌形式问题之后，狄金森对此的辩护。狄金森的此番辩护形象地说明了她的诗歌形式与她生存状态之间的关系，为我们理解她独特的诗歌形式指明了一个方向。

长期以来，艾米莉·狄金森独特的诗歌创作形式饱受争议。希金森即便在狄金森去世之后，编辑狄金森的诗歌之时，依然对她独特的诗歌形式感到无法理解：

表现出对形式公然蔑视，绝不是疏忽大意，也不是因为一时兴起，这是她突出的特点。词序的小小调整——比如"当我还在学校，一个女孩"（While yet at school, a girl）——就可以让她的最后一行押韵；但是不，她坚持自己的想法，这样改动她并不满意。[9]（P404）

希金森对狄金森诗歌形式的批评反映了当时的文学风尚，"体现了一批比较老练的读者共有的同情、困惑甚至沮丧、惊愕"[9]（P400）。19 世纪 90 年代，狄金森的诗歌首次面向公众出版，当时的批评界围绕她怪异的诗歌形式展开激烈的争论，有为其精妙的思想内容而对其诗歌形式采取容忍态度的，也有为此而扼腕叹息的，还有因其形式而对其全盘否定的。[10]我们不应忘记，这还是经过希金森和托德夫人"美容"过的诗歌。

然而，面对种种质疑及可能的诘难，狄金森并没有退缩，放弃其独特的诗歌形式。在给希金森的信中她不仅为自己的诗歌形式进行了辩护，还为我们提供了一个绝好的案例，证明她所采用的诗歌形式即便一个小小的标点符号都是她深思熟虑的结果。1866 年在给希金森的信中她说："以防您遇到我的蛇以为我撒谎它是从我这儿夺走的——因为第三行的标点而成败笔。三四两行本为一体——我告诉过您我没出版——我怕您认为我言行不一。"（L316）原来这首诗在发表后被编者加上了题名并改变了标点，尤其是第三行加了个问号，破坏了原诗的节奏。在原诗中"did you not"乃一跨行句，上承"You may have met him—"下启"His notice instant is"，一语双用。而问号的使用使其下启的作用失去，蛇的滑动感行动的敏捷性也因此而丧失，更不用说题名的添加扫除了原诗作为谜语诗所具有的神秘感了。

"要说出全部真理但要歪着说—/ 成功之道在于迂回"（J1129（1868）/F1263（1872）），这位宣称自己"身处危境"的诗人并没有直言相告自己所遭遇的困境，也没有更加深入地对自己的诗歌形式进行阐释。但是，在通信过程中，她所表现的另一些小细节却不应该被忽视。1862 年 4 月 15 日，狄金森首次给希金森写信，询问自己的诗"是否是活的"（L260），并且随信寄去了 4 首小诗。有趣的是，在信里她没有签名，而是把名字写在一张卡片上，放到一个更小的信封里——信封里的信封，盒中盒，也就是说，她自己是躲在最里面的。诗歌、短信都是用墨水笔写的，而她的名字，却是用铅笔写的。[9]（P400）她将自己层层包裹起来，仿佛随时都会隐身而去。此后，虽然她寄给希金森的信通常都会附上名字，然而信封上的把戏再次证明她试图掩盖些什么。4月15日之后，1862年的几封信（凡是信封都保存下来）都是从附近的帕尔默而不是从阿默斯特寄出的。1866年的三封信盖的是哈德利的邮戳；1867年的一封信是从康涅狄格州米德尔顿（Middletown）的伊莱扎·科尔曼·达德利（Eliza Coleman Dudley）家寄出的。虽然寄信地点频繁变更，然而1869年在希金森（Thomas Wentworth Higginson）邀请她去波士顿时，狄金森却在回信中明确写道："您已注意到我自己独住——对一位移民来说，国家是空闲的，除非那属于他自己。您亲切地谈起要见我。若您方便的时候不辞路远能来阿默斯特，我会大喜过望，但我不会越过父亲的地盘去任何人家或城镇。"（L330）那么，这位足不出户的新英格兰小姐为何要频繁变更寄信地点呢？她为何不会走出父亲的家门？她受到父亲的辖制吗？还是在躲避他人的窥视？可以说，在整个通信过程中，狄金森将她对空间的敏感可谓发挥到淋漓尽致。遗憾的是，希金森并没有能够仔细体味诗人的种种奇怪举动，或者更准确地说他没有能够联系诗人敏锐的空间意识来理解她独特的诗歌形式创造，没能给她诗歌形式的空间化创造予以欣赏。

除却个头较小者—

没有生命—滚圆—

这些—迅疾成球—

闪现—即结束—

越大的—成长越慢—

越迟—垂挂—

金苹果园的夏天

漫长—

庞大的核

鼓胀尴尬的壳—

果实累累—

你不会发现—成簇—

但在严霜之后—

印度的夏日正午—

货船—运来这些—

作为西印度—

——J1067（1862）/F606（1863）

这首诗的前两节狄金森附在给导师希金森的书信中（L316），并说她会坚忍——坚持，永不拒绝希金森的雕刀。貌似她是要让希金森多一些耐心，让她结出更大的果实。实际上我们看到这是围绕着狄金森独特的诗歌形式而进行的一次论争，在这首诗中隐含着诗人的诗歌理想。认真通读全诗之后，我们会发现这首诗的张力表现在表面滚圆如球的小果子和庞大的核鼓胀尴尬的壳的大果子之间，这里面真正重要的并非时间问题，而是表现形式问题、空间问题。其聚焦的核心在于球的表面，即圆周（Circumference）。如果说那些成簇的小果子代表的是当时的文学风尚，它们滚圆，形式完美，有着准确的韵律、标准的标点、正确的语法、标题等，那么那些独立存在的、被庞大的核所鼓胀的、壳并不光滑圆满的大果子则代表着有着独特形式创造的大作家的作品，它们可能不为当时的文学风尚所接受，然而随着时间的流逝，在饱受争议之后，它们的价值会得到承认。

正如狄金森对希金森所说的："也许您会笑我。我不会因此而放弃——我的事业是圆周（My Business is Circumference）——一种无知，无关习俗，但若邂逅黎明——或被夕阳看见——我自己是美之中的唯一袋鼠，先生，很抱歉，它折磨着我，我想教导或可消除。"（L268）也就是说她想要为美赋予形式，找到表达美的方式。正如谢默斯·希尼（Seamus Heaney）所指出的，艺术的完美虽然是诗人永远的追求，但同样需要追问的是"臻于完美的艺术形式还能否容下人的栖居"？[11]（P76）狄金森正是要赋自己的栖居以形式，在诗行中表现自己"身处危境"的"痉挛"步态。然而她所找到的方式、她的事业并不为导师所理解，因为她是要对圆周进行塑形，采用并不完美的艺术形式来成就她的诗学理想，以臻完美。狄金森用"圆周"这样一个抽象的空间性词汇来表征她的事业，突显了空间与她的诗学理想之间的密切关联。

总而言之，细读狄金森与希金森的书信，包括其中许多无言的细节，我们发现狄金森独特的诗歌形式与她的空间意识密不可分。小到她诗歌中的标点符号大到篇章布局、呈现方式都是她深思熟虑的结果，这提醒我们，面对这样一位心细如发、细致敏感而又深思内省的诗人绝不可以粗心大意、掉以轻心。正如苏珊·桑塔格（Susan Sontag）所言："每个艺术作品不仅需要被理解为一个表达出来的东西，而且需要被理解为对那些难以用语言表达出来的东西的某种处理方式。在最伟大的艺术中，人们总是意识到一些不可言说之物（'规范性'的规则），意识到表达与不可表达之物的在场之间的冲突。风格的技艺也是回避的技巧。艺术作品中最有力的因素，常常是其沉默。"[12]（P42）

二、时间性的弱化

我们知道抒情诗（lyric），作为一种文体，其本义是用七弦竖琴（lyre）伴奏的歌，作为一种诉诸听觉的艺术总是体现为一个前后相继的时间过程。西方自古希腊以来一直有着将时间艺术和空间艺术分离的传统。这种传统观点认为，诗（包括史诗、悲喜剧等在内的叙事性文学）是时间性艺术的代表，而绘画（包括雕塑和建筑等）是空间性艺术的代表，莱辛的《拉奥孔》就是这种思想的集中反映。他看到了语言的"时间性"，认为诗适宜于叙述事件的发展过程，而不适宜于描绘"空间并存"的物体，特别强调

"诗与画的界限"。[13]（P80-84）那么，要实现诗歌形式的空间化就必须首先打破时间的单向延展，打破具有延续性的言语之流。

许多批评家好奇狄金森为何终生只创作抒情短诗。她的大多数诗歌不超过20行，最长的一首也仅50行，而且用词简约，每行的字数不多，读者能用较短的时间就将她的一首诗读完。在笔者看来，抒情诗作为一种语言艺术最大限度地减少了时间性的影响。尽管在上面我们分析的那首诗中涉及"小果子"与"大果子"的比较问题，但是综览狄金森的全部诗歌我们可以说相比于"大"她更钟情于"小"，无论是"雏菊""鹪鹩""老鼠""小船"还是"小石头""无名之辈"等，这些都是她自我意象的折射。就像她对导师希金森所说："你可有时间做你认为我需要的'朋友'？我身量短小——不会拥挤你的书桌——也不会吵闹如老鼠，啮咬你的珍宝——"（L265）金文宁博士在其博士学位论文摘要中认为狄金森"诗歌中很多昆虫、动物、人（和女诗人一样的女人）都显得卑微，他们通常个头或体积微小，性格怯懦，地位低下，软弱无力，渺不足道"，通过这种"自我贬低和剥夺：卑微的主体通过与至高无上的力量认同、对抗和赢取强大力量的尊重和同情来获取更强的力量"[14]。是否果真如此呢？我们可以看到狄金森的诗歌中充满着大小之辩，尽管有着身为小老鼠的无奈（J61（1859）/F151（1860）），却也有着作为小石头的自在悠游（J1510（1881）/F1570（1882）），此外还有着对大人物的不屑（J288（1861）/F260（1861）），"小"在她的诗歌中自有其价值：

大海对小溪说"来啊"——
小溪说"等我长大"——
大海说"那时你就成了海——
我想要小溪——现在就来"！

大海对大海说"走开"——

> 大海说"我就是他
>
> 你所珍爱的"——"学识渊博的水——
>
> 于我—智慧是陈腐的—"

——J1210（1872）/F1275（1872）

狄金森一生钟情于小孩子，同时她也将自己的"儿时"一直延长到二十多岁。在一封书信中她说："请不要长大，这是'好得无比的'——请不要'改进'——你现在即完美。"（L717）并说"不要长过创世纪，这是甜蜜的忠告——"（L1037）。可见，长"大"，无论从现实意义上还是象征意义上都是无趣的。同时，在狄金森看来，"小"不仅自有其价值，而且"小"就是"大"：

> 我思忖这福佑看起来什么样—
>
> 是否它会感觉一般大—
>
> 当我把它握在手中—
>
> 与悬在空中—透过迷雾—望去—
>
> 于是—这"小"生命的尺寸—
>
> 圣人们—称其为小—
>
> 膨胀—如地平线—在我的马甲里—
>
> 而我讥笑—轻轻地—"小"！

——J271（1861）/F307（1862）

在另一首诗中她则模仿耶稣在《马太福音》中的布道（《5：19："但无论何人遵行这诫命，又教训人遵行，他在天国要称为大的。"13：32："这原是百种里最小的，等到长起来，却比各样的菜都大……"），展开一段有关大小的对话："我很渺小—'最小的 / 在天堂被尊为最首要的—占据我的房屋'—"（J964（1864）/F825（1864））在笔者看来，借助对"小"

47

的重视，赋"小"以独立的价值，狄金森实现了对当时主流社会价值的反叛。

为了让她的一首首小诗增值、扩容，狄金森所有的诗歌都不拟标题，也不标明创作时间，不谈及诗歌的创作背景。狄金森似乎用一种"非物化"（dematerialized）手段有意与她的同时期作家疏远，避免在诗歌中出现他们作品所必不可少的"历史、社会和物质生活的痕迹"[15]（P219）。这种"空间切断"[16] 的方法导致对同一首诗经常会有不同的解读。而且她还有相当一部分诗歌具有不同的版本，同样的内容出现在不同的纸片上、寄送给不同的人，分行和分节可能不尽相同，更重要的是她诗歌中的许多用词都附有若干可以替换的字词，这就使得她诗歌中的意义不再是如德里达所讲的单向的"延异"，而是旁逸侧出。读者在阅读她的诗歌的过程中，不再仅仅是一个被动的接受者，被感染、被教育、被塑造的对象，他要积极思考作者"歪着说出的真理"，找到作者"隐藏在书中的战争"，并努力甄选字词让诗歌达到自己最满意的状态。如此，狄金森最大限度地扩充了她单首诗的含量，也增加了她诗歌的数量，虽然目前认定的狄金森诗歌共有 1789 首，但与此相对应的文本却有近 2500 个，如果再加上不同类型的手稿，狄金森诗歌的总数可能多达 5000 首。[4]（P243）而这一首首小诗，就如德勒兹和加塔利在《千高原》中所提出来的"块茎"[17]（P6），又借助同一主题的反复书写及同一用词的反复出现，彼此形成一种纵横交错的网状结构，既打破了由时间次序造成的先后关系，也打破了由位置所形成的中心和边缘。

总而言之，借助以上方法，狄金森最大限度地打破了语言的时间之流，让她的诗歌成为隐藏她自身的一个个残片。这种碎片化的写作一方面揭示了女性在父权社会中支离破碎的生活状态、自由言说的艰难；另一方面又给了作者以庇护，赋予读者极大的想象性空间。正如索菲·托马斯（Sophie Thomas）所说："残片……是一种视觉的主题……天然造物、人工制品当中残破的碎片，或者已成废墟的建筑物，具有高度的暗示性，它所暗示的事物大部分是一种想象性的重建……"[18]（P21）狄金森在书信中也说："缺席是浓缩的在场。"（L587）通过创造性地利用抒情诗这种简短的、充满大量空白的艺术形式，狄金森既保护了自己的个人隐私，又实现了对自我生存境遇的言说。

三、视觉性的突显

如果说时间艺术主要诉诸听觉，空间艺术主要诉诸视觉，那么狄金森的诗歌，因其生前拒绝发表，最终以手写稿的独特面貌呈现于世人面前，则具有非常独特的视觉效果。尽管许多批评家注意到狄金森对视觉的不信赖，认为她强调视觉以外感官的重要性，是因为她患有严重的外斜视，眼病发作期间，诗人的双眼被蒙，只好更多地求助于听觉等器官来弥补视觉的暂时丧失。[19]（P58）我国学者刘晓晖也认为："相比之下，狄金森对声音表现出更大的热情，更倾向于以声响效果来刻画诗歌的情感及认知作用。"[4]（P188）此外还有斯莫尔（Judy Jo Small）的《如闻其声：狄金森的韵律》（Positive as Sound：Emily Dickinson`s Rhyme，1990）与库利（Carolyn Lindley Cooley）的《狄金森诗和信的音乐性：意象与形式研究》（The Music of Emily Dickinson`s Poems and Letters：A Study of Imagery and Form，2003）都对艾米莉·狄金森诗歌中的音乐性进行了研究。但在笔者看来，狄金森对抒情诗这一特别注重听觉的文体最独特的贡献则在于对其视觉性的挖掘。

对狄金森诗歌形式视觉性的研究与对狄金森手稿本的研究密不可分。"苏珊·豪是认识到手写稿的不同在现代诗歌史上重要意义的第一人。艾米莉·狄金森的重要性，作为一位诗学的革新者，甚至也许是她真正的伟大所在，其标志可能就是她的书写或者她的抄写习惯所带来的区区转折。事实上，这一转变所带来的远非其激进性、重要性所能涵盖。"[20]19世纪末20世纪初兴起的西方现代派诗歌所进行的空间化、视觉化实验在狄金森这里都可以找到其前身。

艾米莉·狄金森诗歌形式的视觉性主要体现在她的页面布局、名词大写、斜体、形态各异的标点符号等方面。仅就标点符号而言，"所有研究狄金森手稿的人都认为，原稿中不正规的标点符号很难在印刷体中如实重现，而且没有哪两位编辑者能在标点符号处理上取得完全一致的意见。"[21]这是因为狄金森使用了许多非规范的符号来从视觉上指示诗歌的音乐效果，以随处可见的短号来表现自己的紧张焦虑和举棋不定。

艾米莉·狄金森书写的视觉化倾向也许启发自 1846 年她在波士顿的中国博物馆之旅。正是在那里她发现原来书写可以是一种艺术："那位书法大师一直不停地把游客的姓名用汉字写在卡片上——为此他收取 12.5 美分每张。他总是有求必应。我也得到一张给维妮和我自己，我想它们非常珍贵。"（L13）狄金森所生活的时代是被"印刷机"统治的时代，那个时期印刷术正如日中天。[22]（P45）她对出版、发表作品的不屑甚或抵制，让我们不得不相信她的思想与本雅明相通，认为机械复制的艺术品丧失了原作所拥有的"灵氛"。在其原生环境中，狄金森"为了适合不同的人和不同的场合，她会毫无忧心地对一首诗进行修改。这些漂亮的抄写版本，每一个对她的对象及场合来说都是最终的，但是它没法等同于发表的最后目的。将诗歌赠与朋友，这是一种发表，但是它是那个场合给那个人的那首诗歌；而给一个出版商的话，就要将诗歌定位在为了所有人和所有时代"[23]（P132）。因此狄金森不能忍受把灵魂印在纸上，由冷冰冰的毫无生命力的印刷机采用整齐划一的形式将她的诗歌印成铅字，我们前文中分析的《蛇》即为一例，呈现出编辑、印刷对她诗歌的扭曲和异化。

不同于当代视觉文化研究者米歇尔（W.J.T.Michelle）的观点："我们甚至……可以看到图像和视觉常常在浪漫主义诗歌理论中起到了消极作用……"[24]（P101）狄金森敏锐地意识到了视觉文化的影响并将其创造性地运用到了自己的诗歌形式塑造之中。正如哈贝格在解读狄金森给乔尔舅舅（Joel Warren Norcross）那封充满暴力言辞的书信（L29）时所注意到的：

"若把她的暴力语言读成一种愤怒的表达，那就太天真了：她采用了一贯小巧而工整的字体，与严词谴责构成了鲜明对照。"[9]（P185）形式的视觉性是解读艾米莉·狄金森艺术创作的重要方面。正是通过增加或突显诗歌语言的视觉功能，狄金森进一步丰富了诗歌的表意空间，使读者在阅读她诗歌的过程中，需要综合运用身体的视听感官，来体验她诗歌中的丰厚意蕴。诚如约翰逊在《狄金森诗歌全集》的前言里所指出的：

一个十九世纪中期传统主义者的代表（指希金森）被询问来判断一个"全新"秩序的艺术作品。他在回复第一封信时肯定告诉了她（从她的第二封信可以看出——他的信已经遗失）"石膏房"缺乏形式，它的韵脚有问题，韵律节奏间断，在那个时候大部分的文学鉴赏者都会如此认为。旋律形式的非传统行由一些关键的词来把握，部分负责表达整体，掌握着韵律节奏的变换忽然加快或忽然减慢时间的本质（石膏房诗的主题），这些维度都是希金森所无法估摸的。他正在试图用平面几何知识来衡量一个立方体。[25]（Pvi）

总而言之，我们发现空间化乃是艾米莉·狄金森诗歌形式创造的本质。无论从作者的创作意图上还是从实际创作中对时间性的弱化与对视觉性的突显，空间都是我们解读艾米莉·狄金森创作的一个重要维度。换句话说，狄金森创作的特质并不在于时间或时间性，而在于其独特的空间或空间性，离开了空间或空间性就无以谈论狄金森的艺术创作。同时要说明的一点是，我们在此特别强调狄金森创作的空间或空间性特质，并不是要否定其作为语言艺术本身所具有的时间性。对于诗歌而言，它和其他文学艺术一样，时间或时间性是其应有的品质，狄金森创作独有的空间性特质也是在时间或时间性的基础上所表现出来的。

【参考文献】

［1］苏珊·古芭，桑德拉·吉尔伯特.阁楼上的疯女人：女性作家与19世纪文学想象[M].杨莉馨，译.上海：上海人民出版社，2015.

［2］哈罗德·布鲁姆.西方正典[M].江宁康，译.南京：译林出版社，2011.

［3］刘守兰.狄金森研究[M].上海：外语教育出版社，2006.

［4］刘晓晖.狄金森与后浪漫主义诗学研究[M].北京：北京大学出版社，2012.

［5］Howe S. The Birth-mark: Unsettling the Wilderness in American literary History[M]. Hanover: Wesleyan University Press, 1993.

［6］Porter D. Dickinson :The Modern Idiom[M]. Cambridge: Harvard University Press, 1981.

［7］Dickinson E, Franklin R W. The Poems of Emily Dickinson[M]. Cambridge,MA: Belknap Press of Harvard, 1998.

［8］Dickinson E, Johnson T H, Ward T. The Letters of Emily Dickinson[M]. Cambridge: Harvard University Press, 1979.

［9］阿尔弗雷德·哈贝格.我的战争都埋在书里——艾米莉·狄金森传[M]. 王柏华，曾轶峰，胡秋冉，译.北京：北京大学出版社，2013.

［10］周建新.19世纪90年代的艾米莉·狄金森诗歌批评[J].郑州航空工业管理学院学报（社会科学版），2007，26（6）：19-21.

［11］Heaney S. Seeing Things[M]. New York: Farrar,Straus and Giroux, 1991.

［12］桑塔格.反对阐释[M].程巍，译.上海：上海译文出版社，2003.

［13］莱辛.拉奥孔[M].朱光潜，译.北京：人民文学出版社，1979.

［14］金文宁.以自我否定形式成就自我——艾米莉·狄金森诗歌创作论[D].上海：上海外国语大学博士学位论文，2010.

［15］Bennett P B. Emily Dickinson and her American Woman Poet Peers[M]//Martin W. The Cambridge Companion to Emily Dickinson. Cambridge: Cambridge University Press, 2002.

［16］赵奎英.从汉语的空间化看中西诗歌空间形式的同异[J].山东师范大学学报（人文社会科学版），2005，50（5）：26-31.

［17］Deleuze G, Guattari F. A Thousand Plateaus : Capitalism and Schizophrenia[M]. Massumi B, 译. Minneapolis: University of Minnesota Press, 1987.

［18］Thomas S. Romanticism and Visuality: Fragments, History, Spectacle[M]. New York: Routledge, 2007.

［19］Guthrie J R. Emily Dickinson's Vision: Illness and Identity in Her Poetry[M]. Gainesville: University Press of Florida, 1998.

［20］Mcgann J. Emily Dickinson's Visible Language[J]. Emily Dickinson Journal, 1993,2(2):40-57.

［21］Ward T. Poetry and Punctuation[J]. Saturday Review, 1963,46:25.

［22］尼尔·波兹曼.娱乐至死[M].桂林：广西师范大学出版社，2009.

［23］Franklin R W. The Editing of Emily Dickinson : A Reconsideration[M]. Madison,Wisconsin: University of Wisconsin Press, 1967.

［24］米歇尔 W.J.T.图像理论[M].陈永国，等，译.北京：北京大学出版社，2006.

［25］Dickinson E, Johnson T H. The Complete Poems of Emily Dickinson[M]. Boston: Little, Brown, and Company, 1955.

野蛮绅士：《所罗门王的宝藏》中男性气概的建构

王　荣[①]

众所周知，英国是一个非常重视"绅士"形象的国度。绅士概念代表了不同社会、不同历史时期对男性气概理想的定义。绅士与男性身份不是一种本质性存在，并不与生俱来地存在于一切男性身体之中。曼斯菲尔德指出"男性气概不是某种所有男人都具有的性质，也不是大多数男人和少数女人所拥有的，而是少数男性以一种高级的方式具有的品质"[1]（P57）。男性研究领军人物 R.W. 康奈尔（Connell）强调男性气概的历史属性和多元存在[2]（P93），男性气概的诞生与欧洲近代文化中的个人主义和两性差异观念息息相关，是一个较为新近的历史产物，并随着不同的历史发展阶段不断发展和变化。

18 世纪以来，理想的男性气概被冠以绅士的称号，一直与良好的出身、拥有财产、彬彬有礼、欲望控制联系在一起。绅士阶层也局限在贵族阶层，至少是中产阶级，工人阶层不大可能被称为绅士。然而，到了 19 世纪下半叶，关于绅士的标准发生了变化，在性别、种族与阶级的挑战下，中产阶级男性越来越被一种原始粗犷的男性气概所吸引。这种男性观念的变化在词汇使用上也有所体现。根据美国历史学家盖尔·比德曼（Gail Bederman）的考察，19 世纪中期之后，从法语中拿来的一个新词

---

① 王荣，女，博士，1984 年生，杭州电子科技大学讲师，研究方向：英国文学、翻译学、比较文学。

"masculinity"逐渐进入大众视野，1890 年的《新世纪大辞典》将其定义为"作为男性的（masculine）品质和状态；男性的品质和特征"[3]（P18-19）。在 1890 年之后，masculine 与 masculinity 这两个词语的使用频率超过了 manly，标志着维多利亚男性身份理想尝试着超越阶级和种族的界限，在传统的男性价值之外加入新要素。

需要指出的是，国内关于 masculinity 与 manliness 的翻译比较混乱。现有论文和学术出版倾向于将"masculinity"翻译为"男性气质"或"男性特质"，把"manliness"译成"男性气概"或者"阳刚之气"，而 manhood 经常被翻译为"男性身份"。虽然将其翻译为"男性气质"主要为了与"女性气质"（femininity）形成对照，但是容易与心理学上的"气质"相混淆。在英文文献中 masculinity 的使用频率远超过 manliness，masculinity 是 19 世纪末开始广泛使用，在当时有着非常具体的意义指向，强调男性的身体力量和勇敢坚毅的品质，因此笔者认为至少在这篇文章将"masculinity"翻译为"男性气概"或"阳刚之气"更为合适。

"19 和 20 世纪交替之际，中产阶级男性似乎对男性身份格外地在意——这种兴趣甚至成了强迫症"[3]（P10）。在男性阳刚之气的召唤下，历险传奇一时成为文坛的主流。按照赫伯特·萨斯曼（Herbert Sussman）的说法，19 世纪后期小说中出现了一种"阳刚情节"模式（masculine plot），取代了 19 世纪早期的"婚姻情节"（marriage plot）。"对于维多利亚人来说，阳刚之气不是一种本质存在，而是一种情节建构，要经过一番努力才能获得，而且还需要小心翼翼地维护"[4]（P13）。历险小说是一种以男性为主的文本，男性拒绝婚姻，排除女性的影响，渴望逃离家庭。这是一个男人之间的可靠同盟，男人从同性那里获得鼓励、支撑，以完成自己男性身份的建构。

《所罗门王的宝藏》是维多利亚时期历险小说的范本，哈格德将这本书献给"大大小小的男孩们"[5]（P37），男性气概或者男性身份无疑是这部作品最主要的主题之一。然而，国内对于这部作品的研究一直集中在其帝国主义话语的建构上，其中男性身份话语的建构尚未引起足够关注。本文将从 19 世纪与 20 世纪之交男性身份危机与焦虑的历史文化语境出发，分析这部小说中野蛮男性气概的建构过程及历史原因，并分析这种新型的男性气概与帝国主义意识之间既支持又对抗的复杂关系。

一、退化的幽灵：19 世纪末男性气概危机

19 世纪末，随着欧洲强国的崛起及本国社会矛盾的加剧，大英帝国开始出现衰落的迹象。对堕落、返祖的焦虑弥漫着整个社会阶层，"退化"的焦虑是 19 世纪末困扰整个欧洲的问题，也是各种文化批评关注的焦点，这种焦虑在德国精神病学家马克思·西蒙·诺尔道（Max Simon Nordau，1849–1923）的《退化》于 1892 年出版时达到了顶点，欧洲社会沉浸于寻找各种道德与文化退化的证据，并为这种现象提供各种生物学和社会学的假设。世纪之交，一系列社会、经济、文化的变化交汇在一起，使得男性的身体与权威受到了各种挑战，中产阶级的男性身份发生了动摇。

19 世纪末的英国不断发生经济危机，造成许多中小企业破产和广大劳动者失业与贫困化。产业革命的分工机制，使得机器代替了人力，失业率攀升。在乡村，工业革命的发展与持续的农业危机使得农业受益减少，越来越多的乡绅失去了土地，正如《所罗门王的宝藏》中的亨利爵士，保持"绅士"风范成为一种奢望。失业或失去土地不仅影响着家庭收入，也对男性身份造成危机。工作一直被视为构成男性阳刚之气关键的要素之一，失去工作的男性通常有一种被阉割的感觉。

与失业相伴的还有男性身体素质的下降，东伦敦的贫民窟塞满了生病的工人阶层。1869 年，英国著名的社会批评家约翰·罗斯金（John Ruskin）如此描绘英国城市里的凄惨景象："我们的城市是一片荒原，那里到处矗立着旋转的轮子，而不是宫殿，但是人们没有衣服。英格兰土地上的每片树叶因沾满了灰尘而变得乌黑，人们死于风寒。我们的港口商船

云集,可是我们的人民却死于饥饿。"[6]（P131）工业文明驱使人们从乡村涌入城市,从而滋生了一种新型的堕落。东伦敦的贫民窟充斥着哀伤、贫穷与饥饿,那里的人发育迟缓、过度兴奋,又经常生病。

维多利亚时代的许多知识分子把男性气概的退化归结于城市文明,认为居住在城市里的男人心胸狭隘,性格不稳定,容易疲倦,缺乏毅力与耐心。"城市不仅解放了女人,把她们变成无耻的荡妇,傲慢无礼的村姑,城市也将男人女性化,剥夺了他们的土地,也剥夺了富有生产力的劳动力,以及勤勉、阳刚、自律,把本来粗犷的乡村男人推向了纨绔子弟的腐化生活。"[7]（P121-154）城市文明的发展,催生了更多的中产阶级。中产阶级以家庭为中心,强调男人养家糊口的家庭责任。这点无可厚非,但被局限于家庭之中的男人,难免过于阴柔,丧失了在社会事务之外冒险的冲动与机会。约翰·斯图尔特·蜜尔在《论文明》（1836）中写道:"一股精神上的娇弱女子气正悄然逼近有教养的阶层,逼近英国所有的绅士,它不适于任何形式的斗争。"[8]（P335）

对男性阳刚之气衰弱的担心被英国士兵在海外战争中的表现所证实。1879年祖鲁战争爆发,1880年第一次布尔战争爆发,英国士兵在战争中的表现,不禁让人们怀疑英国男性还具有男性气概吗?第一次布尔战争,英国战败,丢失了南非的德兰瓦士省,第二次布尔战争持续了3年,英国最终为这场战争,付出了惨重的人员伤亡代价。据一份19世纪末布尔战争期间的报道说,英国志愿者中只有三分之二的人还算勉强合格,而毫无问题的人只有十分之一。在工业城市曼彻斯特,应征入伍的士兵有四分之三未通过体检。在1900年英国入伍士兵中身高低于1.68米的人与1845年多了四倍。为了应对这种退化的焦虑,1904年英国政府专门建立了体格退化委员会来解决这个问题。[8]（P339）

19世纪末期,男性气概遭遇危机还有另外一个重要源头,那就是女性地位的提高及女权运动的高涨。女权运动改变了传统家庭模式中的女性地位,进而颠覆了传统的性别秩序,父权制的合法性有被瓦解的趋势,男性普遍产生了一种"女性化的焦虑"。他们对于这种焦虑的反应是创立同性社会机构，只参加男性俱乐部与社交活动，强化男性同盟对于男性身份的重要性。海蒂·哈特曼（Heidi Hartmaim）指出："（男权）即男人之间的关系，这些关系具有物质基础，它们尽管是等级制的，但依然在男人之间建立或创造了相互依赖和团结，以使他们能够支配女性。"[9]（P4）男性同盟使得男性作为一个性别阶层，共同压迫女性，在性别体制或者性别结构越不稳固的时候，越是需要被强化，以重建被女权运动冲击的社会秩序与性别体制。

一些激进的帝国主义分子把解决男性退化的希望寄托在大英帝国的殖民地上。大英帝国不仅为国内失业的绅士提供更多的工作机遇，还为同性恋者，以及倾向于男性同社会交往的群体，提供了可能的机会。19世纪末，德意志帝国颁布新宪法，规定从事男性同性性行为者判处一年到四年的监禁。在英国，王尔德的性交易丑闻也让人们对于同性恋者冷眼相待，而帝国的边疆提供了无穷的猎艳机会，维多利亚时代的大英帝国几乎完全由单身汉来统治，不少著名的帝国英雄也是同性恋者。

哈格德的历险小说可以被看作是对于19世纪末男性身份焦虑做出的回应，是重塑男性阳刚之气的文学想象。哈格德的笔下，远离现代文明的非洲部落成为解决男性身份危机，重塑男性气概的场所。大英帝国边疆可以让男性远离国内"新女性"的压迫，哈格德在《所罗门王的宝藏》开篇就强调"故事里面没有一条红裙子（petticoat）"[5]（P14），暗示了国内白人女性的缺席。在所谓现代性文明的压迫下，英国男性已经不再具有理想的男性气概了。英格兰无法为男性坚强的体魄、蛮力提供施展的舞台，只有离开文明的英格兰，到帝国的边疆区，回到大自然的怀抱，经过"辽阔大海和怒吼的狂风的洗刷，吹净了他们的非分之念，才把他们改造成真正的绅士。"[10]（P5）而对于那些没有机会到殖民地工作的人，历险小说成为英国工业社会所缺少的"成人仪式"的替代，通过阅读非洲部落的历险小说，英国国内的男孩完成了自己从男孩到男人的想象性转变。

二、血性回归：原始阳刚之气的身体实践

康奈尔（Connell）将男性气质定义为一种性别实践的构型，"特定类型的男性气质是由有意义的身体（meaningful bodies）和身体体现的意义（embodied meanings）两者所构成的回路中建构起来的，构建男性气质的反身实践具有本体形成的作用"[2]（P64-65）。身体实践与男性身份密切相关，身体积极地也相当负载地参与社会过程中，由此建构、展开并体现男性气质。男性可以通过冒险、打猎、战争等具有危险性的性别实践来习得与建构自己的男性气质。《所罗门王的宝藏》中花费许多笔墨展现了男性身体参与反身社会实践的过程，白人男性通过狩猎动物和厮杀战场，挑战维多利亚社会的性别关系模式，恢复了男人的原始血性。

（一）狩猎动物

早期的浪漫主义作家将自然作为灵感来源，动物的福利是他们的首要关注，捕猎动物的描写很少出现。19世纪自然历史作为一个学科成熟，通过科学话语对自然进行分类、描述进而控制，强调人可以征服自然。人对自然的控制体现在两个方面，一是用科学的话语对地理景观、植物与动物进行描述，让陌生敌意的自然为人们所认识，另一种方式是屠杀野生动物。这两点在19世纪的历险小说中均有体现，围困猎杀动物是19世纪历险小说情节的重要组成，许多历险小说甚至可以视为一连串狩猎活动的串联，这些狩猎活动是典型的身体力量与霸权的完美结合，带来了征服的权威感和兴奋感。

哈格德的小说充斥着动物猎杀的描写，倾向于把非洲看作英国贵族的花园。狩猎是激励主人公去非洲探险的重要推动力，满足了他们对非洲荒原的浪漫征服感。非洲是大型动物的乐园，特别是大象、麋鹿、河马、羚羊。阿兰·夸特曼是维多利亚文学史上第一位也是最著名的猎象人，他擅长猎杀大型动物，尤其是麋鹿与大象。夸特曼的谨慎、机敏颇有威望，在土著人也享有很高的声誉，是南非草原上最好的神枪手。

　　《所罗么王的宝藏》单辟一章来讲述捕猎大象，这是一次险些失控的场面。只见夸特曼拔一把干草向空中抛去，辨别风向。当确定大象没有嗅到人后，缓慢爬行，然后在距离大象四十码的地方，叩响机关。被惊吓的象群，尖声惨叫，你推我挤。古德因为过于讲究衣着而受到了惩罚，仰面朝天地摔倒在大象的面前。多亏了勇敢的祖鲁人基瓦，转过身把手中的标枪向大象迎面掷去，可惜大象将祖鲁人基瓦撕成了两半。基瓦的死亡令人悲伤，不过他却通过这种暴力方式为自己赢得了男性身份，"他死了，但死得像个真正的男人"[2]（P79）。

　　狮子和大象太危险了，欧洲白人最经常射杀的是羚羊与麋鹿，然后将肝脏、舌头及其他最好部位的肉割下来，放在篝火上烘烤，有时候也吃生肉。这种简单质朴的饮食与国内贵族"骄奢淫逸"形成了对比。另一方面，以鲜肉为主的饮食也给生活贫困的中下阶层带来了极大的诱惑。在另一部历险小说《女巫的头像》（The Witch's Head）中，哈格德向国内读者发出了诚挚的邀请："亲爱的读者，日子一天天过去了，新的一天你会发现自己比昨天更健康、更幸福、更强壮。这里有各种各样的猎物，没有信件、没有报纸、没有讨债者、没有女人、没有孩子，想一下这是多么快乐，衰弱的高加索人们，赶紧去买个牛车，来非洲吧！"[11]（P127）

　　夸特曼在原始丛林与文明社会之间自由穿梭，他一会儿是名博学的植物学家，了解植物花卉、动物迁移的习性，记录、描述风景如画的自然，一会儿他又摇身变成为一个征服自然的强者，将大型猎物收取囊中。非洲荒原带来了文明社会难以寻觅的惊险与刺激，而具有阳刚之气的男人是欢迎意外的，因为意外情况展示了生命的多样性，挖掘了个体潜力。

（二）厮杀战场

　　除了狩猎之外，非洲还提供了一个对于男性身份至关重要的活动——战争。"战争既不属于利欲熏心的中产阶级，也不适合任性放纵的女人，它就像一座熔炉，净化了资产阶级社会的虚伪和腐化堕落，在渣滓中提炼出阳刚的奋斗精神。"[11]（P41）参加战争对每一位男性来说，不仅是一项不间断的义务，更为他们提供了一个激发和培养男性气概、仿效英雄榜样的舞台。

加拿大作家兼文学批评家阿特伍德（Margaret Atwood）曾经指出哈格德与康拉德二人笔下的非洲都是欧洲文明"黑暗心脏"的隐喻，是对于未知自我与潜意识的探索。财富不是他们前往非洲的真正目的，他们是要去遭遇、发现、重新找回文明人已经丢失另一个自我。[12]（P113）诺曼·埃瑟林顿（Norman Etherington）也认为哈格德的小说不是庸俗帝国话语的宣传，"非洲腹地是一种特殊的心理景观，在那里欧洲白人经历了身体与道德的双重考验，直面并屈服于内心深处的恐惧"[13]（P83）的确如此，哈格德注意到一个原始的、令人道德败坏的"他者"蛰伏在白人内心深处，他要利用非洲将欧洲文明内心深处的"黑暗"暴露、释放出来，打破了野蛮与文明的对立。不同的是，在康拉德那里，"返祖"成为文明的悲剧，臣服于野蛮诱惑后的库尔茨淹没于可怕的荒原中，再也回不来了；而哈格德则赞同了分裂人格的融合，文明自我与野蛮他者的合二为一。

野蛮一词并没有明确的定义，有时候它是"未开化、毫无自制力"的意思，充满了贬义，但也可能是"原始的"，就有点褒奖的意思了。与文明相比，野蛮代表了一种本能、自然的力量。哈格德在另一部历险小说《阿兰·夸特曼》的引言中宣称："我们可以把自己分为二十部分，其中十九份是野蛮的，只有一份是文明的。如果我们要完全理解自己，必须凝视人类本性中的 19 份野蛮，而不是那第 20 份文明。"[14]（P5-6）哈格德不仅毫不避讳文明人身上野蛮的因素，反而认为野蛮要比文明更可靠，野蛮是文明中被压抑的另一面。文明让人类丧失了自己的本性，就像给鞋子涂了一层鞋油一样，拥有的仅仅是经过粉饰却没有实质性内容的虚伪面孔。

在《所罗门王的宝藏》中，夸特曼一行人经历了若干肉体上的磨练。他们先是像一群幽灵在荒凉的沙漠中跋涉，后来又顶着如火的骄阳，忍受极度的干渴和疲劳，攀登示巴雪山，夜宿在熔岩洞内，陷入了饥寒交加的绝境。不过，当他们进入库库安纳国之后，肉体上的考验转变为道德上的左右为难。非洲旧秩序的守卫者——巫婆噶古尔指出白人是为发光的石头而来，预言这个国家马上就要血流成河了，让他们心有余悸。随后，他们的祖鲁仆人伊格诺希表明自己是被驱逐出境的王子温勃帕，本应该是王位的合法继承人，请求白人推翻现有统治，帮助他夺取王位。三位英国白人陷入了道德的困境。

战争与狩猎不同，战争是残暴、野蛮的行径，干涉非洲土著人的内政也是不道德的，至少是"一件尴尬的事"[10]（P138），不符合维多利亚绅士的标准。夸特曼在小说开端介绍自己："我生来就是绅士……我绝不伤害别人，决不让自己的手沾上无辜者的血。我想上帝既给了我们生命，他的意思就是让我们保护生命。至少，我一向是这样做的，因为我希望在生命告终时不会得到恶报"[10]（P3）。夸特曼自嘲是一个胆小懦弱的人，不愿意卷入战争的厮杀中。

尽管不太确信杀人是否是一件道德的事，但是三位英国人最终还是同意为了友情与正义而战。然而，战争开始后，他们三个人的表现，表明了所谓的友情与正义都是托辞，他们是向往战争的。夸特曼形容自己"从内心深处，产生出战斗的激情……一种野蛮的厮杀的欲望被激动起来。我回顾身后一排排勇武的士兵，忽然觉得自己的面孔似乎和他们并不两样。"[10]（P155）亨利和古德率领精锐部队，身先士卒地冲在最前线，连拍射击，怒吼着、咆哮着，战斗在战争最惨烈的地方，古德认为"打仗是一件很快乐的事情"，而亨利爵士的样子更是威风凛凛，"头上的驼鸟羽饰已为敌茅所刺落，一头黄发在微风中飘散着。他伫立着，手持战斧，身着锁子甲，浑身为鲜血染红，俨然就是古代的丹麦英雄，没有人能在他的斧下逃脱性命。我看见几个魁梧的敌人向他挑战，他一边挥斧一边嘴里呎喝着：哦—嗬！哦—嗬！真像他狂斗士祖先那种模样"。[10]（P156–157）书中一开始就交代过，亨利是丹麦人后代，在英勇的厮杀中，亨利爵士尽显原始本色，被工业文明压抑的祖先影子重新浮现。从这样的描述中，我们还能看到全书一开始那个彬彬有礼的英国绅士吗？回到非洲，亨利爵士与远古的自我相逢，绽放了 19/20 的野蛮。

在战斗厮杀中，文明人不仅激活了内心深处的野蛮，而且回到了过去，回到了尚未被工业文明污染、充满活力的原始状态。非洲不仅是让自我与超我相遇的地方，也是现在与过去交融的场所。在战斗开始之前，亨利爵士把自己打扮得完全像个库库安纳的战士。"他把首领的豹皮斗篷系在颈上，在前额扎上高级将领才有的黑鸵羽饰，腰间束了一条漂亮的白牛尾带子。一双战靴加上山羊毛的足饰、一把沉重的犀角柄战斧、白牛皮蒙面的圆盾牌、几只飞镖，再加上手枪，这就是他的全部装备。"对于亨利爵士这种入乡随俗的装扮，夸特曼评论道："衣服无疑是很原始的，不过我应该说，亨利爵士这身打扮比以往更显得威武，更显出他健美的身躯"。[10]（P139）亨利爵士的打扮与伊格诺希相同，夸特曼感叹道："我们从未看到两个如此雄赳赳的人物。"[10]（P140）不管是服装还是行为，亨利与伊格诺希都是可以替换的，文明人和野蛮人没有区别。

三、高贵的野蛮人：绅士的榜样

哈格德笔下出现了许多高贵的野蛮人，国内学者指出"作为欧洲人的助手和忠仆，这些高尚土著的形象是另一种形式的种族主义思想的表现，目的仍然是位大英帝国的殖民扩张服务"[15]，对此笔者不太同意，实际上哈格德小说中野蛮人已经超越了早期笛福历险小说中"星期五"的模式，成为欧洲男性效仿的榜样。

在《所罗门王的宝藏》的开篇，夸特德就提出了一个问题，"什么叫绅士？我也说不清楚。我曾和黑鬼们一起干活。不，我要彻底抛掉'黑鬼'二字，我熟悉当地人，他们都算得上绅士，我的孩子哈里也会这样说；我也熟悉那些刚从本国跑到这里来的有钱的白人，他们就算不上绅士"[10]（P3）。正如文章开头所示，男性气概不是一种本质存在，绅士不是天生的，也是不是英国特有的，是经过后天努力建构的。绅士没有肤色、种族差别，有些白人不能称为绅士，有些黑人却可以称为绅士。这种绅士的标准打破了基督教信仰的限制，冲破了种族的界限，把非洲黑人引入了绅士的行列。实际上，哈格德笔下的大部分祖鲁人都是真正的绅士，他们勇敢、有勇气、忠于国家，这些"高贵的野蛮人"是英国白人借以反观自身的榜样。

诺曼·埃瑟林顿指出"哈格德笔下的祖鲁人是唯一可以与詹姆斯·费尼莫·库珀笔下的莫希干人相媲美的最聪明、最美好的野蛮人。"[13]（P74）《所罗门王的宝藏》中，夸特曼赞扬库库安纳人是他见到最健壮的民族，没有人低于6英尺。库库安纳军队纪律严明，战斗力强，为了履行自己的义务，战士们奋不顾身，毫不犹豫，脸上也看不出一丝畏惧的表情。夸特曼感叹："我从未见过如此忠于职守的精神，也未见过这样食苦果如甘饴的人。"[10]（P151）即使作为反面角色的国王特瓦拉在最后的决斗中，也表现得光明磊落。伊格诺西与亨利爵士更是一对不分高下的绅士，这位祖鲁王子身材高大，样貌漂亮，讲话口气带着一点骄傲，当亨利要求他做自己的仆人时，只补充了一句："我们都是男人，我和你是一样的（we are man, thou and I）。"[5]（P62）

不仅如此，几乎所有上层的祖鲁人都是天生的演说家，具有哲学家的气质，他们的思维水平和智力甚至比现代人更高级，是天生的诗人与哲学家。伊格诺希用哲理化的语言论证了什么是生命，"什么是生命？生命不过是一根鸿毛，生命是一颗飘来的草籽，有的生根、发芽、长大、枯死，有的漂泊天涯，永无归宿，如果种子的根底好、分量重，也许飘得近些。每一个人都要走自己的路，要和风浪搏斗。人生在世，终有一死"[10]（P45）。曼斯菲尔德认为这位黑人的演说"对于男性气概有一种绝望的形而上学"[1]（P57），生命永远不可能安全，所以去寻求安全感是毫无意义的，具有男性气概的人不会去算计、推论和控制风险，他们奋勇向前，奉献并创造了自己的生命。

"高贵的野蛮人"是欧洲浪漫主义的传统，代表了一种古老的乌托邦理念，强调自然状态之下原始人身体的优越性，没有艺术和财产的连累，他们过着是既朴实又简单严峻的生活。19世纪由于帝国主义扩张的需要，及进化论等科学话语的发展，对于原始人的想象带有浓厚的种族话语。布兰特林格（Brantlinger）指出：在19世纪维多利亚文学已经几乎不再使用"高贵的野蛮人"形象，许多作家都倾向于将非洲土著妖魔化，起码是不认可的态度。[16]（P58）维多利亚早期的绅士概念所要求的自制力，让他们拒绝任何屈服于本能欲望、毫不费力的男性类型。1853年狄更斯（Dickens）关于"高贵野蛮人"的文章就表达了对非洲土著人的厌恶："我认为野蛮人就是那种文明教化应该将其从地球表面清除的人……高贵的野蛮人与其同类的战争是一种种族毁灭的行为，可是他们却乐此不疲，他们对其他事情都不感兴趣。这是我对他们的认识……我的立场是如果要从高贵的野蛮人身上学习什么，这一点恰巧是应该避免的。高贵野蛮人的美德都是一则寓言，他的幸福是一种幻觉，他的高贵是瞎扯。"[17]（P467-473）狄更斯的观点颇具代表性。由于放纵本能欲望，屈服于冲动的情感，野蛮人既不自由也不高贵，反而是自己欲望与激情的奴隶。

然而，19世纪末退化的焦虑与战争的威胁，使得代表自然力量的"野蛮人"形象具有一定的诱惑力。虽然19世纪的人们兴致勃勃地设立行为标准、颂扬民族特征，并建立更严格的男女界限，但民族退化始终是他们心头最大的恐惧。随着城市人口的急剧增加，社会退化已经成为一股无法回避的毒气。人们一边哀叹下层社会的贫穷、疯狂与犯罪，一边忧虑着上层社会的"过度文明"。19世纪下半叶是战争爆发的高峰期，笼罩在战争威胁下的英国要求男人就应该具有阳刚之气，应该勇敢、富有战斗力，这种纯粹而简约的男性气质使得士兵、武士成为理想的男性模板。祖鲁人英勇善战，虽然残忍，但非常忠诚。他们没有现代文明人的虚弱，他们也不虚伪、不庸俗，是一个值得尊敬的对手与学习的榜样。

四、合谋还是对抗：野蛮绅士对帝国话语的解构

男性批评研究的学者几乎都注意到了男性气概的历史发展和帝国主义扩张之间存在着密切联系，男性气概受到帝国主义扩张的影响，并对于帝

国扩张起到了积极主动的建构作用。布拉德利·迪恩（Bradley Deane）将这种"原始的男性气概"定义为帝国主义的男性气概，因为在新帝国主义的语境下，这种野蛮、重视力量的男性品质有可能帮助英国人成为最厉害的殖民者。[18]（P205）这样的观点不无道理，但是对于野蛮绅士形象与帝国主义话语之间的关系，要一分为二地去看待。野蛮的男性气概一方面与帝国主义的欲望互相复制，相互表征，另一方面也同样瓦解了文明话语的优越性，进而质疑了帝国主义事业的合法性。

"文明"的内涵与应用千变万化，但一直存在着自相矛盾的悖论。"文明"曾经成功地建构了男性支配，建构和维护了中产阶级白人在阶级、性别和种族上的权威。"欧洲'文明'观念是在欧洲社会发展与对外扩张的过程中，在自诩为'文明'群体的'自我'与被贬低为'野蛮'群体的'他者'之间的互动中发展起来的。"[19]（P158）文明是一个完美种族的最高成就，就像男性气概是一个完美男人的最高成就一样。传统的帝国主义者认为殖民地是野蛮落后的，殖民地的男人自然也不具有男性气概。种族是定义白人男性身份的重要维度，殖民者利用白种人优越的观念，创造了一个以种族主义为基础的男性优越的意识形态。在这种意识形态的支配下，殖民地的男人经常被情欲化与女性化，殖民话语中对于东方男性"女人气"的刻板印象的建构无处不在。马里哈娜·辛哈在对于殖民地男性气概的研究中指出："男性身份的建构与其他社群中男性之间的关联程度，并不亚于男性身份建构与女人的关联。"[20]（P299）极度男子气的英国人和女性化的被殖民者的二元对立，不仅支持着英国的殖民话语，而且将英国和殖民地的妇女驱赶到男人之间交流的外围，上演了一出同性社会交往欲望的脚本。

然而，马里哈娜·辛哈对于殖民地男性气概的印象并不适用于《所罗门王的宝藏》中对于非洲土著男性的刻画。库库安纳国的男性是极具阳刚之气的男子汉，是无往不胜的勇士，他们高贵、忠诚，而且充满了民族自豪感。哈格德不仅把他们列入绅士的行列，还暗示他们才是男子汉的标本，是英国白人建构自身男性气概的榜样。正如劳伦斯·米尔曼（Lawrence Millman）所说，"哈格德没有将黑人异化为陌生的外国人，而是视他们为地位平等的兄弟"[21]（P12）。这里没有赛义德"东方主义"里所强调的差异性，而存在更多的相似性。在黑人兄弟的影响下，英国白人卸下了沉重的文明包袱，从复杂的社会规范与生活矛盾中解脱，恢复了男人本真。

"文明教化"的任务是欧洲白人开展殖民事业的合法辩护。关于欧洲"文明"与殖民主义的关系，埃利亚斯在《文明的进程中》指出："西方国家自认为自己是一个现存的，或者是稳固的'文明'的提供者，是一个向外界传递'文明'的旗手。从这时候起，那些推行殖民政策，并因此而成了欧洲以外广大地区上等阶层的那些民族，便将自身的优越感和文明的意识作为了为殖民统治辩护的工具，就像当年"文明"概念的鼻祖'礼貌'和'开化'曾经被宫廷贵族上等阶层用来为他们的统治进行辩护一样。"[21]（P116）欧洲人在殖民过程中存在一个潜台词，那就是殖民地的男人粗鲁野蛮，容易与人冲突，拥有暴力倾向，"文明教化"的任务就是要用基督教将他们驯化为克制自律、彬彬有礼的绅士。

如果男性气概不再与"文明"的内涵、种族身份绑架在一起，无关于绅士的彬彬有礼、自律控制，而与野蛮的身体力量、坚强的意志力密切相关，那么欧洲人文明教化的使命在逻辑上就被否决了。通过主张野蛮自我的回归，哈格德质疑了大英帝国对于土著"文明教化"的任务，识破了文明虚伪堕落的本质，指出野蛮与文明在本质上是相同的。《所罗门王的宝藏》中的三位英国白人不但没有完成"文明教化"的使命，反而被野蛮的"他者"身上唤醒了"自我"内心深处的野蛮欲望。白人主人公不再重视道德教诲、基督教的传播，而是直接拿起了斧子、刀剑，释放了被文明社会压抑的野蛮欲望。他们不是来消灭落后与野蛮，而是受其感染，投身于野蛮人的战斗中。在这里，退化为野蛮是一种激动人心的可贵品质，而不是意味着无序、混乱及令人烦恼的担忧。野蛮不再是一种犯罪或者缺乏自律的表现，而是一种力量的符号，冲动与非理性被看作真实、有血性的表达。

小说的结尾处同样谴责了西方殖民者 19 世纪末对于非洲的殖民入侵和物质剥夺，切断了欧洲文明对于黑人男性气概玷污的可能性。新国王伊格诺希宣布："你们且听我说，也让所有的白人知道，从今以后，白人再也不要跨过这些大山，再也不要到这里来。我不想见到带着枪支和烧酒的商人，我的人民和他们的祖先一样，将手执长矛口饮凉水进行战斗……一个白人来到我们面前，我就送他回去；一百个人来，我就赶他们回去；要是一支军队开来，我就尽全力作战，他们休想战胜我们。"[10]（P215）寻找宝石是三位英国人来到非洲的重要原因，历经艰险，最后他们终于得以带着几块闪闪发光的钻石离开，而在非洲黑人看来，对于钻石的喜爱显然不是具有男性气概的行为，男性气概对抗理性主义与实用主义，自然状态下的野蛮人显然比沉迷于物质财富的文明人更加具有男性气概。

结语

《所罗门王的宝藏》提倡一种野蛮的男性气概，拥护一种刚性、质朴、好战的原始主义，试图复活被工业文明压抑的野蛮活力，以对抗由于所谓的现代性和过度文明引发的神经焦虑症。与彬彬有礼、自律克制的传统绅士观相比，哈格德更强调绅士的冒险精神与英雄主义气质。哈格德暗示来自现代文明的白种人，如果想重塑男子汉气概，必须向野蛮的土著人学习，和他们并肩作战，共同对抗西方现代文明的侵袭。这种新型男性气概的标准已经超越了种族与文化的界限，沟通了现在与过去男性身份的本质认同，转变为一种所有男人通过努力都可以拥有的德性。哈格德把男性气概理解为一种简单的品格，寻求冒险，欢迎意外，对于金钱和物质财富不感兴趣，不依赖于装腔作势的文明教养。因此，除了传统的帝国主义意识的解读之外，《所罗门王的宝藏》还蕴含着一种反文明、反理性，渴望回归自然和本真状态的"原始主义"（primitivism）。

不过，哈格德小说中的原始主义既是文明悲观的暗示，又与帝国主义的欲望互相表征，相互复制，共同庆祝激情力量的回归。成为一名勇敢的英雄有着重要的政治意义，成为大英帝国建构国家与民族身份的重要表征。一种凸显探险意识、无畏精神和骑士品质的男性气质与野蛮的、不受约束的英雄主义受到称赞，成为定义男性身份的关键，并且与大英帝国的民族身份发生了关联。这种新型的男性气质鼓励青年男子到海外，帮助拓展帝国。帝国的扩张与逃离现代文明是同步进行的，帝国的边疆是维多利亚的男性身份确立的重要舞台。

【参考文献】

［1］哈维·曼斯菲尔德.男性气概[M].刘玮，译.南京：译林出版社，2009.

［2］Connell R W. Maculinities.2nd ed[M]. Cambridge: Polity Press, 2005.

［3］Bederman G. Manliness and Civilisation: A Cultural History of Gender and Race in the United States 1880–1917[M]. Chicago: Chicago University Press, 1995.

［4］Sussman H. Victorian Masculinities: Madhood and Mascline Poetics in Early Victorian Literature and Art[M]. Cambrige: Cambridge University Press, 1995.

［5］Haggard H R. King Solomon's Mines[M]. Peterborough, Ontario: Broadview Press, 2002.

［6］Ruskin J. The Crown of Wild Olive[M]. New York: Crowell Nabu Press, 2010.

［7］Kimmel M S. The Contemporary "Crisis" of Masculinity[M]//Brod H. The Making of Masculinities. Boston: Allen and Unwin, 1987.

［8］布劳迪.从骑士精神到恐怖主义：战争和男性气质的变迁[M].杨述伊，等，译.北京：东方出版社，2007.

［9］赛基维科.男人之间：英国文学与男性同性社会性欲望[M].郭劼，译.上海：上海三联书店，2011.

［10］哈格德.所罗门王的宝石矿[M].常政，曼真，译.沈阳：春风文艺出版社，1982.

［11］Haggard H R. The Witch's Head[M]. London: Hurst & Blacklett, 1885.

［12］Atwood M. Survival, A Thematic Guide to Canadian Literature[M]. Toronto: Anansi, 1972.

［13］Etherington N A. Rider Haggard, Imperialism, and the Layered Personality[J]. Victorian Studies, 1978,22(1):71–87..

［14］Haggard H R. Allan Quatermain (1887), Popular Classics[M]. London: Penguin Group, 1995.

［15］陈兵."高尚的野蛮人"与英国历险小说中的土著形象[J].外国文学，2013（2）：52–59.

［16］Brantlinger P. Rule of Darkness: British Literature and Imperialism, 1830‒1914[M]. Ithaca: Cornell UP, 1988.

［17］Dickens C. The Uncommercial Traveler and Reprinted Pieces[M]. Oxford: Oxford UP, 1958.

［18］Deane B. Imperial Barbarians: Primitive Masculinity in Lost World Fiction[J]. Victorian Literature & Culture, 2008,36(1):205–225.

［19］刘文明.自我、他者与欧洲"文明"观念的建构——对16～19世纪欧洲"文明"观念演变的历史人类学反思[J].江海学刊，2008（3）：154-160.

［20］王政，张颖.男性研究[M].上海：上海三联书店，2012.

［21］Millman L. Rider Haggard and the Male Novel. What is Pericles? Beckett Gags[D]. New Brunswick, N.J.: Rutgers University, 1974.

［22］诺贝特·埃利亚斯.文明的进程.第一卷，西方国家世俗上层行为的变化：文明的社会起源的心理起源的研究[M].北京：生活.读书.新知三联书店，1998.

在文学与大众之间：叶芝的民族剧院理念

沈家乐①

在文学的三种主要体裁当中，戏剧是最具有社会性的。所有文学的表达首先都是通过语言层面来进行的，而戏剧与诗歌、小说的不同之处在于，通过舞台表演戏剧能够获得二次表达或二次创作的可能；同时，戏剧的接受除了通过阅读剧本文本以外，更多的需要凭借戏剧的演出。戏剧演出是一个超越语言层面的公共事件，它所面向的受众一般都是以集体的状态存在的。英国文化批评家雷蒙德·威廉斯（Raymond Williams）在《戏剧形式的社会历史》一文中谈道："诗歌与小说作品通常首先是被暂时独处的个人所接受，而戏剧通常（尽管不能说普遍）是被一群人、一群实实在在的观众所接受的。"因此，"尽管文本与表演、文学作品与戏剧演出之间的关系在不同的时期和不同的社会里是大不一样的，但从个人的创造活动扩展为一种社会的创造活动，这一轨迹仍然是清晰可见的。"[1]（P260）这也就是说，从创作和接受的过程来看，戏剧文学当中的个人体验必然会被扩展为一种群体体验。

另一方面，正如威廉斯所说："无论从传播方式还是从接受和反应的方式来看，戏剧明显是在某种社会背景中运作的。"[1]（P260）戏剧并非一个遗世独立的领域，戏剧的形式、艺术特征也接受了社会变化的影响。

---

① 沈家乐（1982-），浙江大学人文学院助理研究员，文学博士，主要研究方向：欧美文化与文学。

而在研究英国戏剧发展与社会历史的关系的过程中，威廉斯特别提及了爱尔兰的戏剧运动："有时候，在单独的一场运动中，一种特定的民族意识会在短时间内将社会剧（social drama）的成熟与戏剧的发展与创造统一起来，就像在爱尔兰戏剧运动中那样。……在爱尔兰戏剧运动中，主要由叶芝推动的新戏剧之所以能够很快拥有自己的观众群，并和演出剧院建立联系，就因为它是一场全面展开的民族戏剧运动的一部分。"[1]（PP285-286）

威廉斯所称道的威廉·巴特勒·叶芝（William Butler Yeats, 1865-1939），是1923年诺贝尔文学奖的得主，现代英语文学当中最有影响力的作家之一。而诗名远播的叶芝另两个重要的身份则是剧作家和爱尔兰民族剧院的倡导者及实践者。作为剧作家（playwright）的叶芝，总是将个人生活的文化焦虑与民族身份的宏大叙事结合起来。用作家自己的话来做比喻："所有属于个人的东西都将很快地腐朽：它必须为冰和盐所包裹。"[2]（P509）只有通过这种结合，个人的思想能够避免"腐朽"的命运并获取更大的社会能量；同时，宏大叙事也能够通过艺术的方式得以在世俗中展开。而作为戏剧家（dramatist）的叶芝，则希望他的戏剧能够直面他的民族。不仅仅是因为他创建、主持艾贝剧院（Abbey Theatre）需要一群在场的观众，更是因为作家所有的文学创作都离不开爱尔兰民族的共同体。对于作家来说，"没有民族性就没有伟大的文学，而没有文学也就没有民族性"。[3]（P30）叶芝的戏剧是一种民族戏剧，民族性的建构不仅仅是叶芝戏剧的背景或者内容，更是他戏剧事业的目的。民族共同体与文学生产的关系，对民族剧场理想形态的探索，是贯穿叶芝整个艺术生涯的课题。

理想民族与剧院理念

在叶芝1910年的诗集《绿盔及其他》（The Green Helmet and Other Poems）中，有多首诗歌与他的剧院活动有关。在这些诗歌当中，作家强烈地表达了他对于民族剧院的焦虑。例如，《对于困难事情的强烈爱好》（The Fascination of What's Difficult）：

对困难的事情的强烈爱好

已使我血管中的元气干枯，

把自发的欢乐和自然的满足

攫出我的心。

……

我诅咒

那些必须以五十种方式排演的戏剧，

诅咒整天与每个无赖和白痴进行的争吵，

剧院的事务，人员的辖管。

我发誓在黎明再次转回之前

我将找到那马厩，把门闩拉掉。[4]（PP214-215）

豪斯将《绿盔及其他》看作是用诗歌语言写成的记录叶芝戏剧活动的文献。他发现在这卷文献中，呈现了许多"人群"（crowd）的意象："这些'人群'的主要特征是，他们拒绝与诗人、魔法师或者领袖合作。"[5]（P97）在《没有第二个特洛伊》（No second Troy）中，"人群"是那些狂暴的"无知的人们"（ignorant men）；在《对于困难事情的强烈爱好》和《反对无价值的称赞》（Against Unworthy Praise）中，他们是"白痴和无赖"（dolt and knave）；在《和解》（Reconciliation）和《听说我们的新大学的学生参加了反对不道德文学的骚动》（On Hearing That The Students Of Our New University Have Joined the Agitation Against Immoral Literature）中，他们是隐含的观众；在《艾贝剧院》（At the Abbey Theatre）中，他们是嘲笑艺术的"成百上千人"（hundreds）；在《盖尔威赛马会上》（At Galeay Races）中，他们是中产阶级物质主义的"商贾与职员"（the merchant and the clerk）。① 因此，可以说叶芝在剧院活动中所感受到的

----

① 以上诗歌可参见叶芝：《叶芝诗集》，傅浩译，石家庄：河北教育出版社，2003年，第199—231页。

焦虑,其实是源自他对于"人群"——大众的怀疑与鄙夷。

《绿盔与其他》中的"人群",在叶芝的戏剧《胡里痕的凯瑟琳》(Cathleen ni Houlihan,1902)① 当中就出现过。从戏剧的一开始,就有一种匿名的、集体的"喧哗与骚动"飘荡在以爱尔兰的村落为背景的舞台上:

[在基拉拉附近的村落间,1789 年。②……]

彼得:

我听到的是什么声音?

帕特里克:

我没有听到任何声音。[他听了一下。] 现在我听到了。那好像是欢呼声。[他走到窗边向外张望。] 我很好奇他们在为什么而欢呼。我没有看到任何人。

彼得:

可能是一场曲棍球赛。③

帕特里克:

今天可没有球赛。欢呼的声音肯定是从下面镇子里传来的。[6](P155)

而当戏剧的主人公、象征着爱尔兰民族的凯瑟琳④ 登场时,这个匿名

---

① 《胡里痕的凯瑟琳》是叶芝早期戏剧的代表作,讲述了一位拥有神秘气质的流浪女性,引导着即将结婚的年轻人米歇尔抛弃了家庭而投身于民族独立斗争。

② 1789年一支法国军队在爱尔兰北部的基拉拉海湾登陆,帮助爱尔兰起义者抵抗英国殖民统治,但起义最终失败。叶芝为《胡里痕的凯瑟琳》一剧设定了这一历史背景,读者 / 观众很容易将该剧所表现的内容与爱尔兰民族主义联系起来。

③ Hurling,指的是爱尔兰式曲棍球。

④ 在《胡里痕的凯瑟琳》中,叶芝用给一个与现实政治相关的比喻将凯瑟琳的形象与爱尔兰民族联系起来。剧中,凯瑟琳被问道:"是什么使得你流浪?""什么事情使你陷入烦恼?",凯瑟琳的回答是:"在我的房子里有太多的陌生人。""我的土地从我的手中被夺去,我的四块美丽的绿色土地。"绿色是爱尔兰民族的颜色,而"四块绿色的土地"指的是英国强行从爱尔兰的领土范围内划走的四个地区。

的集体顿时被赋予了具体的身份：

彼得：

[对老妇人] 在你上山来的时候，是否听见了欢呼的喧闹声？

老妇人：

我想我听见了熟悉的声音，我的朋友来探访我时发出的声音。[6]（P160）

于是，戏剧中的"人群"成为叶芝理想中的爱尔兰民族表征。在作家看来，一个作为表征的理想民族，是一个接受先知式领袖召唤的共同体——这在戏剧中表现为"人群"受到凯瑟琳的感召而发出欢呼；而一个作为表征对象的理想民族，则是一个接受诗人和剧院召唤的共同体。在剧院的笔记当中，叶芝写道：

一个民族应该像是一个伟大剧院里的观众。[7]（P836）

他在自传中也有过类似的表述：

我发现，我们的人民不好读书，却擅于耐心地倾听（他们不知听过多少次长篇政治演讲呢），并藉此认为，我们必须开设一个剧院，如果有合适的音乐家，便能将文字转变为音乐。[8]（P75）

叶芝的爱尔兰剧院的计划，不仅仅是表现爱尔兰民族，更重要的是建构爱尔兰民族，"赋予爱尔兰一个坚固而鲜明的民族特点"。[9]（P76）在叶芝看来，剧院是一个调动大众、培养大众的方式。它也能够使一个具有同质性却又是碎片化的"人群"聚合为一个民族，共享一种统一了的爱尔兰文化。叶芝的理想民族，不仅仅是"伟大剧院"当中的理想观众，更是戏剧表演的"合唱队"：他们接受文学和艺术的召唤；他们是剧场灵氛的制造者，也从这种灵氛当中获得智性与美感。

在一个关于"理想剧院"的演讲中，叶芝讲道：

在现代欧洲，斯堪的纳维亚的剧院最接近理想剧院。只有在这个剧院中，戏剧能够既是文学的，也是大众的（popular）。[10]（P155）

叶芝希望爱尔兰的民族剧院能够沟通"文学"与"大众"，但事实上这种沟通是无法达成的。作家为爱尔兰的"人群"所设计的"理想民族"的形象，并没有被这民族本身所接受："叶芝的观众拒绝将他们自己改变为一个民族，也不欢迎和歌颂他所喜爱的那些艺术家所带来的幻视。他们坚持显露出集体性和自治性，这些都是叶芝所反对的。"[5]（P94）即使爱尔兰民族剧院在"文学"上取得了成功，也没有办法成为"大众的"。这意味着叶芝将自己的剧院本身置于"文学"与"大众"两者的夹缝之中。

正是对于民族剧院尴尬境遇的焦虑，使得叶芝成为那个在《绿盔与其他》当中狂躁的剧院经理。艾尔曼看到，"在对'剧院的事务，人员的辖管'的愤怒之中，叶芝试图为自己戴上一个激烈的面具。……在（关于戏剧的）争论中他成为一个可怕的人，凭借人格的破坏力，或者说凭借面具的力量——既然他已经戴上了面具，他可以迫使哄闹的人群陷入沉默。"[11]（P197）叶芝以强烈的个人意志压抑了"人群"的话语，因此，我们在《绿盔与其他》当中看到"人群"的面孔是模糊且扭曲的。而在《胡里痕的凯瑟琳》当中，"人群"始终只有声音而没有语言；"人群"是戏剧当中重要的"角色"，却又始终无法登场，只能存在于凯瑟琳的表述之中。

在叶芝的戏剧中，个人创造的神话代替了"人群"的语言和行动；而在他的剧院活动中，作家也试图以自我对于民族身份的宏大叙事来影响真实的民族历史进程。"对于叶芝来说，原始的民族是一个深远的、非理性的、神秘的共同体与一种强烈的个体创造力及意愿的矛盾结合。这个构想为叶芝关于剧院与民族文化的关系的理论提供了关键的架构，并以多种不同的形式表现出来。"[5]（P69）在这里，叶芝希望戏剧与剧院能够起到另一种沟通的作用，即将个体与公众结合起来。同样令他失望的是，作为艺术家的个体常常不能为公众所理解。这正如戏剧中"胡里痕的凯瑟琳"在漫游的旅程中所感受到的冷漠与隔阂：

> 老妇人：
> 我走了很长、很长的一段路程；从没有人像我这样
> 经历漫长的旅程，有很多的人并不欢迎我。
> 我原本以为那边有几个壮实的孩子
> 会是我的朋友，但是他们正在剪羊毛，
> 不会愿意听我说话。[6]（P159）

关于《西方世界的花花公子》的争论，使叶芝对于剧院事物的失望到达了极致：1907 年 1 月 26 日，爱尔兰青年剧作家辛格（J. M. Synge）的剧作《西方世界的花花公子》（The Playboy of the Western World）在艾贝剧院上演。由于该剧对于爱尔兰妇女形象的表现，特别是用"汗衫"一次来描述妇女的衣着，难以为激进的爱尔兰民族主义者所接受，从而引发了激烈的抗议和骚乱。戏剧演出几天后，叶芝和他的父亲先后在艾贝剧院登台演说，为辛格及其剧做辩护。这场争论成为爱尔兰民族剧院，甚至是爱尔兰民族运动过程当中具有重大影响力的事件。在《一切都能诱使我》（All things can tempt Me）① 一诗中，作家对自己全身心投入的戏剧事业表示了失望与自嘲：

> 凡事都能诱使我抛开这诗歌艺术：
> 从前是一女人的脸，或更其不如——

---

① 该诗最初发表时，题为《分心》，亦可见作者对于戏剧事业的困惑。

　　我那傻瓜治理的国土貌似的需要；

　　如今什么也不比这已习惯的辛劳

　　来得更得心应手。①

　　……

　　可是现在，只要我能够随心所欲，

　　我宁愿又冷又聋又哑甚于一条鱼。[4]（P230）

　　叶芝认为："被为数众多的人所理解和热爱的观念或意象，必不具有丰富的经验，也必没有经过耐心的研究和细致的感知。"[2]（P313）而当个体与公众之间失去了共通的语言与感触，变得"又冷又聋又哑"，作家的创造性就失去了意义，民族性的建构也就无从展开。这一悖论又使得叶芝及其剧院进入了另一种夹缝的境遇：在个体与公众之间。

　　豪斯指出："叶芝剧院的开始是以一个基本的冲突为标志的：一方面是希望戏剧能够感动'群体的人民'，而另一方面是认识到这个群体现在的状况不是他所创立的这种剧院所能接受的。"[5]（P71）由此产生的是，他的剧院陷入了两种中间境遇之中："叶芝开启了爱尔兰剧院，希望能够创作出集文学与大众为一体的戏剧，但他对于爱尔兰观众的体验使他明白，文学与大众是对立的两极，而他对英雄式个体的创造性的赞成也不能产生神秘的民族共同体。"[5]（P99）

　　爱尔兰民族剧院的夹缝境遇是叶芝自我理想与民族现实冲突的结果，是叶芝所代表的精英文学与民族主义群体政治的混杂所造成的困境的表现，更是盎格鲁—爱尔兰族群②"夹缝"状态的文化身份的特殊表征。

---

　　① 诗中"女人的脸"暗示诗人对爱尔兰民族运动活动家茅德·冈的迷恋；"已习惯的辛劳"暗示对剧院事物的经营管理。参见译本当页译注。

　　② "英—爱"或者"盎格鲁—爱尔兰"族群，是指从英国移民到爱尔兰的有产阶级及其后代，他们不使用盖尔语，信仰新教而不是天主教。在文学艺术上，这可以指上述族群的创作，也可以指在爱尔兰出生或与爱尔兰有联系却用英语写作的作家的作品。

传统选择与艺术理念

有一些作家认为他们寻求到了某种适合自己的文化场景（culture scene），但又在不知不觉中成为这种文化场景的塑造对象；而叶芝却格外希望能够按照他的要求来塑造一个新的文化场景，一种能够反抗盛行的风格、价值和传统的文化形态，特别是在戏剧艺术方面。理查德·凯夫认为，"叶芝的这种做法一部分的动机是政治的：拒绝在殖民地爱尔兰复制英国式的品味和戏剧实践。他努力地为爱尔兰创建一个能够体现真正爱尔兰性的剧院。另一部分的冲动来自美学层面，源自对十九世纪后半叶所流行的物质主义戏剧艺术的厌恶。"[12]（P330）叶芝的戏剧艺术理念是剧院的夹缝境遇的反映，也是作家试图缓解"文学"与"大众"、个体与公众之间的张力所采取的一种姿态。

于是，叶芝对于英国（不列颠）戏剧风格表现出一种激烈地抵抗的态度："他排斥情节剧的魅力、笨拙的姿态和刻意的复杂演员动作，例如亨利·欧文（Henry Irving）①的表演，过于繁琐的舞台布景，甚至反感萧伯纳式喜剧中脑筋急转弯式的盘问。对于他来说这些都像是一部上好了油的机器——一望而知的、冷酷无情的、尽管是闪亮的。"[12]（P330）他明确地指出莎士比亚以来的英国戏剧传统不适用于爱尔兰的民族剧院：

在现在这个阶段，莎士比亚是爱尔兰作家们唯一所知的伟大戏剧家，这使得他们用英国模式来审视自己的作品。

……

如果我们离开了农民们的民间传统，我们就无法知道我们自己；而在戏剧中，我们就无法知道这个世界上最好的言说和书写。[13]（PP9-12）

叶芝强调爱尔兰民族有自己的戏剧传统，爱尔兰的民族剧院不应当依

---

① 1838—1905，维多利亚时代的著名演员兼剧团总监（actor-manager）。

照不列颠的尺度。但正如凯夫进所指出的："尽管叶芝在戏剧理论上的关注点是对于英国式戏剧法则的抵抗并且培养创造性，但他并不是一个完全的反传统者。"[12]（P331）叶芝还是希望能够使戏剧返回到某种传统的土壤当中，并藉此摆脱中间境遇的困境和不列颠意识形态的影响。在自传中，叶芝表达过对于不同文化传统及传统的选择态度：

　　我没见过中世纪的大教堂，作为令人厌恶的伦敦的一部分，威斯敏斯特也从未引起过我的兴趣，不过，我却常常想到荷马和但丁，想到摩索拉斯和阿蒂密斯之陵，想到伟大的国王和王后，想到无关紧要的希腊人和亚马逊族女战士，以及半人马怪和希腊人。念及荷马的诗歌为人吟唱，念及但丁聆听普通人吟唱《神曲》某个章节的故事，念及堂吉诃德与某位吟唱《阿里奥托斯》的凡人相遇，我也会开心不已。莫里斯似乎对乔叟以后的诗人缺乏关注，尽管我对莎士比亚的喜爱要甚于乔叟，但我却为自己的这种偏爱感到不快。欧洲以前不是享有共同的思想和心灵，直到莎士比亚诞生前不久才分崩离析的吗？[8]（P142）

　　在这段自白中可以发现，在"令人厌恶的伦敦"之外，有两种传统在召唤着叶芝。一种是在莎士比亚和不列颠帝国诞生之前的欧洲"共同的思想和心灵"，是古希腊和古罗马，是"荷马和但丁"；而另一种传统则存在于吟唱荷马史诗、《神曲》和《阿里奥托斯》的吟游诗人身上，即欧洲民间文学的传统。一方面，"叶芝坚持爱尔兰性与其他古代文学的特性是相一致的，特别是古希腊传统"，爱尔兰文学在欧洲"分崩离析"之前正是传统的一部分。[5]（P26）而另一方面，叶芝也认为：

　　凯尔特在过去的几个世纪中与欧洲文学的主流非常接近。它一次又一次地将"额外的""生机勃勃的精神"带到了欧洲艺术之中。[2]（P185）

因此，叶芝再一次地选择了回归的路径，爱尔兰应该从不列颠的传统中解脱出来：转向欧陆，重回民间。

于是作家在《爱尔兰戏剧运动》（Irish Drama Movement）当中写道：

我认为我们爱尔兰人更需要的是严谨的法国和斯堪的纳维亚的戏剧，胜于莎士比亚式的精美。

……

我们必须重建爱尔兰的想象传统，让圣徒和英雄们重新充满大众的想象力。

……

让我们从大师们那里学习（戏剧的）结构，从自己身上学习（戏剧的）对话。[13]（PP11-13）

叶芝希望能在戏剧中将欧洲传统与爱尔兰民间传统结合起来，用帕特里克、科伦布基尔、乌辛或是费奥恩来代替普罗米修斯，用爱尔兰的克罗帕特里和本布尔山来代替高加索山，创造出属于爱尔兰民族的《解放了的普罗米修斯》。在叶芝看来重写爱尔兰神话是民族剧场当中最重要的艺术表现方式：

一切民族的首度统一，不正是来自将他们许配给岩石山丘的多神论吗？在爱尔兰，我们拥有想象力丰富的故事，它们在没有文化的阶层中可谓妇孺皆知，甚至为他们所传唱。我何不让这些故事在修养甚高的阶层中广为流传，为了创作的目的，重新找回我所谓的"文学的应用艺术"，找回文学与音乐、演讲和舞蹈的联系？何不趁此加深这个民族的政治情感，令所有的艺术家、诗人、匠人和苦工接受共同的蓝图？也许，这些形象一旦被创造出来，与河流山峦联系在一起，他们便会自己活跃起来，拥有着强大甚至是躁动的生命……[8]（P144）

如果我们将这些故事讲给我们的孩子们听，这个国度将重新成为一片神圣的土地，就像这里的人们以前将心灵奉献给希腊、罗马和朱迪亚那样。[9]（PP12-13）

因此，我们可以在叶芝的一系列戏剧中看到一个被塑造成"阿基琉斯"的爱尔兰英雄库丘林的形象。① 重述的神话传奇不但能够"带回一个英雄的理念"，还能够"建立一个现代的爱尔兰文学"。[14]（P452）但更重要的是，叶芝看到，"修养甚高的阶层"能够从"没有文化的阶层"那里获取充满想象力的神话素材，经过"艺术家、诗人"的编织与重写，再回到"孩子们""匠人和苦工"那里，成为一个民族的"共同的蓝图"。话语的传播形成了一个循环，而通过这一过程，个人的话语通过"非个人化"的神话进入了群体的意识，"文学"与"大众"，个体与公众，获得了沟通的可能。这正是叶芝所渴望的艺术形式：在这种崭新的艺术形式当中"艺术家的工作隐于其中，如同出自无名的凿子"。当"个人化的情感编织在神话和象征的一般格局下"，现代人的自我表述便成为一种原始、简单的情感。[8]（PP110-111）在同一民族文化场景中，愈是如此简单的情感，愈能与所有人产生共鸣。

除了欧洲传统和民间传统，还有第三种传统被叶芝发掘出来："叶芝支持创新，但是他却通过一个创造性的旅程使得戏剧回到了它最原初的形态。如果对于他来说当时的戏剧是机械呆板的，那是因为戏剧失去了同生命的精神层面及他所追寻的神秘、仪式之间的联系，这里的仪式指的是咒语式的影响，也指的是叙述的过程和心理的张力。"[12]（P330）戏剧与仪

---

① 叶芝以库丘林神话为题材的创作从1897年就开始了，并且贯穿其整个创作生涯。在叶芝的观念中，库丘林骄傲而充满力量，是一个"独立的人"的原型，也是一个"反自我"（anti-self）或者是一个"面具"，意味着人对于"自然状态"的超越。叶芝的"库丘林戏剧"共有六部，分别为：《波伊拉海滩》《绿盔》（Green Helmet）、《在鹰井畔》（At the Hawk's Well）、《艾梅唯一的嫉妒》（The Only Jealous of Emer）、《与波涛的搏斗》（Fighting the Waves）、《库丘林之死》（The Death of Cuchulain）。

式是具有同源性质的文化形式，戏剧回归到仪式传统当中，一定意义上来说，就是让戏剧回归到戏剧的本质中去。

但对于叶芝来说更有意义的是，使戏剧成为整个民族的一个仪式：

维克多·雨果曾经说过在剧院中，暴民能够成为人民，而这只能在古代成为真正的现实，在古代剧院是信仰仪式的一部分，我所希望的是，如果我们能够在一年又一年的时光中不断获得成功，我们或许能将一点点理想带到这个时代的普遍意识当中。[10]（P141）

在作家看来，"暴民"（mobs）是民族的对立面，而一个理想的民族不仅仅应该是剧院当中的观众，更应当是一场仪式的参与者。

在个体与公众的对立中，通神学（theosophy）为叶芝提供了一种可能的解决方法，"在作为大众政治的爱尔兰民族主义与英雄式个体之间的矛盾中做出协调"。[5]（P83）一方面，将戏剧视为神秘仪式能够激发主体间的无意识、本能和情感。"创造越多的无意识，就会有越大的力量。"[14]（P248）另一方面，叶芝强调了戏剧家对于大众的改造能力。艺术家个人能够创造民族主体之间的神秘交融（communion）。在叶芝的回忆录和散文当中记录的大部分幻象和神秘主义实验都具有很强的社会性，因此当戏剧被视为一种神秘主义仪式，作家就能更好地介入公共领域，而不是从公共领域内隐退。"诗人"成为召唤人群的"魔法师"。

叶芝的爱尔兰剧院需要魔法，而叶芝也将戏剧创作和舞台表演都视为一种魔法。"戏剧技巧和表演促进了群体成员主体之间及领导者和跟随者之间的关系。"[5]（P84-86）从这个意义上来讲，当《心愿之乡》（The Land of Heart's Desire，1894）①当中的精灵或者"胡里痕的凯瑟琳"出

---

① 《心愿之乡》讲述了一位新婚的女子在来自山林的神秘精灵的感召下，离家出走去往彼岸世界的故事。剧中"风儿吹过了寂寞的心"这一段诗歌作为精灵的歌声反复出现。参见叶芝：《叶芝文集》，王家新选编，北京：东方出版社，1996年，353—358页。

现在表演场景当中时，仪式的范围就不局限于舞台之上了。她们念诵的既是诗歌，又是仪式的语言；而她们的语言所感召的，不只是戏剧中的角色，还有整个剧院的观众。当凯瑟琳唱起那首神秘的歌，戏剧中的米歇尔就失去了自主的意识和语言，最终跟随着凯瑟琳离开：

老妇人

[歌唱]

不要感到巨大的痛苦

当明天坟墓被挖好的时候，

不要叫来白衣的神父

当明天葬礼进行的时候。

不要给陌生人食物

当明天守灵开始的时候，

不要给祈祷者钱物

当明天亡者逝去的时候。

……

他们将被铭记到永远，

他们将会活着到永远，

他们将诉说着到永远，

人们将会听着他们到永远。

……

[从门外传来老妇人的歌声]

他们将诉说着到永远，

人们将会听着他们到永远。

[米歇尔挣脱了德莉亚的手臂，在门边站了一会儿，接着冲了出去，追随着老妇人的歌声。布里奇将默默哭泣的德莉亚揽入了怀里。][6]
（PP163—165）

同《心愿之乡》当中"风儿吹过了寂寞的心"一样，这段吟唱是谈戏剧背景的，也是没有明确对象的，但是却使得舞台下的观众与舞台上的角色一同受到召唤。叶芝希望通过这样一个双重的神秘仪式，使得他的戏剧影响观众和他们所代表的民族，就像凯瑟琳改变了米歇尔。意味深长的是，米歇尔的失语并不意味着真实的爱尔兰民族就能够成为剧院中"被动的观众"，公众对《胡里痕的凯瑟琳》的反应完全不是叶芝所预料的那样。①

至此，叶芝对于剧院的探索又回到了最初的悖论。"叶芝以创造一个受其想象力支配的爱尔兰为起点，而最终发现了一个不受支配的爱尔兰。他希望囊括现代爱尔兰的现实，作为其错综复杂的象征体系的支撑。但是最终，现实压倒了象征。" [15]（P38）

结语

豪斯指出"叶芝的剧院没有成为'既是文学也是大众的'，这是当时现实的一种症候，在公共领域内群体政治被群众所主导。" [5]（PP84—86）

---

① 1902年《胡里痕的凯瑟琳》上演，叶芝邀请了他心目中的理想女性——茅德•冈来扮演凯瑟琳一角。但她"过于用力"的表演使得戏剧成为民族主义政治活动的一次宣传，"她的表演，前所未有地煽动了观众"。叶芝一直担心这部戏剧激发一代爱尔兰青年走上街头，直至1916年复活节起义爆发。直到1939年，叶芝仍然在诗歌《人与回声》当中追问这件事情："是否我的那部剧曾驱使一些汉子出去让英国人枪毙。" See David. A. Ross, Critical Companion to William Butler Yeats , New York: Fact on File, 2009, pp.316-317.

这种现实与叶芝的民族理念对于个体性的强调存在着不可调和的矛盾。因此，叶芝试图通过神秘主义及一些与仪式相关的象征，去完成任何社会和政治话语都无法完成的事情，将个人的意志转化为公众的意识。然而，这样的做法反而使得作家与大众之间的隔阂愈加无法消弭，作家的创作也开始向贵族主义靠拢。

积极的方面是，叶芝戏剧对于神话的重述，使得爱尔兰民族脱离了孤岛般的状态，与世界文明取得了联系。另外，剧院的中间境遇迫使叶芝进行了一系列戏剧实验：象征、仪式化、音乐、歌曲及合唱的插入、舞台表演和舞台设计的程式化，直到面具在演出的使用。"非个人化"艺术表现手段，也使得个体可以从矛盾的张力中抽身出来。当民族的神话成为世界的原型，自我的体验成为他者的思考，叶芝的民族剧院也就成为一个人类文化普遍境遇的表征。这也使得叶芝艺术对于贝克特等西方现代、后现代戏剧家产生了重要影响。"从叶芝到贝克特"，成为西方戏剧史当中的一条重要线索。

乔治·斯坦纳认为，在大众文化与新媒介兴起的背景下，当下的世界已经步入了"文学之后的历史"，而相比其他文学形式，戏剧更有可能成为这一段历史的活跃因素。"戏剧的技术形式更符合新兴大众社会的手段和要求。戏剧能够颠覆作家与大众、作家与一般共同体之间那道间离的壁垒。在剧场中，人既是他自己，也是他邻居"。[16]（P444）由此看来，一百年之前叶芝的剧场实验，试图通过表现民族的梦境或梦想来协调个体与群体、民族与大众，以及他对于剧场理念和艺术选择的探索，或许正能够在当下获取更多的阐发意义。

【参考文献】

［1］威廉斯，雷蒙德.漫长的革命[M].倪伟，译，上海：上海人民出版社，2013年.

［2］Yeats, William Butler. Essays and Introductions [M]. New York: Macmillan, 1961.

［3］Yeats. Letters to New Island [M]. George Bornstein and Hugh Witemeyer ed.. New York: Macmillan, 1989.

［4］叶芝.叶芝诗集[M].傅浩，译.石家庄：河北教育出版社，2003年.

［5］Howes, Marjorie. Yeats' Nation: Gender, Class, and Irishness [M]. Cambridge: Cambridge University Press, 1996.

［6］Yeats. The Yeats Reader [M]. Richard J. Finneran ed.. New York: Palgrave Macmillan, 1997.

［7］Yeats. The variorum edition of the plays of W.B. Yeats [M]. Russell K. Alspach ed.. London: Macmillan, 1966.

［8］叶芝.颤抖的帷幕[M].徐辰，等，译.南京：江苏文艺出版社，2010年.

［9］Yeats. Explorations [M]. New York: Macmillan, 1962.

［10］Yeats. Uncollected Prose [M]. Vol. I. John P. Frayne ed.. London: Macmillan, 1970.

［11］Ellmann, Richard. Yeats: the Man and the Masks [M]. London: Faber and Faber, 1979.

［12］Cave, Richard. Theatrical culture[A]. Davie Holdeman and Ben Levitas. W. B. Yeats in Context. Cambridge: Cambridge University Press.

［13］Yeats. Plays and Controversies [M]. London: Macmillan, 1927.

［14］Yeats. Memoirs [M]. Denis Donoghue ed.. New York: Macmillan, 1973.

［15］Deane, Seamus. Celtic Revivals: Essays in the Modern Irish Literature 1880–1980 [M]. London: Faber and Faber Limited, 1987.

［16］斯坦纳，乔治.语言与沉默[M].李小均，译.上海：上海人民出版社，2013.

忧郁的表征：《黑暗中的航行》的现代主义声音[①]

胡敏琦

引言

如今把简·里斯划入欧洲现代主义文学领域进行研究时，"批评家目前达成共识，她的地位仅次于现代主义领军人物（乔伊斯、艾略特和伍尔夫），已超过她昔日导师和情人福特"[1]（P2）。里斯研究专家豪厄尔斯提出："作为一种现代主义声音（a modernist voice），里斯从一种自觉边缘的位置开始言说，以小说揭示了女性不得不屈从传统的情况，提出了社会性别和殖民差异的问题。"[2]（P27）从豪厄尔斯上下文的论述中，我们得知具有现代主义思想并通过现代主义笔法传达的叙述声音，可简称为"现代主义声音"。可见，对里斯小说的现代主义研究有利于我们理解其女性主义思想与后殖民思想。

我们知道，现代主义对于主体经验的重视，呼唤着第一人称叙述的涌现。但是受现代主义笔法的影响，借由自我叙述者发出的声音总会使隐含作者与叙述者之间的关系或重合或偏离，由此产生认知、情感、意愿的认

① 胡敏琦，女，1978年5月生，中国计量大学人文与外语学院副教授，浙江大学比较文学与世界文学博士，主要研究方向为：加勒比英语文学、流散诗学。本文为浙江省哲学社会科学规划一般课题"英美意象派视觉艺术特质研究"（17NDJC304YB）的阶段性成果。本文曾获"浙江省第二届外国文学优秀论文"二等奖。

同与张力。形式上看起来绝非复调型的第一人称叙述，却着实为小说带来多重视角和多元解读，使得第一人称叙述也富含现代主义声音，呈现一定的对话性和开放性。本文通过解读里斯小说《黑暗中的航行》（以下简称《黑》）第一人称叙述所阐发的现代主义声音，来分析忧郁如何激发内视角下的呼声，为忧郁的表征带来后殖民、后现代社会独特的文化修辞，从而揭示出加勒比流散族群的文化身份认同问题。

一、里斯的 1913：当现代主义忧郁遇上加勒比怀旧

让－米歇尔·拉巴泰在《1913 年：现代主义的摇篮》中指出，1913 年是新旧观念交替的时刻，一方面"文学在混乱和不确定边缘的世界里挣扎"，"体现了 1913 年现代主义的阵痛和难产"；另一方面，这个时候出现的现代主义，是"一个尚不确定仍在徘徊的现代主义，因为它还陷落在怀旧的情感之中，但已经想要通过定型一个现代术语来摆脱怀旧之情的束缚"（除了拉巴泰，伍尔夫和列斐弗尔也都曾将 1910 年左右视为契入现代主义的节点，伍尔夫从人物形象的描写方式来谈，列斐弗尔则以社会空间理论来阐释，这说明从小说家到理论家都由衷感到一种时代精神（Zeitgeist）的开启。）[3]。小说《黑》在那个时代应运而生，反映了怀旧之情与幻象破灭之间的关系。

里斯这部根据自身恋爱失败创伤经验写作的小说，经历了类似"1913 年现代主义的阵痛"，经过 21 年的酝酿与打磨，终于在 1934 年发表了。小说不仅将无助少女的创伤心理升华为孤独怀旧的现代诗人的哀悼心灵，更是第一次书写了原殖民地少女作为都市漫游者在宗主国艰辛的文化认同心路历程，成为西印度人流亡英国的小说原型，被誉为"第一本黑人文化认同小说"[4]（Pxiii）。此书与作者日后名盛一时的《藻海无边》同属于"加勒比题材"小说，维·苏·奈保尔由此认为里斯比他早三四十年就讨论了当今极受关注的主题——"孤立无援、共同体的缺失、对世界的破碎感、依赖感和失落感"[5]（P58）。那么，里斯从自身故事提炼的创作过程中，

作者本人的创伤忧郁情结与现代主义的怀旧忧郁情绪，究竟如何成为《黑》的表征话语，即：忧郁如何成为小说人物及作者的言说方式，这对叙述声音产生了怎样的影响，体现了作者怎样的伦理诉求？套用让－米歇尔·拉巴泰的话来说，里斯有没有通过定型一种现代表述手法来摆脱怀旧之情的束缚？

1913 年，少女里斯被年长有钱的英国情人始乱终弃，期间所受羞辱及余波，促使她独孤一隅，开始创作第一本小说。她在练习本上把心中块垒之气一吐为快，类似于"自动写作"（automatic writing），与反理性主义的现代主义文学运动浪潮不禁暗合，由此契入了现代主义对忧郁的表征行列。作为西方文学 / 文化的一种真实镜像，忧郁是"自希腊人以后不断产生但从来也不曾摆脱怀旧、遗憾和梦想之现代性的核心内容"[6]（P25）。早在 17 世纪，罗伯特·伯顿在《忧郁的解剖》中把政治、宗教、社会和个人内心的种种矛盾都看作或概括为一种病，称之为"忧郁"（melancholia），希腊原文的意为"黑胆汁"。伯顿把这种忧郁气质或性格，扩大为疾病的统称。到了 19 世纪末 20 世纪初，弗洛伊德认为，"抑郁的人在发现真理上目光更敏锐"[7]（P5），一段死亡的感情所带来的创伤感受及哀悼之意，足以激活对细节的反刍、带来灵性的沉思，这种沉思便把人带到直觉的"狂喜"（ecstasy）和存在的光亮之中，虽然很可能最终令人再一次退居黑暗的孤独之中。忧郁本来就是现代性的产物，当忧郁与现代主义表征手法相遇，便会激发文学创新，增加忧郁的"表演性"，从而成为现代人的一种文化习得。[8]（P14-16）里斯生于并长于风景如画的加勒比岛国多米尼克，儿时的她面对落日下的群山聆听雨水的声音时，会感到莫名忧郁，便在练习本上学习写诗，她坦言写诗可以排遣忧郁情绪。[9]（P1）成年后的她在英国所遇非人，创伤经历激发了她曾在"世界尽头"的加勒比童年记忆里的忧郁情结，也激活其对现代小说的创造力。里斯在 1913 年深陷的情感危机与忧郁症状，不再只是儿时面对加勒比母国风景的莫名忧郁，而是心理创伤后陷入精神上的低迷状态，并带来深刻的身份认同危机。但紧随忧郁而来的灵性沉思，也为她多年的身份困惑开启一道光，终于她决定：为自己欣然命笔。那是反观自身后投射回来的存在主义光亮，也是由哀悼心灵带来的现代性主体的自我建构。

西方对于忧郁 300 多年的研究发现："一方面，它是导致疯狂和自杀的一种精神疾病；另一方面，作为一种精神状态，它可以表明人的沉思可达到的高度"。所以，忧郁的双重性不仅使忧郁者的精神状态处于"狂热与沮丧"这两种极端状态之间，也使其表述同样具有双重性，以便读者了解其在"死亡的感情和不朽的思想之间"的徘徊。[6]（P29–32）里斯的《黑》不仅为忧郁戴上反讽的面具，也迫使其不断回首故土，一次次在内心将"世界尽头"带到"世界中心"，从而开启一段"黑暗中的航行"。与现代主义的原始主义倾向不同，里斯对加勒比的怀旧不是出于现代主义的好奇与探索，而是试图在无根的飘零中抓住一些可以自我安慰的寄托，到头来却发现：这些怀旧无法美化千疮百孔的家园，无法掩盖各种矛盾现状，这俨然使得"每一个加勒比人都带有历史的沉重感"[10]（P56）。通过小说，里斯一次次重审加勒比社会历史、人文地理与文化心理等各方面，才渐渐明确：与其说因为到了新世界，才有新旧不能融合的痛苦与烦恼，不如说早在旧世界里的生活，已经酝酿了这些冲突。克里奥耳人在加勒比母国也罢，在原宗主国英国也罢，夹缝中的生存处境是由于其在文化上的双重性，一方面沾染了白人主流社会的价值取向，另一方面生性却更亲近当地的本土文化。克里奥耳人（Creole）本指 16–18 世纪时出生于美洲而双亲是欧洲人（如西班牙人）的白种人，以区别于生于欧洲而迁往美洲的移民，如今泛指在殖民地出生的欧洲后裔（又称殖民地白人）及混血儿。因此，克里奥耳人注定无法被白人的主流社会或者黑人为主的加勒比群体中的任何一方接受，在新旧世界的任何一种身份认同行为，都会像飞蛾扑火，迟早难逃悲剧命运。这也正如，"里斯最初给《黑》所取的标题，确实反映了新世界及旧世界在安娜的故事中的重要性：'两种曲调'，无论是她本人还是安娜都不曾把这两种音乐整合协调好。"[11]（Pvii）

二、"两种曲调"：内在世界的忧郁表征

这部随忧郁的心灵一路追寻真实而来的作品，呈现出"两种曲调"，而后凝结为一段"黑暗中的航行"。（里斯在与友人的信中提到自己起先为这部小说取名《两种曲调》，因为小说体现了"两种曲调"，后据编辑要求修改了结局，同时自己也将题目改为"黑暗中的航行"。至于自己出于何种考虑而定下这个题目，里斯在信中没有多说。笔者对此的解读，详见论文第三部分。）[12]（P149，235）小说穿插讲述的是，克里奥耳女孩安娜·摩根在加勒比岛国的童年经验，以及其在英国作为合唱团女孩巡演并在街头漫游、迫于生计最终沉沦的个人流亡经历。忧郁促使"自我发生分裂，产生了某种内在视角"[13]（P70），这一内聚焦促使安娜用现代主义声音推进自我叙述，而后安娜与作者的视野逐渐相融合，最终揭开了"英国梦"的幻灭本质。但是，通过内聚焦之不连贯的意象，以及外聚焦之反馈评价，安娜的自反性主体终于建构起来了。

在小说第一部中，年仅16岁多愁善感的少女安娜从多米尼克来到英国独自谋生，日渐受同伴影响，逐渐不再抵抗温柔又多金的英国绅士杰弗里斯的追求攻势，暂获一定程度的温情呵护和经济保障。但对于始乱终弃结局的预感，使得她日益陷入惶恐抑郁、绝望无助的状态。抑郁又削弱了行动力，她任人摆布，随着事件的发展急转而下、无力自救。在第二部中，遭抛弃的安娜出于自尊选择出走，流浪街头。她试图在年长女性和同伴中找到类似代理母亲的陪伴和指导，重获直面人生的力量。但她们自身难保，无法帮助安娜，反而助长了安娜幼稚的行为模式和玩世不恭的态度。安娜每况愈下，最终沦为了娼妓。在第三部中，沉沦的安娜只能通过编造自我神话聊以自慰。她在记忆中一次次重返亲生母亲古老的康斯坦茨庄园（the Constance Estate）。这个庄园的名字意为"恒常永久"，象征着永恒的女性乌托邦之能量。同时，她对奥比女巫之法术深信不疑，希冀为其自身灵魂的复苏增势。安娜在帝国处处碰壁受挫，只能耽于幻想来为自己"复魅"（re-enchant），重新为自己"正名"。不经意中，忧郁伤感情绪为其平

添一份优雅而神秘的女神面纱。无怪乎，有评论者要说，里斯"以悲伤为乐，拥忧郁入怀"[14]（P234）。而套用朱莉亚·克里斯蒂娃的评论话语："这种感觉与幻想是一种被麻醉了的痛苦、一种被悬置了的快感"，我们发现其虚幻性反而使安娜在现实中主体性一再沦丧，最终印证克里斯蒂娃的一句话——"在这致命的大海中央，忧郁的女人总是自暴自弃，虽生犹死，唯有自我伤害。"[15]（P61）

小说最后一部讲述安娜因堕胎产生了幻觉，幻想着自己加入了故土狂欢节游行队伍之中，故事戛然而止。这一部仅凭寥寥几页就结束整部小说，仿佛安娜的自我叙述一下子被时间黑洞所吞噬，等待安娜的既可能是死亡也可能是重生。里斯在写给朋友的信中也说道："开始当然是弱音，而以强音结尾。"[12]（P24）这个强音裹挟着巨大的悲怆，一鼓作气、沉沦到底，重重击落读者心头，是"一个痛苦的尾声，理性思维降至过去和现在的任意混合"[16]（P84）。安娜的叙述声音越来越没有逻辑，显得疯疯癫癫，时间地点任意倒错，兴奋、悲伤、忧郁、痛苦、恐惧、无奈各种感觉杂糅呈现。作者的叙述声音在此外显，融合着安娜的视野，诠释了小说伊始提出的："我从来不能协调好两者。"[17]（P8）（后文出自同一著作的引文，将随文标出该著名称首词和引文出处页码，不再另注。）这一反讽性的结局，以降格的方式返回到小说伊始的困惑。

在此，我们明白了忧郁情绪是如何成为小说叙事的金丝线的。小说每部节数在总体上呈现下降趋势：第一部由 9 节内容组成，第二部有 5 节，第三部 7 节，第四部只有 1 节。我们可以把小说四个部分串联起来解读，发现一次次的分离情节和悲怆情绪的合力作用带来的是螺旋型下降的圆形叙述结构。有学者提出，"《黑》可以让人联想到里斯自己声明的写作理由——摆脱不幸。"[16]（P140）克里斯蒂娃认为，对于那些遭受忧郁折磨的人来说，书写忧郁恰恰意味着书写已成为忧郁的症候。[15]（P45）事实上，任何语言或符号都无法转化现实的悲伤，这是各种外部或内在创伤导致的"能量置换的精神表征"[15]（P55）。朱迪斯·巴特勒进一步提出，忧郁症是一种不可轻易复述的精神过程，能够运用"内在"比喻说明精神世界，本身就是忧郁症的产物。[13]（P64）而里斯在此以一种无法调和的曲调来表征内在世界的忧郁情绪，仿佛新世界—旧世界、白人—黑人、男性—女性、光明—黑暗、帝国—殖民地、中产阶层—无产阶级等一系列二元对立关系的撕裂与牵拉是无休无止的，不断萦绕心头。海德格尔指出德语"心情"（stimmung）一词源于一种乐器的曲调，一般译作"情绪"或"精神状态"，因为一种乐器总会被"按照某种方式"调整，人也总处在这种或那种情绪中。情绪是必不可少的存在方式，现代主义创作理念和手法"坚持赋予情绪一种比其他认知状态更重要的形而上的地位"[18]（P122）。《黑》在故事情节急转而下时总若隐若现地有钢琴音乐流淌而出，这股忧伤如水的钢琴声"代表着过去的曲调，如同流淌在迷人的黑暗之中的拉尔法之河，存在于现在的表象之下"[19]（P27）。所以，当安娜用无意识为悲伤的音乐配上歌词"不再，不，不曾，不。从人力无法估测的洞穴到不见天日的大海……"（Voyage，P92-93）时，这股曲调已为内在世界勾勒了忧郁的"地形结构"[13]（P64）。

有学者指出，里斯的小说之所以在21世纪仍有很大的研究价值，是因其"善用现代主义美学及内在性的实验（比如深层心理学、内心独白、意识流、自由间接话语、象征主义与无意识等）来探索现代听众对于音乐复杂的主观体验"[20]（P41）。由第一人称叙述带来的忧伤如水的叙述声音，实现了主题和结构上循环往复的美学效果，小说中这份挥之不去的忧伤由此显得亘古绵延。小说在四分之一处（第一部第四节）便回应了小说伊始由忧郁打下的定音，并为后文留下了萦绕的半音。那是安娜脑海中回响的一句赞美诗："起初如何，今日亦然，直到永远。"（Voyage，P36）有学者认为此句蕴含"里斯在这部小说中的压缩结构，这些句子可以诠释为绝望抑郁的标志，颇具反讽性"[16]（P92）。这一反讽性非同寻常，类似"波德莱尔'用反讽取代忧郁'，使忧郁精神化，从而忧郁带上了反讽的假面"[6]（P38）。忧伤如水的叙述声音象征着历史的循环往复，殖民也罢，解殖也罢，里斯笔下被现代性进程抛弃、沦落到悲惨境地的女主人公就算一次次追问：当初是怎样一步步导致今日处境，也终将是徒劳，注定难逃悲剧结局。

随着安娜的绝望抑郁和偏执妄想加剧，回忆性话语在段落里没头没脑地冒出来，变得越来越频繁冗长，而且大多是关于童年的久远混沌的记忆。有学者提出，安娜的内心独白是一种对话性的叙述，可谓"非独白型的内心独白"（monologues that are not monologic），使人物内心能在"各种信仰体系的交接面"进行充分的对话。[21]（P216-217）里斯主要采用四种方式来穿插安娜的内心独白并阐发其回忆：常规的回忆性语言、斜体、省略号和括号。尤其后面三种贯穿整部小说，成为其鲜明的文体风格。而且，里斯通过自由间接话语，使主人公的内心独白更为生动自然，不仅赋予意识流般的丰富性与流畅性，还保持了作者与人物叙述者之间的距离。虽然读者能够直接进入人物内心世界，但也不会不注意到隐含作者的参与作用。在《黑》的内心独白中，过去与现在交错，真实经验与内心感受交融，绵长细腻的句子里每一个回忆或思绪都会牵动下一个回忆或思绪。特别是从第三部开始，安娜的内心独白越来越飘散四逸，显得没有逻辑，甚至疯疯癫癫，时间地点任意倒错，兴奋、悲伤、忧郁、痛苦、恐惧、无奈各种感觉杂糅呈现。面对各种转瞬即逝的感觉，安娜反思梦想与现实的差距，决计回到当下的生活——这是她在琢磨饼干广告上的话"过去是亲切的，未来是清楚的，最好的是现在"（Voyage，P127）时感悟到的。同时，她也知道横亘在现实和梦想之间的那道墙，就像英国对来自原殖民地的她的排斥，等级森严的英国对外来移民并不友善。在感慨英国难以逾越的社会阶级壁垒、种族歧视时，安娜的内心独白是以自由间接引语的方式出现的："就是这道墙起了作用。我曾认为英国就是那个样子的。"（Voyage，P127）可见作为叙述自我的安娜回头再看经验自我时，仍然赞同当初总结出的这条真理。小说中安娜这段内心独白的自由间接引语，是隐含的作者声音公开外显中为数不多的一次，呼应着上一次在第一部出现的作者声音："我从来不能协调好两者。"（Voyage，P8）接下来就出现一般直接引语："'一直是这个样子，'我想到。"（Voyage，P127）这是安娜当时确凿无误的感受，通过引号，读者也知道她又回到经验自我了。而之前那句强调当下性的广告语，不啻于揭示了对小说的题眼"两种曲调"的取舍方式，也回答了应该如何面对具有碎片化、即时性特征的后现代、后殖民社会中种种现实情况。作为现代主义先锋作家的里斯，当然知道如何将这种瞬间感觉经验转化为某种感情状态。隐含作者的现代主义声音因此传达出来：回到当下一刹那的瞬间。从里斯论及创作《黑》的书信中，我们可以听到类似的作者声音：

"我认为跟时间有关的一些东西是一种幻象。我是说过去——不是在现在的后面，而是跟现在并肩存在；过去就是现在。"[12]（P24）

三、另一曲调的隐性进程：内视角下的呼声

当初福特建议里斯珍藏1913年写于练习本上的原始资料，日后重返英国好好体悟重新打磨。后来当她迫于生计从欧洲回到英国生活时，过去伤痛的经历再次浮现眼前，重新书写这部小说的念头在内心叫喊着要求实现。依据弗洛伊德的描述，创伤忧郁使得自我分裂，派生出内在视角以重审自身，于是自我就拥有了"呼声"（voice）[13]（P70）。里斯从练习本上分解出两部小说，一部就是《黑》（1934），而另一部分改为短篇小说《直到九月，彼得罗尼拉》（1960），是关于"男性和女性的忧郁之尖锐比照"[8]（Pix）。可以说，这两部类似于音乐上对位法的小说，同源共生于里斯创伤经历的自动写作，来源于内视角下后殖民女性自我的呼声。

从练习本到小说第二个重大变动是，不得不应出版社男编辑要求修改安娜死于堕胎的悲剧结尾。编辑萨德利尔认为这个结局"太过阴郁，不受人欢迎"，他建议"为何不让她好起来，再碰到个富人"，里斯极力反对这个错误的结局，他就不耐烦地说"那么碰到个好心的穷人也行"。里斯还是表示安娜的结局不能改，并气愤地冲出了康斯特布尔出版社

（Constable）的办公室。第二天编辑对里斯说，"给这个女孩一个机会吧"，这才说服里斯进行了一些调整修改。[22]（P2）有意思的是出版社Constable 这个名字就有"警官，治安官"之意，在中世纪还有"皇家或者贵族的总管"之意。他们觉察到小说结局对男权社会的控诉之意而勒令里斯整改，这恰恰展现了男性话语外行为的威力。里斯巧妙地把小说结尾修改得更为含蓄，乔装打扮以迷惑审查官的眼，反倒增强了叙述的张力，无形之中把隐秘的另一曲调带到前景化的光亮之下。修改后的结尾以一位无名的男性医生自信满满、斩钉截铁的话语——"她会好起来的，不一会儿就好重新开始了，我确信"（Voyage，P159），作为小说最后的声音。安娜模糊的意识微弱回应了下，然后无可奈何地沉寂下来，自我知觉一点点离去，这让读者觉察到安娜可能已经走向死亡。而新增的男医生形象中不无编辑萨德利尔自以为是的影子，这为小说结尾平添反讽色彩。如果用精神分析法来阐释这个事件，那么，男性对于女性这种死亡冲动的勒令制止恰恰揭示了令女性抑郁的重要原因——男权中心主义。死亡是他们的话语禁忌，"不可说"的话语禁忌只能要么表现成闪烁其词的抱怨，要么转变为出于良心的严苛评判。克里斯蒂娃进一步指出，对于死亡冲动的表征，需要在透彻理解抑郁的基础上才能恢复其活力，因为"死亡冲动在无意识之中无法表征，那么记录这种非存在的存在状态（the being of non-being），只有靠想象力的写作，它是裂隙、空白、空位等无意识之死的见证"[15]（P58-59）。从一方面来说"社会权力导致了忧郁症"，忧郁者的反应"源自内心积聚的反叛情绪，经历一系列过程之后，它变成了忧郁症的悔恨状态"，后殖民理论家霍米·巴巴从另一反面来看反倒认为"忧郁症并非消极顺从，它是表现为重复与转喻的反叛"。[13]（P75-79）所以，融合了他者意识并以"屈从"为原型的忧郁自省，开启了转向内在的自我表述，产生了一系列"地形结构"式的文学想象与表征，借此塑造心灵世界，以期召唤主体性的觉醒。或许里斯改动结局后自行将题目从"两种曲调"改为"黑暗中的航行"，也是因为参透了忧郁的表征，希望由此呼唤自主意识的诞生。

《黑》中，安娜在弥留之际产生幻觉，看到了加勒比的狂欢节。这一次，她不顾白人亲戚的反对，加入了游行队伍之中，叙述视角随之从"他们"转换到"我们"，终于她可以在精神上回归故土了。巴赫金认为狂欢化能够"将别出心裁的自由神圣化，把很多相异的元素联系融合，于是从盛行的世界观中解放出来……实现存在的相关性，并进入一种全新的事物秩序"[23]（P34），而合唱团女孩、都市漫游者安娜在生命弥留之际、处于阈限阶段时，在梦魇中看到并加入了加勒比狂欢典礼，这是她在孩童时代就特别渴望做的事情。但是因为肤色、性别缘故而被家长禁止参加，甚至连旁观都不许。安娜在奄奄一息时爆发的这股子狂欢精神，打破了种族、性别、阶级的重重界限，终于自由地表达了对于生命的无限渴望，更是将内心深处对于各种族、各阶级加勒比人团结统一、和谐共处的这份向往给神圣化了，以期打开世俗的藩篱、拥多元文化入怀。可以说，崭新的、健康的社会秩序在其心中呼之欲出。克里奥耳女孩安娜对于大家共同生活的这一片加勒比土地的热爱，以及对这片土地上的克里奥耳文化的认同与爱慕，压抑了一辈子，如今终于彻底释放出来了，只可惜已临近死期。但是谁又能否认死亡作为走入新生的通道作用？尤其是参透狂欢化的实质后，这种对一切既定秩序的藐视与打破，也符合加勒比伏都教奥比巫术对于死亡的看法。根据教义，灵魂脱壳一瞬间时，如果找到了必经的那条大道，就能回到故土、逃离黑暗。小说最后出现了骑马意象，并反复出现"一切都会重新开始""崭新的""从头开始"这些心理暗示语言。由此，我们可以推测安娜随着狂欢游行大队，终于找到了他们所信奉的神灵——格雷巴，以及由他所守护的生命十字路口，从而契入"黑暗中的航行"。她会在这位守护神的引领下回到母国，与之合二为一，获得永生。这回应了小说初始出现过的点题之句："黑暗的街道才有意义。"（Voyage，P49）安娜通过生命的狂欢实现了存在的价值，黑暗中的航行便有了终极意义，由此揭示了另一曲调的隐性进程：安娜真正融入加勒比狂欢队伍之中，以死亡的面具引发重生的叙述，在精神上回归故土。

对里斯而言，创作是倾听潜藏在意识深处的声音。她认为写作时自己是不存在的，而变成了手中的笔，[24]（P111-112）这种被动性显现在这部小说的写作上，便是屈服于内心忧郁的诗性召唤，服务于其深刻的叙述意图，抒发深沉的内向性感悟。正如安娜悲伤绝望地坐在影院一片黑暗之时，心中涌出柯尔律治《忽必烈汗》的部分诗句，以应和忧伤的钢琴声。这种忧郁的心灵音乐如同咒语，启动了作者创作能量，超越理性，摆脱主流意识形态的束缚，呈现出纯粹的诗意，两股不和谐的曲调抑或非黑即白的二元对立关系在此融汇为一种黑暗中的航行与探索，忧郁的表征作为少数族裔的一种文化修辞也就应运而生。虽然那个时候里斯一个人在帝国孤独地流亡，连加勒比裔知识分子联盟的影子都看不到。但"黑暗中的航行"这一转喻性的题目，向我们提示了：运送黑奴的"中间通道"（middle passage）。（16世纪到19世纪之间，大约有1500万非洲黑人被捕捉贩卖为奴，运输奴隶的船只从非洲西海岸穿越大西洋到达加勒比海或者美洲，这段海上航行路线，就是臭名昭著的"中间通道"。历史学家估计大约有2007万奴隶在抵达目的地之前丧命。）霍屯督女孩在欧洲"黑暗的中心"受欺辱的事件，这是非洲妇女的个例，她名叫萨婕（或萨拉）·巴尔特曼（Saartje Baartman），即所谓"霍屯督的维纳斯"（the Hottentot Venus）。她是一位多才多艺的南非女性，她能把3种欧洲语言讲得和她的母语科伊桑语一样流利，还能熟练地表演吉他演奏。她由南非好望角地区的一个布尔人农场主和非洲船上的一位医生带到英国，1810-1815年期间在伦敦和巴黎被当作一个畸形人——"霍屯督的维纳斯"，像野兽一样被迫做着裸体展览。远离家乡，到欧洲来寻找希望的她得到的不是自由和财富，而是羞辱与死亡。这种亵玩并没有与这个年轻的生命一同消失，一直到1985年，莎拉的性器官和大脑依然被保存在巴黎的人类博物馆，他们对外声称是为了科学研究。[25]混血女孩爱情俗套剧[26]（P253）、女仆沦为性奴隶，比如小说中安娜回忆童年时看到过的一张奴隶名单，上面写着"迈约特·博伊德，18岁，混血种，女仆"。当她成为有钱男人包养的情妇后，她终于明白历史上"女仆"所受性压迫的悲惨经历。[17]（P45-49）这些带有加勒比历史创伤的集体记忆，是无法言说的伤痛，有如奥德修斯的标识性伤疤：哪怕过去100年了，英国人眼中的"霍屯督人"在伦敦的谋生之行，始终难逃受骗受辱的结局。小说伊始安娜就被合唱团同伴叫作"霍屯督人"，她一笑了之、无力反抗，而后当她被英国男人选中时，这个绰号对她来说便具有实质性的意义，还预示了其迟早要面对的悲惨结局。一如牙买加裔文化研究学者斯图尔特·霍尔所分析"悲剧性的混血儿"的结局，因为一方面她是"一种分离的种族继承物"，漂亮、性感并常常充满异域情调；另一方面是郁积愤懑的、性感的女主角原型，她部分的白人血统使她"可被接受"，甚至对白人男子具有诱惑力，而她洗不掉的黑人血统的"污点"，则判定她只能有一个悲剧性的结局。[26]（P253）安娜的个人经历与历史文化记忆在此融合，她由此活得更有纵深感，其个体存在也更具联结性。她在伦敦被人包养的经历，不经意中提醒了她小时候看到过的那份黑人女奴名单。这让她有感：历史的罪恶还到了殖民者的下一代身上。受报之感恰巧抵消了道德愧疚感与自我惩罚冲动，让她在历史文献中弥合了自我的创伤裂缝，找到了继续战斗下去的精神支撑，那就是：加勒比原住民战斗不息的顽强意志。因为历史记载："不论是16世纪的西班牙人，还是17世纪的英国人，都从未真正打败过加勒比原住民。"[27]（P422）

在此，里斯把记忆中无法调和的"两种曲调"以"黑暗中的航行"为旨归，可谓"万法归一"，终于通过具有现代主义声音的自我叙述实现了对忧郁的解剖、转化与升华。里斯在小说创作过程中所达到的净化作用，不仅化解了她从小作为他者所经历的心理创伤及后来流浪帝国时的文化身份危机和思想认同的焦虑，也以（后）现代文学手法实现了后殖民社会期盼召唤的诗性正义。这些心理与伦理的双重诉求，最终通过现代主义声音对忧郁的表征得以实现。她原本是最没有"文学野心"的，只是为了摆脱不幸而为自己写作，熟料其个人叙述冲动背后，其实饱含后殖民、（后）现代的文学能量。所以这一场原本没有读者的写作才会激起"黑暗中的读者"的共鸣，经历后现代、后殖民思想洗礼的文学编辑与爱好者在 30 多年后重新找到了她，将之推到英美文坛中心。

《黑》是里斯写于一战前夕的现代小说，她初登文坛便给现代主义带来创新笔法，体现出作家个人对时代精神超强的领悟力。当现代主义忧郁遇上加勒比怀旧时，小说中忧郁的表征便具有文化修辞作用，现代主义声音足以阐发现代人类似内心世界"地形结构"的情感结构。奈保尔尤其赞叹《黑》，结束于不寻常的 1914 年。[5]（P55）可以说，这篇小说以独特的文学方式召唤另一个时代的到来，里斯也以直觉体悟到这个年份的特殊意义，不仅是社会历史上的，也是文化艺术上的一种结束和开始；不仅对于欧洲来说如此，对于加勒比也是如此。诚如瓦特·艾伦在《现代小说》中写道：

"第一次世界大战后，在 1914 年七月结束的那个时代，看上去就像月球的另一面一样遥远。……战争就像处于现在和过去之间不可逾越的鸿沟，以致过去和现在看上去似乎大相径庭……它影响了每个人每件事。昔日不再。"[28]（P1）

【参考文献】

［1］Wilson M, Johnson K. Rhys Matters:New Critical Perspectives[M]. New York: Palgrave Macmillan, 2013.

［2］Howells C A. Jean Rhys[M]. London: Harvester Wheatsheaf, 1991.

［3］杨成虎.时代马赛克中早期现代主义浮影的百年回眸——评让-米歇尔·拉巴泰的《1913年：现代主义的摇篮》[J].外国文学研究，2014（1）：145-148.

［4］Emery M L. Jean Rhys at "World's End" : Novels of Colonial and Sexual Exile[M]. Austin: University of Texas Press, 1990.

［5］Naipaul V S. Without A Dog's Chance: After Leaving Mr. Mackenzie[M]//Frickey P. Critical perspectives on Jean Rhys. Washington: Three Continents Press, 1990.

［6］让·斯塔罗宾斯基.镜中的忧郁[M].郭宏安，译.上海：华东师范大学出版社，2012.

［7］西格蒙德·弗洛伊德.哀悼与忧郁症[M]//汪民安，郭晓彦.生产（第8辑）.南京：江苏人民出

版社，2013.

［8］Maslen C. Ferocious Things: Jean Rhys and the Politics of Women's Melancholia[M]. London: Cambridge Scholars Publishing, 2009.

［9］Connor T F O. Jean Rhys: The West Indian Novels[M]. New York: New York University Press, 1986.

［10］Carr H. 'Intemperate and Unchaste': Jean Rhys and Caribbean Creole Identity[J]. Women A Cultural Review, 2003,14(1):38-62.

［11］Angier C. Introduction[M]//Rhys J. Voyage in the Dark. London: Penguin Group, 2000.

［12］Rhys J, Wyndham F, Melly D. Jean Rhys Letters, 1931-1966[M]. London: Penguin Books, 1984.

［13］朱迪丝·巴特勒.心灵的诞生：忧郁、矛盾、愤怒[M]//汪民安，郭晓彦.生产（第8辑）.南京：江苏人民出版社，2013.

［14］Ardion P. The Un-happy Short Story Cycle: Jean Rhys's Sleep It Off, Lady[M]//Wilson M, Johnson K. Rhys Matters:New Critical Perspectives. New York: Palgrave Macmillan, 2013.

［15］朱莉亚·克里斯蒂娃.心理分析：消除抑郁的方法[M]//汪民安，郭晓彦.生产（第8辑）.南京：江苏人民出版社，2013.

［16］O Connor T F. Jean Rhys: The West Indian Novels[M]. New York: New York University Press, 1986.

［17］Rhys J. Voyage in the Dark[M]. London: Penguin Group, 2000.

［18］珍妮弗·拉登.《情绪精神紊乱：忧郁及抑郁论文集》前言[M]//汪民安，郭晓彦.生产（第8辑）.南京：江苏人民出版社，2013.

［19］Loendorf H. Two Tunes: Jean Rhys' Voyage in the Dark[J]. Caribbean Quarterly, 2000,46(1):24-36.

［20］Zmring R. Making a Sence: Rhys and the Aesthete at Mid-Century[M]//Johnson E L, Moran P. Jean Rhys: Twenty-First-Century Approaches. Edinburgh: Edinburgh University Press, 2015.

［21］Winterhalter T. Narrative Technique and the Rage for Order in "Wide Sargasso Sea"[J]. Narrative, 1994,2(3):214-229.

［22］Morris M. Oh, Give the Girl a Chance: Jean Rhys and Voyage in the Dark[J]. Journal of West Indian Literature, 1989,3(2):1-8.

［23］Bakhtin M M. Rabelais and his World[M]. Indiana University Press, 1984.

［24］Malcolm C, Malcolm D. Jean Rhys: A Study of the Short Fiction[M]. New York: Twayne Publishers, 1996.

［25］匿名.萨尔特杰-巴尔特曼[EB/OL].[2018.5.7].http://baike.baidu.com/view/8919019.htm?fr=aladdin.

［26］斯图尔特·霍尔.表征：文化表象与意指实践[M].徐亮，陆兴华，译.北京：商务印书馆，2003.

[27] Emery M L. The Politics of Form: Jean Rhys's Social Vision in Voyage in the Dark and Wide Sargasso Sea[J]. Twentieth Century Literature, 1983,28(4).

[28] Allen W. The Modern Novel in Britain and the United States[M]. New York: E.P. Dutton, 1964.

从厨房说起：论《婚礼的成员》中的空间转换

田　颖[①]

　　《婚礼的成员》（The Member of the Wedding，1946）是美国南方女作家卡森·麦卡勒斯（Carson McCullers，1917 — 1967）的第三部小说。"厨房场景"是小说空间叙事的中心，以厨房为界的"内/外、微观/宏观世界之间的主题和结构关系"[1]（P113）是评论的焦点。

　　高度聚焦的空间叙事让这部小说饱受非议，国内外的主流评论界认为它是一部典型的"内向性小说"，而"厨房场景"似是"有力"佐证。比如，理查德·库克（Richard M. Cook）直言，《婚礼的成员》不过是一部"内向性小说（an inward novel）"[2]（P80）；肯尼思·查米里（Kenneth D. Chamlee）指出，麦卡勒斯小说中"内向性的人物们进一步证实了封闭的倾向"[3]（P85）；路易丝·威斯特林（Louise Westling）声称，"麦卡勒斯笔下的景观很狭隘……因为活动几乎总在有限的一个或至多几个内景中展开"[4]（P6）；国内学者金莉等认为，"空间的幽闭使麦卡勒斯笔下的女性都失去了移动性"[5]（P161）。

　　在内/外、微观/宏观的二元世界中，"厨房是青春期少女的内在世

---

　　① 田颖，女，1977年生，文学博士，杭州师范大学外国语学院副教授，主要研究方向为英美文学。本文系杭州市哲学社会科学规划课题"卡森·麦卡勒斯小说的空间叙事研究"【项目批号：Z17JC036】和杭州师范大学科研启动经费项目"卡森·麦卡勒斯的文学身份研究"的阶段性成果。

界……而厨房之外是成人的外部世界"[1]（P116）。切斯特·E.艾辛杰（Chester E. Eisinger）指出，在以厨房为象征的"孩童的自我世界中，宏观世界并未参与其中"[6]（P255-256）。理查德·M.库克（Richard M. Cook）的评论更为尖锐，他认为《婚礼的成员》"没有延续她[麦卡勒斯]在第一部小说中对社会、种族、政治等重大问题的关注……不再描述公共领域的争斗"[2]（P80），而是将"更加个人、私密的问题戏剧化"[2]（P80）。在大西洋彼岸，英国评论界的观点是，这部小说"缺乏情感以及对细微之处的品鉴，缺乏南方言语的节奏"[7]（P266）。不难看出，在美国本土及海外，众多的评论者们普遍认为：以厨房为中心场景的空间叙事让整部小说囿于私密空间和人物的内心世界，这样的"内封闭"特质让作品忽视了对公共空间和公众事件的关注。

细读文本，笔者发现，在这部小说中，麦卡勒斯从厨房说起，一度将笔触延伸到厨房之外的"蓝月亮咖啡馆"（以下简称"蓝月亮"），最后又重归厨房。小说空间叙事的焦点由内及外，再由外向内发生偏转，但"内向性小说"的标签却遮蔽了这一细节。从空间叙事焦点的转移来看，"内向性小说"一说令人存疑。

鉴于上述情形，本文试图解决的问题是：在"内向性小说"的标签之下，《婚礼的成员》是如何通过由内及外，再由外向内的空间转换，将私密与公众、个人体验与公共事件结合起来的？在空间叙事焦点的转移过程中，小说又是如何逐渐打破文本的封闭性，来凸显作品的"现世性"，并对20世纪40年代整个美国社会的历史和文化进行反思的？

一、厨房之喻

既然"厨房场景"是引发非议的源头，那么厨房究竟有何寓意？

小说开篇交代了故事发生的地点、时间及人物这三大要素，压抑、沉闷的气氛笼罩着厨房这个小小的空间："每到下午，世界就如同死去一般，一切停滞不动。到最后，这个夏季就像是一个绿色的讨厌的梦，或是玻璃下一座死寂而荒谬的丛林"[8]（4 页）（以后凡引自该小说，均在正文中随文标注页码）。在整部作品中，类似的描写反复出现："这丑怪的厨房让人意气消沉"（6 页）；"厨房死气沉沉，怪异而阴郁"（22 页）；"寂静的小镇，寂静的厨房，只有钟声嘀嗒在响"（88 页）；"厨房的灰暗是一种没有生气的陈腐的灰暗，房间太呆板，太方整"（89 页）。相关例证不一而足。

或许正因为如此，持"内向性小说"观的评论者们把"厨房场景"当作封闭的"禁锢之地"。比如，罗伯特·菲利普斯（Robert S. Phillips）认为，"对弗兰淇而言，亚当斯家中的厨房是一个幽闭、恐惧之地……厨房是弗兰淇的私密地狱"[9]（P69）；弗吉尼亚·斯潘塞·卡尔（Virginia Spencer Carr）把厨房与麦卡勒斯作品中常见的咖啡馆进行了类比，她认为二者具有相似的空间内涵："在《伤心咖啡馆之歌》中，爱密利亚小姐所在的小镇沉闷乏味，灵魂在腐烂，同样在弗兰淇的厨房小天地里，她的灵魂也在夏季的三伏天里腐烂"[7]（P92）；朱迪斯·吉布林·詹姆斯（Judith Giblin James）则将小说中的厨房比作"令人窒息的子宫"[1]（P107）。

然而，莱斯特·波拉科夫（Lester Polakov）提出了相左的观点。他认为，尽管故事的"大部分活动都在厨房中进行，整个布景流露的感觉不仅是厨房的封闭性，还有开放性"[7]（P335）。然而，厨房的开放性到底体现在何处呢？波拉科夫却语焉不详。

在"厨房场景"中，贝丽尼斯、弗兰淇、约翰·亨利是主要人物。肯尼思·D. 查米里（Kenneth D. Chamlee）把这三人组合称为"厨房之家"[3]（P86）。他敏锐地洞见到"厨房场景"的社会属性，并指出"如果说咖啡馆在麦卡勒斯的小说里象征共同体的失败（the failure of community），那么厨房通常是体现社交温暖的核心所在"[3]（P88）。显然，作为一个典型的居家空间，厨房是家宅中必不可少的组成部分。在《空间的诗学》（The Poetics of Space）中，加斯东·巴什拉（Gaston Bachelard）写道："家宅是我们在世界中的一角。我们常说，它是我们最初的宇宙……它包含了宇宙这个词的全部意义。"[10]（P3）小说中家宅一隅的厨房正是这个"最初的宇宙"，而"宇宙"一词本身就具有包罗万象的开放意义。

在小说《婚礼的成员》中，厨房集多种功能于一体。除了烹饪场所之外，它还兼作餐厅、客厅之用。在故事开头，厨房内的陈设一览无遗："墙壁上约翰·亨利的胳膊够得着的地方，都被他涂满了稀奇古怪的儿童画，这给厨房蒙上一种异样的色彩，就像疯人院里的房间"（6页）。此处的"疯人院"是一个内涵丰富的隐喻。在《疯癫与文明》（Madness and Civilization，1960）一书中，米歇尔·福柯（Michel Foucault）从谱系学的角度剖析了隔离疯人的大禁闭制度。他认为，大禁闭"划出一道界限，安放下一块基石。它选择了唯一的方案：放逐。在古典社会的具体空间里保留了一个中立区，一个中止了现实城市生活的空白地"[11]。换言之，作为禁闭场所的疯人院在远离主流社会的同时，也脱离了日常生活的常规，它是被放逐到现实社会之外的边缘世界。

在"厨房之家"，三位成员是被放逐到美国南方主流社会之外的"他者"：六岁的小男孩约翰·亨利不谙世事，看起来"又丑又孤单"（44页）；弗兰淇性格孤僻，她"已经离群很久。她不属于任何一个团体，在这世上无所归附"（3页）；厨娘贝丽尼斯因黑人身份不被南方白人主流社会接纳，她不由得感叹"我们生来就各有各命，谁都不知道为什么。但每个人都被限定了"（121页）。一言蔽之，这三个人物都无法在各自的社交圈中找到归属感，孤独让他们不约而同地躲进厨房，远离了残酷的现实世界。他们围坐在厨房的餐桌边，一起玩桥牌，亲密无间，无话不谈："他们三个在厨房桌子边，评判造物主及其成就。有时他们的声音彼此交错，三个世界便缠绕在一起。"（99页）

此时此刻，"厨房之家"的三位成员自由自在，无拘无束。在厨房这个小天地里，他们天马行空地建构起各自的乌托邦王国：对约翰·亨利来说，"他的世界是美味和怪物的混合体，丝毫没有大局观：暴长的手臂，可以从这儿伸到加利福尼亚；巧克力的地面；柠檬水的雨；额外一只千里眼；折叠式尾巴，累的时候放下来支撑身体坐着；结糖果的花"（98页）；黑人厨娘贝丽尼斯则渴望一个消除了种族隔离的理想国："它完满一体，公正而又理性。首先，那儿没有肤色的差异，人类全体长着浅褐色皮肤，蓝眼黑发。没有黑人，也没有让黑人自觉卑贱，为此抱恨一生的白人。不存在什么有色人种，只有男人、女人和孩子，像地球上一个亲亲热热的大家庭"（98页）；弗兰淇的世界更是荒诞不经，"她还重新安排了四季，将夏季整个儿删除，添加了更多的雪"（99页）。

在嬉笑怒骂中，疯人院般的厨房消除了三个人物之间原本存在的年龄、阶级、种族的差别，它是一个欢乐之所——贝丽尼斯、弗兰淇、约翰·亨利暂时从等级制度森严的南方社会现实中摆脱出来，他们跨越了各种屏障，建构了一个相对平等、自由的空间。由此，一个"乌托邦"王国在厨房诞生了。

福柯认为，乌托邦不是封闭的，而是开放的——"它[乌托邦]从身体中逃离"[12]（P189），并且"它们把身体置入另一个空间。它们把身体引入一个不直接地在世界上发生的地方"[12]（P193）。换言之，带有理想国色彩的乌托邦不再囿于几何空间的物理存在，它是真实世界之外的别处空间。在小说中，这个被无限想象力、疯人院氛围、家宅气息浸润的"厨房场景"远远超越了几何学上的空间意义，它绝非封闭的"禁锢之地"，而是开放的广袤空间。

具体到小说文本中，"雪"的意象是其开放性的表征，它在"厨房场景"中频频出现。十二岁少女弗兰淇一直待在家乡炎热的南方小镇，没有见过雪。显然，"雪"是她对从未涉足过的北方的具象化。与其说弗兰淇对雪无比痴迷，毋宁说她对南方之外的世界心驰神往。对于这一点，哈罗德·布鲁姆（Harold Bloom）一语中的："这些[有关雪的]想象与弗兰淇想要离开[南方小镇]，并投身于另一个大千世界的愿望密切相关"[13]（P27），而"雪的意象……对弗兰淇而言象征着她目前所无法享受的自由度"[13]（P32-33）。以下这段文字细细读来，值得玩味：

在弗兰淇面前有两样东西——一只淡紫色的贝壳；一只里面有雪花的玻璃球，摇一摇能摇出一场暴风雪……把玻璃球举到眯缝的眼前，白雪飞舞，天地茫茫一片。她想到了阿拉斯加，她登上一座寒冷的白色山岗，俯瞰远处冰雪覆盖的荒原。她看到太阳在冰面上映照出七彩虹光，听到梦幻般的声音，看到如梦的景物。无处不是清凉、洁白、轻柔的雪。（11-12页）

此处，厨房餐桌上的雪花玻璃球是催化剂，它激发了弗兰淇对北方的异域想象。透过这个玻璃球，弗兰淇看到的是比现实中的小厨房大得多的世界，与北方有关的冰雪、阿拉斯加州、山岗、荒原、七彩虹光等各种景观统统浓缩在这个小玻璃球里。原本毫不起眼的玻璃球顿时充满了神奇的梦幻色彩，这与博尔赫斯（Jorge Luis Borges）笔下的"阿莱夫"颇有几分神似。

在博尔赫斯的短篇小说《阿莱夫》（Aleph，1945）中，"阿莱夫"是隐藏在餐厅地下室里的神秘空间："阿莱夫的直径大约为两三厘米，但宇宙空间都包罗其中，体积没有按比例缩小"[14]（P146）。在这个闪烁的小圆球"阿莱夫"中，世界万物都被囊括其中：海洋、黎明、黄昏、人群、金字塔、迷宫、房屋、葡萄、白雪、烟叶、金属矿脉、蒸汽、沙漠、女人的身体……[14]（P146-147）诚然，小圆球"阿莱夫"比麦卡勒斯笔下的雪花玻璃球具有更大的包容性，但两者有明显的共通之处：体积微小的球体之内蕴藏着无限广袤的想象空间。

爱德华·苏贾（Edward Soja）把阿莱夫式的空间称为"第三空间"（Thirdspace）。依他所见，神秘的阿莱夫打破了二元空间论（物质性的第一空间与精神性的第二空间）。这个魔幻小球另辟蹊径，抵达之所便是第三空间：它是"所有场所都在其中的空间，从每个角度都可以看到这个空间，每个角度立场分明；但它又是一个秘密、被假想的事物，充满了幻象和暗示"[15]（P56）。第三空间最大的启示在于：苏贾"从根本上打破空间知识旧的樊篱，增强他所要说的第三空间的彻底开放性……它是一个

'无以想象的宇宙'"[16]（P34）。

在小说《婚礼的成员》中，摆放在厨房餐桌上的雪花玻璃球亦是一个阿莱夫式的第三空间。小玻璃球隐匿着弗兰淇的大梦想，而"留在厨房里的弗兰淇不过是落在桌边的一具老旧躯壳"（30页），她的思绪早已跟随哥哥和他的新娘飞到了遥远的北方。在她的遐想中，局促的小厨房变成了一个被无限放大的雪花玻璃球，种种幻象在家宅一隅的这个小空间里逐一闪现。苏贾认为，《阿莱夫》"是一次愉快冒险的邀请，亦是一个谦逊而警世的故事，一则关于空间与时间的无限复杂性的寓言"[15]（P56）。对于身困厨房的弗兰淇而言，她对北方的异域想象又何尝不是如此？在雪花玻璃球的激发下，小厨房将大千世界纳入其中，原本封闭、逼仄的家宅一隅转眼变成了开放、敞阔的空间场所。此时此刻，厨房是联结内部世界与外部世界、南方与北方、过去与未来的纽带。因而，它成了一个中间地段（the middle space），是一个难以言说的、无穷广袤的"第三空间"，这正好与巴什拉的"家宅即宇宙"的说法相契合。

弗雷德里克·R.卡尔（Frederick R. Karl）认为，文学作品中"形容分裂的关键意象或场景就是隧道（穴、洞、窟、迷宫）"[17]（P328），这些空间意象往往具有双重的悖论意义，因此"要看到这些自相矛盾的因素如何聚合、不可调和的因素在哪里得到临时的统一"[17]（P328）。小说中的"厨房场景"是"隧道（穴、洞、窟、迷宫）"等空间意象的变体，美国社会的众生之相——黑与白、老与少、男与女、南与北等多种矛盾要素汇聚于此，厨房具有了双重的悖论意义：它既困顿了弗兰淇的肉身，又激发了她的想象力；它既是疯人院，又是欢乐之所；它既是理想的乌托邦，又是神秘的第三空间。在这一系列的悖论中，一种奇妙的"化学反应"由此产生：各种矛盾的混合体让原本单调乏味的"厨房场景"散发出不同的棱面光芒，果壳般的小空间里隐藏着一个神秘的大宇宙。

如此说来，以厨房的封闭性作为"向内性小说"之佐证的说法便失去了立足之本。"厨房场景"并非如艾辛杰所言那般缺乏宏观世界的参与，而是将广袤的"宇宙"融入其中，具有无限的开放性。麦卡勒斯从厨房说起，以"厨房"为眼，为读者提供了一个透视生活的广阔视角。这与威廉·布莱克的诗句有异曲同工之妙，真可谓"一粒沙中见世界，一朵花中窥天堂"[18]（P88）。

二、"蓝月亮"之争

继上文分析后，厨房悖论式的隐喻功能一目了然。随着故事情节的发展，麦卡勒斯将空间叙事的焦点逐渐从厨房之内转移到厨房之外。弗兰淇带着对大千世界的憧憬，终于鼓足勇气，走出了厨房，而"蓝月亮"是她在厨房之外遭遇的第一个场景。

出人意料的是，"蓝月亮"在评论界引发了轩然大波，它甚至被认为是这部小说的"败笔"。更为讽刺的是，当同名剧本在百老汇上演时，"蓝月亮"场景被制作团体全部删除。[7]（P339-340）根据麦卡勒斯的传记作家弗吉尼亚·斯潘塞·卡尔（Virginia Spencer Carr）的记载，不少评论者们对"蓝月亮"场景提出了质疑。亨利·默多克（Henry Murdock）发表了如下评论："它［"蓝月亮"］太冗长，它的外观策略太笨拙。它有令人印象深刻、氛围十足的布景，但它们都缺乏灵活性"[7]（P340）；哈罗德·克拉尔曼（Harold Clurman）认为，"它［"蓝月亮"］是阻止整部戏剧顺利进展的唯一因素，它破坏了心境，并不是戏剧有机整体的一部分"[7]（P340）；乔舒亚·洛根（Joshua Logan）也直言自己对它的厌恶："我不喜欢弗兰淇在旅馆（即蓝月亮）里与年轻士兵暧昧的那一幕……这一场景本身不如房间之内与小男孩和老黑女仆待在一起的那些场景感人"[7]（P331）。

不难看出，引发"蓝月亮"之争的原因大致可以归纳为以下两点：一从整体的空间结构看，"蓝月亮"似乎游离了作品的中心场景"厨房"；二是此场景涉及敏感的"性"话题。但在笔者看来，仅凭这两点，评论者们便口诛笔伐，如此做法实在武断。在小说文本中，"蓝月亮"反复出现，它是除了厨房之外另一重要的空间场所，具有不可替代的特殊功能。

首先，从小说的历史语境来说，"蓝月亮"不可或缺。在谈及"蓝月亮"之争时，朱迪斯·吉布林·詹姆斯（Judith Giblin James）一针见血地指出了当时学界的诟病："20世纪40年代、50年代及60年代初的评论家们几乎都避而不谈的问题正是那些震撼，它们预言并伴随了翻天覆地的社会巨变。"[1]（P107）小说的故事发生在1944年8月，此时的美国早已卷入第二次世界大战的浪潮中。（1941年12月7日，日军突袭珍珠港，日美太平洋战争爆发。次日，美国总统罗斯福在国会发表演说，对日宣战，这标志着美国正式加入了第二次世界大战。）[19]（P274-275）"在这部小说中，第二次世界大战是一个不可否认的存在"[13]（P26），"蓝月亮"也没能摆脱这场战争的阴影。

"蓝月亮"第一次出现在小说的第二部分，叙事时间推进到了哥哥婚礼的前一天。在这个周六的清晨，弗兰淇在"蓝月亮"邂逅了一位即将奔赴战场的士兵，两人相约当晚再次见面。晚上，弗兰淇只身赴约，却在"蓝月亮"险遭不测。

红发士兵几杯酒下肚之后，主动邀请弗兰淇去"蓝月亮"楼上的小旅馆房间坐坐。在凌乱、肮脏的房间里，处处散发着诡异的气息，在一片寂静中，危险一触即发：

接下来的一分钟，就像发生在博览会的疯子展厅（Crazy-House），或者是米勒奇维尔真正的疯人院里。弗·洁丝敏已经向门口走去，因为她再也受不了那寂静。就在她经过士兵身边时，他攫住了她的裙子，将吓得发软的她拉着一起倒在床上。接着发生的事疯狂（crazy）到了极点。她感觉到他的双臂箍着自己，闻到了他衬衫上的汗酸气。他并不粗暴，但这比粗暴更疯狂（crazier）——有一刻她惊得失去了行动的能力。（139页）

特别值得留意的是，在上述段落的英文原文中，麦卡勒斯连续3次使

用了 "crazy" 一词。[20]（P136）福柯认为，人类所表现出的疯狂/疯癫并不是自然的病态形式，而是具有明显的社会属性。它与历史、文明息息相关，因此 "在荒蛮状态不可能发现疯癫。疯癫只能存在于社会之中"[11]（P276）。那么，发生在 "蓝月亮" 的性侵事件中，红头发士兵为何不顾伦理道德的规训，让自己陷入非理性的疯狂之中呢？

若要剖析士兵疯狂举动背后的动因，我们不得不考察这部小说的历史语境。麦凯·詹金斯（Mckay Jenkins）指出，"刚步入 20 世纪 40 年代，当然让南方神话岌岌可危的不仅仅是经济和种族危机。第二次世界大战的爆发是带来焦虑的另一个重要原因，这也在南方文学中有所体现"[21]（P28）。在小说中，第二次世界大战所引发的焦虑正笼罩着厨房之外的 "蓝月亮"：

顾客，大部分是士兵……这儿有时候会突然发生骚乱。有一天下午较晚的时候，她[弗兰淇]经过蓝月亮，听到粗野的吼叫，还有类似酒瓶飞出的声音。她驻足不前，这时一个警察推推搡搡地押着一个人走了出来，那人一副狼狈相，双腿晃荡，鬼哭狼嚎，撕烂的衬衣上沾了血迹，脏兮兮的眼泪从脸上往下淌……不久囚车呼啸而来，可怜的犯人被扔进囚笼送往监狱。（59 页）

"蓝月亮" 里充斥着廉价又粗俗的欢乐，稍纵即逝的欢愉背后隐藏着士兵们难以遏制的焦躁不安。红发士兵是其中的一员，他来自阿肯色州，趁着三天假期，他 "随便逛逛……出来放松一下"（71 页），但假期过后，恐怕连他自己都不知道 "作为士兵，他将会被派往世界上的哪个国家"（71 页）。

无独有偶，早在 1941 年，麦卡勒斯发表了一篇题为《我们打着横幅——我们也是和平主义者》（ "We Carried Our Banners——We Were Pacifists, Too"，1941）的短文。在此文中，她也刻画了一个第二天将奔赴二战前线的士兵形象麦克（Mac）。她写道：当战争爆发时，"我们都专注于由分离和巨变引起的内心纠结"[22]（P221），因此"我们不得不面对一场道德危机，但我们对此却并未准备充分"[22]（P224）。在人物塑造上，士兵麦克与无名红发士兵形成了一定的互文性。由此，我们可以推断，在面临战争时，红发士兵陷入了同样的恐慌之中。

正如麦卡勒斯所言，"战争是邪恶的"[22]（P222），它是死亡与灾难的缔造者。残酷的战争给人们带来了莫大的精神创伤，"战斗麻痹与战争疯狂是惨烈战斗的副产品，是部分作战官兵在经历了断肢残臂、尸横遍野、血流成河的惨烈战争后产生的心理变态"[19]（P291）。在小说《婚礼的成员》中，对红发士兵而言，未来充满各种变数，死亡随时可能来临。带着对未知命运的焦虑和死亡的恐惧，红发士兵内心深处最原始的欲望被激发出来，及时行乐的冲动蒙蔽了心智。一方面，他对周遭的一切显得麻痹大意，反应迟钝。当弗兰淇和他聊天时，"士兵好像没有听进去"（74页），他甚至未察觉到弗兰淇还没达到法定的饮酒年龄（十八岁）；但另一方面，在焦虑、恐惧、欲望等复杂心理的驱使下，红发士兵渐渐失去了理智，他不可避免地遭遇到"一场道德危机"，于是便有了之后的疯狂行为。

"蓝月亮"的暧昧氛围是导致这场"道德危机"的诱因。从某种程度上说，红发士兵把他与弗兰淇的不期而遇当作一次释放压力、缓解焦虑的契机，而"蓝月亮"这个名字也暗示了这一点。根据《新牛津英语词典》（The New Oxford Dictionary of English）的解释，"blue moon"一词有"千载难逢"之意，"因为蓝月亮的现象从未发生过"[23]（P193）。对于即将上前线的红发士兵来说，今日不知明日事，来"蓝月亮"寻欢作乐是一个千载难逢的机会，这或许是他此生最后一次的恣意放纵。在战争的阴霾之下，红发士兵的怪诞举止看似有悖常理，但若从当时的历史语境来考量的话，这种非理性的疯狂倒也在情理之中。

约翰·里蒙（John Limon）认为，战争主题对美国小说家们极其重要，因为"美国是'一个战争造就的国家'……对一个美国小说家来说，回避战争显然就是回避了美国"[24]（P7）。麦卡勒斯向来关注战争对美国社会的影响，她在文学创作中时常涉及这一主题。在二战期间，麦卡勒斯二战期间有不少文学创作及未发表的作品，[25]（P99-148），包括大量反映美国及南方社会现状的文章。[26]（P207-229）作为与战争直接相关的空间场所，"蓝月亮"正是厨房之外大千世界的缩影，二战阴霾之下的整个美国社会的历史和文化彰显其中。

其次，从成长小说的角度来看，"蓝月亮"是重要的节点。在弗兰淇的成长历程中，"蓝月亮"是"通过仪式"（rite of passage）中的阈限阶段。"通过仪式"的概念由阿诺尔德·范热内普（Arnold van Gennep）提出来，它指的是当人的生活状况、社会地位和年龄发生改变时所举行的仪式。按照时间先后次序，范热内普将"通过仪式"分为以下三个阶段：前阈限仪式（preliminal rites）、阈限仪式（liminal rites）和后阈限仪式（postliminal rites），这三个仪式阶段的特点依次为分离（separation）、过渡（transition）和融合（incorporation）。[27]（P10-11）

依据范热内普的分段，弗兰淇的"前阈限仪式"显然是在厨房完成的——厨房沉闷压抑的氛围让她迫不及待地想要"从先前的世界中分离出来"[27]（P21）。于是，她迈出厨房，满怀期待地踏进了"蓝月亮"。在面对厨房之外的世界时，她为何偏偏选择了"蓝月亮"而非别处呢？以下文字给出了答案：

　　蓝月亮在前街的尽头，老弗兰淇常常在路边扒着纱门，压扁了手掌和鼻子朝里观望……老弗兰淇对蓝月亮熟知底细，尽管从来没进去过。并没有明文规定禁止她踏入，纱门上也没有锁或铁链。但她不须言传便知道那儿是孩子的禁区。蓝月亮是度假士兵和没人管的成年人的地盘。（59页）

无疑，一旦弗兰淇踏进了"孩子的禁区"——"蓝月亮"，她便抵达了"成年人的地盘"，因此"蓝月亮"是她成长历程中的节点。当她迈出厨房的那一刻起，"蓝月亮"是通往成人世界的一道"门槛"（threshold）。若她跨过了这道门槛，便完成了从少女（adolescent）向成人（adult）的"过渡"阶段，即"阈限仪式"。在英文中，"阈限"（liminality）一词来自拉丁文"limen"，它有"门槛"之意，而"阈限的实体是既不在此亦不在彼（neither here nor there）"[28]（P95）的门槛般的过渡状态。

从空间意义上说，它和厨房一样，也是一个模糊不清的中间地带，一切都似是而非，摇摆不定。因此，"门槛仪式（the rites of the threshold）不是'交融'礼仪（'union'ceremonies）……而是准备交融的仪式"[27]（P20–21）。据此看来，尽管弗兰淇踏进了"蓝月亮"，但这并不意味着她做好了融入成人世界的准备。随后，在"蓝月亮"的性侵事件中，弗兰淇全力反抗，最后跌跌撞撞地逃了出来。逃离意味着"过渡"失败，最终弗兰淇没能跨过"蓝月亮"这道门槛，她退出了"成年人的地盘"，重回个人世界。她在成长道路上的"阈限仪式"也随之匆匆结束，这为小说的结局埋下了伏笔。

综上所述，"蓝月亮"具有无法替代的空间叙事功能。对红发士兵和弗兰淇来说，"蓝月亮"具有双重含义：一方面，它影射了第二次世界大战对美国民众造成的巨大冲击，红发士兵不过是其中的一个缩影。爱德华·萨义德（Edward W. Said）认为，任何文学文本不是自足的、封闭的，而是产生于特定的情景之中，因而文本"也总是羁绊于境况、时间、空间和社会之中——简言之，它们是在世的，因而是现世性的"[29]（P56）。在小说《婚礼的成员》中，"蓝月亮"不仅是作者对战争的控诉，亦是作品对二战期间美国社会的现实关照，这正是这部作品的"现世性"意义。由此，小说《婚礼的成员》打破了文本的封闭性，具有了沉重的历史感。

另一方面，"蓝月亮"是主人公弗兰淇成长历程中的阈限阶段。在范热内普的"通过仪式"理论的基础上，维克多·特纳（Victor Turner）从社会、文化的角度进一步强调了阈限阶段的重要性。特纳指出，"在部落社会里，介于既定文化和社会之间'非此亦非彼'的一系列过渡特征自身已变为一种制度化的状态"[28]（P107）。换言之，阈限状态是过渡到制度化、固定化状态的必经阶段。在"通过仪式"的三个阶段中，阈限阶段最不稳定，它具有动态的特质。因此，在"蓝月亮"场景中，弗兰淇始终踌躇不定，不知何去何从："她对自己说要行动起来，抬起脚离开这里，但还是站在原地"（156页），最后她陷入了"在各种被否决的可能性纠结成的一团乱麻之中"（156页）。此刻，身处阈限阶段的弗兰淇正站在成长道路上的"门槛处"，到底是选择退回到天真的孩童世界，还是迈入复杂的成人社会？这对十二岁的她来说是一道人生难题。在面对重大抉择时，她举棋不定，彷徨迷茫，而这一切均源自她对未来的恐惧。在这个意义上说，象征阈限阶段的"蓝月亮"是整个故事的高潮所在。

有鉴于此，库克对这部小说的责难之词着实偏颇。难怪，当麦卡勒斯得知同名剧本中的"蓝月亮"场景被删时，她极其愤怒，并公开宣称："如今将它删掉，这似乎是最大的背叛。"[7]（P340）总之，"蓝月亮"并非败笔，而是巧思。从厨房到"蓝月亮"，麦卡勒斯通过空间转换，将私密与公众、个人体验与公共事件结合起来，从而打破了文本的封闭性，让这部小说具有了更为开放的"现世性"意义。

三、结语

我们不妨回到本文开篇对"内向性小说"一说的质疑。

在小说接近尾声时，成长受挫的弗兰淇不得不重返厨房。不过，"这已不是夏季的那间厨房，那个夏天似乎已成遥远的过去……厨房已改头换面"（160页），一切面目全非，此厨房非彼厨房。综观整部小说，麦卡勒斯从厨房说起，继而聚焦于厨房之外的"蓝月亮"，最后又重归厨房。在"厨房—蓝月亮—厨房"的空间叙事模式中，空间转换绝非"起点即终点"的简单循环，其中暗藏玄机。在焦点转移（由内及外，再由外向内）的过程中，"厨房场景"与"蓝月亮"这两个原本隔离、独立的场所变得浑然一体，形成了一个有机的空间整体。

行文至此，我们可以揭掉"内向性小说"的标签。在这一标签之下，小说《婚礼的成员》讲述的不仅是青春期少女的成长故事，更是在私密与公众、个人与世界之间的纷繁关系中探寻自我的艰难历程。

【参考文献】

［1］James J G. Wunderkind: The Reputation of Carson McCullers, 1940–1990[M]. Columbia: Camden House, 1995.

［2］Cook R M. Carson McCullers[M]. New York: Frederick Ungar Publishing Co., Inc., 1975.

［3］Chamlee K D. On the Function of the Café Setting in the Development of Character[M]//Bloom H. Carson McCullers' The Member of the Wedding. Philadelphia: Chelsea House Publishers, 2005.

［4］Westling L. Sacred Groves and Ravaged Gardens: The Fiction of Eudora Welty, Carson McCullers and Flannery O' Connor[M]. Athens: the University of Georgia Press, 1985.

［5］金莉，等.20世纪美国女性小说研究[M].北京：北京大学出版社，2010.

［6］Eisinger C E. Fiction of the Forties[M]. Chicago: University of Chicago Press, 1963.

［7］Carr V S. The Lonely Hunter: A Biography of Carson McCullers [M]. Athens and London: the University of Georgia Press, 2003.

［8］卡森·麦卡勒斯.婚礼的成员[M].周玉军，译.上海：上海三联书店，2005.

［9］Phillips R S. On the Gothic Elements[M]//Bloom H. Wedding, Carson McCullers The Member. Philadelphia: Chelsea House Publishers, 2005.

［10］巴什拉加斯东.空间的诗学[M].张逸婧，译.上海：上海译文出版社，2013.

［11］米歇尔·福柯.疯癫与文明：理性时代的疯癫史[M].刘北成，杨远婴，译.北京：生活·读书·新知三联书店，2012.

［12］米歇尔·福柯.乌托邦身体[M]//汪民安.福柯文选：声名狼藉者的生活（第一卷）.北京：北京大学出版社，2016.

［13］Bloom H. Summary and Analysis[M]//Bloom H. Carson McCullers' The Member of the Wedding. Philadelphia: Chelsea House Publishers, 2005.

［14］豪·路·博尔赫斯.阿莱夫[M].王永年，译.杭州：浙江文艺出版社，2008.

［15］Soja E W. Thirdspace: Journeys to Los Angeles and Other Real–and–Imagined Places [M]. Massachusetts: Blackwell Publishers, 1996.

［16］陆扬.空间理论和文学空间[J].外国文学研究，2004（4）：31-37.

［17］弗雷德里克·R.卡尔.现代与现代主义：艺术家的主权[M].陈永国，傅景川，译.北京：中国人民大学出版社，2004.

［18］Blake W. Auguries of Innocence[M]//Yeats W B. William Blake: Collected Poems. London and New York: Routledge, 2002.

［19］李公昭.美国战争小说史论[M].北京：北京大学出版社，2012.

［20］McCullers C. The Member of the Wedding [M]. Boston and New York: Houghton Mifflin Company, 1946.

［21］Jenkins M. The South in Black and White: Race, Sex and Literature in the 1940s[M]. Chapel Hill and London: the University of North Carolina Press, 1999.

［22］McCullers C. We Carried Our Banners—We Were Pacifists, Too[M]//Smith M G. The Mortgaged Heart. Boston and New York: Houghton Mifflin Company, 2005.

［23］Pearsall J. The New Oxford Dictionary of English [G]. Oxford and New York: Oxford University Press, 1998.

［24］Limon J. Writing after War: American War Fiction from Realism to Postmodernism[M]. New York and Oxford: Oxford University Press, 1994.

［25］Savigneau J. "A War Wife", Carson McCullers: A Life[M]. Howard J E, 译. Boston and New York: Houghton Mifflin Company, 2001.

［26］McCullers C. The War Years[M]//Smith M G. The Mortgaged Heart. Boston and New York: Houghton Mifflin Company, 2005.

［27］van Gennep A. The Rites of Passage[M]. Caffee M B V A, 译. London and New York: Routledge, 1960.

［28］Turner V. The Ritual Process: Structure and Anti-Structure [M]. Ithaca and New York: Cornell University Press, 1991.

［29］爱德华·萨义德.世界·文本·批评家[M].李自修，译.北京：生活·读书·新知三联书店，2009.

继承与突破：《魔戒》叙事结构分析

董　玮①

英国作家 J．R．R．托尔金终其毕生精力所创作的长篇小说《魔戒》在西方世界产生了广泛的影响。《魔戒》三部曲结构复杂、人物众多、情节曲折，在内容和形式上处处洋溢着典型的中世纪风格，对神话原型、文学母题、悲剧模式等进行了巧妙的交叉、组合和重构。由于作品的丰富性和复杂性，《魔戒》成为一个极具批评价值的文本，并在自诞生起的六十年里，一直为专家和研究者所关注。与国外汗牛充栋的研究著述不同，《魔戒》在中国除了引起电影院极高的上座率、D&D 和 TRPG 游戏的风靡及一批以奇幻小说和奇幻文化为主题的杂志的兴起外，在学术界并没有引起多大的反响。事实上，以《魔戒》为主要研究对象的论文数量直到 2006年和 2007 年才有了一定的上升。研究者的眼光集中在《魔戒》文化现象的滥觞及透过《魔戒》分析中西文化的差异，还有少部分论文是侧重分析《魔戒》电影的艺术手法和电脑特效的制作，而从叙事结构的角度研究《魔戒》似乎还没有人涉及。本文借助加拿大学者弗莱的"神话—原型"理论对考察《贝尔武甫》在叙事结构方面对《魔戒》的影响，并在此基础上分析《魔戒》在叙事结构方面的创新，思考现代读者和观众接受《魔戒》的原因。

---

① 董玮（1984-），女，云南师范大学华文学院·国语学院讲师，南京师范大学比较文学与世界文学在读博士。

一、《魔戒》与弗莱的"神话理论"

通过对整部《魔戒》的情节梳理，不难发现弗罗多和阿拉贡的追寻类似于传奇英雄的化身：英雄从怪物肆虐中挽救了王国。正如弗莱指出的那样，"追寻传奇是丰饶战胜荒原"[1]（P269）。由于怪物而荒废、堕落的世界等待着弥赛亚式的人物去拯救。正如小说中所交代的那样，邪恶带来的破坏和毁灭正以不可思议的速度弥漫到中洲的每一个角落，仅存的美好如孤岛一般被彼此隔离，而且有的已经受到邪恶的玷污和侵袭。与此相对，阿拉贡和弗罗多身上代表着邪恶未侵入之前中洲的活力和希望。他们一个因为血统，一个因为携带魔戒，都具有一种不会衰老的特质，弗罗多从三十岁到五十岁外貌一点没变，而阿拉贡尽管已经八十七岁，但依然处于普通人的壮年。正如弗莱所指出的，传奇的中心人物"从不发育也不衰老，经历一次又一次的险遇"[1]（P269），这是因为传奇具有一种"永葆童真的品格"[1]（P269）。简而言之，他们身上拥有中洲世界迫切需要的把它从绝望的荒芜中拯救出来的力量，他们代表了新生的希望。而爱尔隆德、希优顿和杜内索尔共同充当了年迈的等待拯救的国王。从更微妙的意义上来说，阿拉贡主要的经历是为了重建王国，同时也是为了拯救精灵公主阿尔温，也是传奇主角寻求新娘的典型。他对阿尔温的拯救也使他和魔王索隆誓不两立，确实，索隆扮演了入侵者的角色，英雄必须把阿尔温从他邪恶的毒害中解救出来。

《魔戒》和以往传奇不同的地方在于弗罗多和阿拉贡的两条寻求路线同时展开，也即小说中存在两位主角，传奇主角所具有的特征有时同时体现在二人身上，有时只在一个角色身上体现，但这并不妨碍《魔戒》的传奇性。阿拉贡和弗罗多的早期生活符合拯救世界的英雄的生活。他们二人的出身都很神秘，即使弗罗多父母的身份被一笔带过，他实际上是由他的远房叔叔比尔博抚养成人。而阿拉贡的父亲在他两岁的时候死去了，并且由于爱尔隆德的命令，阿拉贡的真名和家系必须保密。在此，爱尔隆德实际上又充当了抚养者的角色（值得注意的是，关于英雄出身的洪水神话及英雄早期的藏匿经历在《魔戒》中被分到了复杂的角色咕鲁身上）。二者的成长方式也符合传奇的第二相位，即主人公天真无邪的青春阶段。他们的青春阶段在抚养者的保护下是天真无邪的，这一点在阿拉贡身上体现得特别突出。他一方面视爱尔隆德为抚养者，另一方面又爱上了爱尔隆德的女儿阿尔温。他们之间的感情是纯洁无邪的，并没有涉及婚嫁问题，而是反映在婚前那种"贞洁的"爱情上。阿拉贡和弗罗多探求追寻的主题在上文已经进行了详细讨论，在此不再赘述。传奇的最后一个相位，即"沉思"的相位，在《魔戒》中集中体现在由弗罗多和比尔博合著完成的冒险回忆录中。特别是这部回忆录的名字——《魔戒之王的败亡以及王者的重临——由哈比人们的角度观察》的确产生了一种促人沉思的气氛，这对于阅读者来说是一种娱乐，而不像追寻经历一般咄咄逼人。

充满着死亡意味的结局并没有威胁到《魔戒》作为一部传奇的合格性。《魔戒》中角色的死亡只能说明追寻的过程或者成功的经历给角色造成了致命的伤害，也就是说，角色的死亡是个自然的事实，仅仅标志着角色人性的一面，而与社会的和道德的事实没有关系，这就说明这个"死亡"不是属于悲剧的。另一方面，这个"死亡"也没有受到讽刺成分的污染，而弥漫着一种忧郁情调，伤感于"旧秩序之易位于新秩序"[1]（P51）之前的主人公在沉思中从行动中退隐，阿拉贡成为国王，不再进行冒险，而弗罗多则把所有关于魔戒的故事写成一本书，并且最终永远离开了中洲。这使得《魔戒》具有了一种哀歌式的情调，一种时过境迁的哀婉，而传奇在前几个相位的充满青春活力并准备投入行动的冲动消失了。

以上事实表明，《魔戒》虽然是一部产生于二十世纪的作品，但它和之前存在的文学形式之间具有强烈的联系。它最终的结局，既不是如一些评论家所说的画蛇添足，也不是对传统寻求模式的据斥，而是与以往的传奇一脉相承的。然而，《魔戒》也不是对神奇故事和传奇的一味模仿甚至是复制，这部作品还包含着自己的结构，而正是这个结构，成为整部作品复杂的情节和纷纭的人物的基础。

二、《魔戒》的叙事结构分析

《魔戒》的叙事模式是多样化的。在此，我想通过茨维坦·托多洛夫的主题句模式来阐明该小说的叙事"语法"。茨维坦·托多洛夫的主题句模式高度关注主题句，而且重视主题句的重复对整个文本建立所起的作用。我们可以通过这个框架去找出文本是如何通过重复出现的行动、特征和相关的特定人物之间形成的关系模式来建立的。这三个动词可以产生两个相关的"句子"，即叙事模式：（1）"A 追寻 B，成功，然后死去"，或是（2）"A 追寻 B 没有成功然后死去"（A= 人物；B= 想要的人、物、状态或境遇）。其中，模式（2）是模式（1）的子集。

《魔戒》的"追寻—成功—死亡"套路的主导情节是主人公弗罗多和阿拉贡的故事，他们也是小说两条主要线索的"领军人物"，并且经历了由汇合到分离再汇合并成功获得二人各自的目标的过程。弗罗多的两次"追寻—成功—死亡"过程贯穿于小说的始终。在第一次追寻中，弗罗多的行为类似于"受害者"主人公，魔戒对他来说并不是主动获得的，而是来自长辈的遗产。就连他的离家也是被动的，如果没有甘道夫的反复催促和惹人厌的亲戚的整天骚扰，最重要的是如果没有戒灵在他家乡对他展开的搜索和攻击，他是不会如此坚决地踏上离家的道路的。第一次追寻的目标是把魔戒送到瑞文戴尔——精灵之城。在阿拉贡的帮助下，弗罗多艰难地躲避来自敌对方的搜捕。弗罗多在风云顶被戒灵刺中左边的胸口无论从哪个意义上说都是受到了致命的攻击。在到达目的地——瑞文戴尔后，弗罗多觉得自己被震耳欲聋的河水连同戒灵一起吞入混沌的世界中。而我们也能从甘道夫的口中得知弗罗多的确在魔戒被送到目的地以后被伤口"击垮"[2]（P266），幸而有精灵的魔法才得以生还。第二次追寻，即毁灭魔戒，的确是弗罗多自己的选择。在几次次级历险之后，最终的搏斗发生在末日山的火焰旁。我想强调的是弗罗多最终的死亡。虽然书中没有明确交代弗罗多最终到底是如何死去的，但站在中洲的土地上来看，弗罗多最终的远渡大海可以被看成是弗罗多的死亡。和弗罗多相比，阿拉贡的"追寻—成功—

死亡"要简单一些，虽然中间的过程同样曲折艰难，但他终于夺回了自己的王位。当然，他最终也难逃死亡的结局。弗罗多和阿拉贡的叙事为其他角色的叙述提供了"依附"的框架，其余人物的"追寻—成功—死亡"是在他们的行动基础上才产生的。

希优顿国王的故事不仅反映了《魔戒》叙事所贯穿的"追寻—成功—死亡"模式，也反映了它的重复特征。我们在倒叙中看到，希优顿国王虽然一生能征惯战，但依然缺乏对动荡时局的安全感，这种安全感在葛利马的谗言和欺骗中找到了，但也由此丧失了作为国王该有的判断力和行动力，身形佝偻，浑浑噩噩。从谗言中恢复之后，多半是为了弥补之前的过错，希优顿国王转而追寻荣誉和忠诚，并果断地出兵刚铎。国王在朝阳下的讲演颇为振奋人心，他也获得了臣民和友人对他荣誉和忠诚的肯定，但接下来却是战死沙场，而他的名字也永远地留在了战歌中。值得注意的是，整个精灵群体在中洲的行动都可以看成是对该叙事模式的反映，只不过追寻的过程可以分为两个阶段：第一阶段是追寻被盗走的宝石；第二阶段是协助弗罗多毁灭魔戒。但由于魔戒的毁灭，精灵三戒也因而失去了它们纯洁的力量，这些戒指维系的大地再度衰败，时间流逝的摧残使中土离古时的美好越来越远，对于饱受战乱的精灵们来说，他们的内心无法忍受这种昏暗的世界，在疲惫不堪之下只能选择离开中洲，在大海上寻找对于大多数精灵来说只在传说和歌谣里出现的家乡。

与这些"追寻—成功—死亡"结构相对照的是"追寻—成功—死亡"的子集：追寻—死亡。小说里最完整的"追寻—死亡"的叙事是博罗米尔的叙事。他从家乡刚铎出发，表面上是为了寻求黑暗降临的答案，更深层次的动因是将魔戒据为己有，试图利用魔戒无限的能力来击败对手。加入护戒远征队也是为了相同的理由。在追寻的过程中，对魔戒的渴望逐渐吞噬了他的自我，并最终由于追寻魔戒丢掉了自己的生命。值得注意的是，在博罗米尔的整个追寻过程中，他从来没有获得过魔戒。另一个典型的例子是刚铎的执政大臣杜内索尔，博罗米尔的父亲，父子两人似乎陷入同一个怪圈中。杜内索尔追求的是最终取代刚铎的国王，魔戒只不过是他想要掌握的工具。对权力的追逐最终将他送上了绝路，当全身燃着熊熊火焰的杜内索尔从高处坠落时，他的欲望和梦想也最终化成了泡影。

我们看到，《魔戒》既继承了《贝尔武甫》的叙事结构，又在叙事结构上有所创新，表现出与《贝尔武甫》的差异。是什么原因导致这种差异？这是一个值得探讨的问题。

三、结论

通过上述分析我们看到：《魔戒》一方面继承了传奇文学的叙事结构，另一方面也对传统结构进行了突破，选择了"追寻—成功—死亡"及其子集"追寻—死亡"组成的一个叙事结构，而且主导了《魔戒》中绝大多数人物的行动。在这个新的叙事结构中，"追寻"是悲壮的，但"死亡"既是一道挥之不去的阴影，又弥漫着一种难以言传的无奈和忧虑。《魔戒》成书于1936年至1949年第二次大战期间，托尔金亲眼目睹了"万物之灵长"——人类社会的贪婪、杀戮、争斗、死亡，人类"离家"越来越远，古老的传奇故事中那种充满生命力的状态被战争撕得粉碎。托尔金也许深切地认识到：二次大战中人类精神和肉体的"离家"也许已经无法改变，最终将走向死亡。在《魔戒》中，与其他族类相比，人是最贪婪的，最渴望权势和财富的。精灵族生活在森林之中，具有极其美丽的外表，善良而智慧的个性，敏锐的视觉和听觉，他们可以永远年轻健康，然而却可以被杀死，或者因为心碎而死。精灵是中土上最古老的居住者之一，然而随着中土世界的改变，他们越来越感到无所适从。这样的书写，蕴含着托尔金矛盾的心理——既赞美人类的智慧，又反感人类的贪婪；既惋惜人类的死亡，又找不到走出困境的道路。如果说"追寻—成功"这个传统的套路可能和渴望最终获得救赎的期盼有关，那么"追寻—成功—死亡"这一结构就可能表现出作者深感"人类最终能够获得救赎"希望渺茫。在其他作家同时期的小说（如《了不起的盖茨比》和《到灯塔去》）中，我们同样可以看到类似的叙事结构，同时代的不同作家不约而同地选择了这样的叙事结构，这大约不是巧合而是共识——反映出二战背景下人们的绝望、迷茫和困惑，也生动地反映了特定时代的社会语境对文学的影响。

《魔戒》虽然产生于二十世纪，但它与传奇故事在结构上具有强烈的联系与相似，甚至与以往的神话一脉相承。然而，《魔戒》在叙事结构方面并未一味模仿甚至简单传统的叙事结构，而加入了重新选择的叙事结构，这种新的叙事结构反映出特定社会语境对文学的影响，同时深化了作品的内涵，正是这种丰富的内涵使《魔戒》成为当今世界一部牵动人心的作品。

【参考文献】

［1］诺思罗普·弗莱.批评的解剖[M].吴持哲，校.陈慧，等，译.天津：百花文艺出版社，2006.

［2］托尔金.魔戒：魔戒再现[M].丁棣，译.南京：译林出版社，2001.

萨曼·鲁西迪的摇滚神话故事

林晓筱[①]

一

相较诗歌和民谣的关系，摇滚乐与小说的联系较为间接，但却明显地体现在一部分 1940 年代出生的作家创作之中。无论是马丁·艾米斯、伊恩·麦克尤恩等英国作家，还是保罗·奥斯特、托马斯·品钦等美国作家，他们的青春正值摇滚乐风起云涌的年代，并且与摇滚乐一同成长。在他们的创作中，摇滚乐不仅是故事的背景，而且和成长与反叛、性与苦涩、自由与沮丧等主题相关。

萨曼·鲁西迪生于 1949 年，自从在孟买接触到"猫王"、小理查德等人的根源摇滚乐起，到 1961 年抵达英国并接触到披头士、平克弗洛伊德、滚石等乐队掀起的音乐浪潮之后，他与摇滚乐共享了繁盛的青春季。小说《她脚下的土地》发表于 1999 年，根据作者介绍，整篇故事最初构思于 1991 年，他曾在笔记本上激动地写下了这样一行文字："俄耳甫斯，摇滚乐，没错！！！"。鲁西迪在写完《摩尔人的最后叹息》之后，马不停蹄地将这一条笔记拓展为一篇完整的故事。他曾告诉记者："摇滚乐是我一生的

---

① 林晓筱（1985-），浙江传媒学院讲师，浙江大学比较文学与世界文学博士，研究方向：世界文学。

音轨。"

鲁西迪在世纪之交回望 20 世纪后半叶最为重要的文化现象之一,其动机耐人寻味。在这一年中,他两次在公开发表的专栏文章中提及摇滚乐。在随后收入《跨过此界:1992-2002 年非虚构作品选》的一篇名为《摇滚乐》的文章中,鲁西迪介绍说,当他听说"丝绒革命"的相关事迹之后颇感意外,原本以为这是其领导者哈维尔在听完"地下丝绒"乐队如《所有明日的聚会》等歌曲后玩的冷幽默,但当他与哈维尔接触之后发现,这不是一次带有致敬意味的"冠名"运动,而是一场与摇滚乐内在精神密切相关的革命。鲁西迪写道:"现实中爆发的革命原来受到摇滚乐那迷人的嘶吼的启迪,这一发现让人感动。这种感觉就像某种证实。"

当摇滚乐不再是青年为了抵抗衰老而响彻耳膜的少年心气,鲁西迪在这种证实中发现了摇滚乐憧憬、实现乌托邦的深层力量,它不仅与现代主义文学的内核相关,而且使摇滚乐超越挥霍荷尔蒙的娱乐,升华成打破既定秩序和强权之后重构世界的责任。这是一种始于梦中的责任,以"爱与和平"为旗帜,除了有幸成为现实革命的指引之外,也构成了战后一代艺术家的想象。

2000 年,U2 乐队的主唱波诺在看过小说《她脚下的土地》的手稿之后,受小说中男女主人公的爱情故事启发,创作了同名歌曲。该曲收入在电影《百万美元酒店》的原声大碟中,鲁西迪本人受邀为之填词,随后在这首曲子的 MV 中以一位边观察边进行文字速写的人亮相。此形象亦可看作是鲁西迪写作《她脚下的土地》时的精准写照:他以多元的艺术形式、多维的书写表征,为当下的生活注入神话元素,展现出多元的小说魔术。

俄耳甫斯,摇滚乐,没错!!!

二

《她脚下的土地》写摇滚乐,写爱,写对世界的重新想象,它讲述的是一支名为"VTO"的摇滚乐队的故事,该乐队由维娜·阿普萨拉和她的爱人奥玛斯·卡玛所组成。维娜在多半篇幅中以记忆中的幽灵出现，形成缠绵的回声，奥玛斯作为回声捕手，不知疲倦地追寻爱人的轨迹。故事发生在 1950 年代至 1990 年代，其时间轨迹暗合摇滚乐的发展，其中有关爱的主题内嵌于"俄耳甫斯与欧律狄刻""罗摩和悉多"的神话框架内。整篇小说将摇滚乐与神话进行对接，并将这种大胆而新鲜的构想以故事的形式呈现出来。

摇滚乐作为一种流行文化现象，其极具情感和认知张力的现场感，赋予了这种音乐较强的仪式性。摇滚歌星处在这种仪式当中，更具有超越偶像气质的强烈感召力。但摇滚乐绝非严格意义上的信仰体系，摇滚歌星所倡导的价值观念极具带有叛逆意味的行动性和参与感，他们自身也绝非毫无瑕疵的神灵。鲁西迪选择神话作为这部小说的切入点，无疑切中了战后西方世界追寻全新价值观念的历史时刻。但是，作为摇滚乐发展的见证者，鲁西迪也清楚地了解到，战后青年如若真需要将神话当作精神补剂，那么这种神话绝不会以泯灭个性为前提，以重新形成死板而统一的新价值观念为结果。相反，他们允许存在一尊不那么完美的神灵，只要这种神灵能够召唤出他们身上的个性。小说的主人公维娜就是这样的歌手，她一生放浪形骸，经历各种苦难，她在这种恣意与苦难中养成的个性首先影响了奥玛斯，并且在奥玛斯的帮助下，将它辐射到了每个喜欢 VTO 乐队的乐迷身上。正是维娜身上兼具神圣性和世俗性的特点（小说中维娜的经历暗示出，她同时具有戴安娜王妃与流行女歌手麦当娜的气质），让当下的流行文化与古老的古希腊神话精神融汇在一起。

不过，嫁接神话和摇滚乐是鲁西迪的浅层构思，在这种嫁接上开出故事之花才是他的拿手好戏。他轻盈地将不同维度中的叙事元素揉捏在一起，并且揉捏的痕迹亦可视作独具匠心的艺术品。神话若能与摇滚乐产生关联，那么这种关联也必定具有独特的叙事可能性。故事与神话研究不同，在故事中，神话不是文化遗物，它能借助故事的招魂仪式，在当下复苏。鲁西迪无疑是这方面的行家里手，在他的笔下，神话更像一股股洋流，当千禧之风即将刮过之时，他所写的这则故事已悄无声息地汇入无垠的"故事海"之中。而在这股洋流之中，摇滚乐和神话同为洋流之下的两股潜流，彼此以重构世界的引力联系在一起，形成一股扬起波澜的潜在能量。

小说中这对爱侣的故事与"俄耳甫斯与欧律狄刻的故事"的对应，绝非仅仅体现在奥玛斯作为歌手这一身份之中，《她脚下的土地》首先是一则爱情故事，探寻地府是小说中爱的叙事。

"探地府"（Katabasis）作为原型叙事，不断出现在但丁的《神曲》、弥尔顿的《失乐园》等西方经典文学序列中。在这一系列的作品当中，天堂的强光似乎过于耀眼，只有地府的幽冥才能激发主人公明晰、独到的审判目光，身处地狱的主角借此来批判现实世界的价值观念。此类身处新的时空，对当下世界做出价值重估的叙事维度，巴赫金称之为空共同体（Chronotope）。他在《小说的时间形式和时空体形式》中指出，在以《神曲》为代表的这一类叙事作品中，主人公自身的经历和外部历史的发展具有较为明显的共时性（比如但丁所处的地狱，兼具佛罗伦萨的当下时刻和审判恶人的未来维度）。《她脚下的土地》对神话故事的改写，也构成了类似的时空共同体。这部小说正因为包含着明显的历史发展和个体时间的重合，外加幻景式的空间塑造，具有了"魔幻现实主义"的特征。但与加西亚·马尔克斯以"马孔多"为封闭空间，注重外部历史对其"移入"式的干预不同，鲁西迪这部小说中的魔幻现实主义更依赖于无根基的外拓和漂泊，它使得这部小说中的这对情侣具有多个原型，读者可以在维娜和奥玛斯身上看到约翰·列侬和大野洋子、席德和南茜、科特·柯本和科特妮·洛芙等摇滚爱侣的影子。

小说的叙事始于1989年，彼时的维娜身处墨西哥。叙事者通过倒叙的方式先后揭示出主人公从孟买出发，经过伦敦、纽约，最后再回归墨西哥的经历，在叙事时间上形成封闭的结构。在这个封闭结构里，主人公的轨迹却横跨东西半球，完成了一趟敞开的全球之旅。参照维娜的结局来看，不断改变目的地的旅行其实是对死亡的一次次预演，奥玛斯紧随其后的追寻也就成了对死亡预演的一次次拯救。鲁西迪将"俄耳甫斯与欧律狄刻"神话中"自上而下"的拯救过程变成了"从东到西"的旅行模式。尽管方向发生了变化，但"逐爱"的内涵却没有发生变化。叙事者莱伊在小说中将孟买（Bombay）做了音律上的模拟，解释成"子宫之城"（Womb-city），这一独特的命名联想方式赋予了这趟旅程的起点以家园和天堂的隐喻。奥玛斯到达英国之后，没有直接进入英国本土，而是在附近的公海上过了一段"海盗电台"的生活，这种海上的空间具有某种"灵泊"空间的意味。继而在纽约，奥玛斯和维娜身处以安迪·沃霍尔的"工厂"为原型的"屠场"之中，其中充斥着怪异人群的场景，地狱的狂欢特质初步显露。直至最后，维娜抵达墨西哥这座被地震夺去生灵的死亡之都，地狱最底层的景象毕露。整一趟跨越东西半球的旅程，实则也是一场从家园到地狱的拯救之旅。不过，这种改写并非是一次简单的方向变换，也非心理层面的堕落与沉沦，而是一种迷失的体验。小说第六章的标题为《迷失方向》（Disorientation），鲁西迪通过莱伊之口道出了这个词的双重含义：其一，这个词的否定前缀"dis"是对包含"东方的"（orient）这个语意在内的"orientation"的否定，因此，迷失就是失去东方；其二，随着东方的迷失，人们就失去了"orientation"的本意——方向。于是，这就是一趟"家园"和"方向"双重迷失的旅行。

叙述迷失感也构成了小说的反讽：这种"家园"和"方向"的迷失体验带给奥玛斯的不是失落，而是对自我的重新塑造。维娜身上有一种散射性的魔力，她改变了一切既定的、坚实的存在，以此来催生并且重塑奥玛斯。同时，维娜也是爱的象征，鲁西迪借助维娜这个形象，揭示出这样一种构思：爱能改变一切，包括过去和未来。由此观之，整个"探地府"的故事模式更接近于但丁的《神曲》而非弥尔顿的《失乐园》。在但丁所构建的地狱中，尽管有对人的灵魂中欲望、感性和理性的层层剖析与批判，但其中也包含着令但丁昏厥的爱。鲁西迪似乎在提醒读者，坠入地狱除了受罚和抗战之外，还包括重新播撒爱和拯救爱人的可能。摇滚乐同样具有这样的特征。

三

摇滚乐除了愤怒与喧嚣之外，也是爱与和平的音乐，这是作者赋予神话和摇滚乐的第二个重要的契合点。鲁西迪在演绎这个维度时，借助的是全球化的视野。在那篇名为《摇滚乐》的评论文章中，鲁西迪曾将摇滚乐看作自两次世界大战之后全新的全球化现象，它包裹在 20 世纪中后期的经济全球化浪潮之下，已很难分辨出其文化输出和输入的方向，更像一种"块茎"现象。

在这部小说中，歌手奥玛斯·卡玛早于鲍勃·迪伦一千零一天从他那位智力缺陷的胞胎兄弟口中听到了《答案在空中飘》。在这首早产的反战民谣背后，鲁西迪颠覆性地指出西方摇滚乐的源头在东方。较为敏感的读者或许会觉得这是后殖民写作中典型的"逆写帝国"策略，但只需细读相关章节，就会立马打破这种刻板印象。鲁西迪在此更关注的是当下现实，而非殖民历史和结果的改写。1960 年代的迷幻革命其实已包含了瑜伽、灵修、阴阳之道等东方因素。披头士乐队自 1965 年发布专辑《橡胶灵魂》（Rubber Soul）以来，外界口中他们对摇滚乐的革命性创新也是向印度"取经"的结果，其中以 1967 年的《魔幻神秘之旅》（Magical Mystery Tour）为最。鲁西迪作为印度裔的作家也敏感地捕捉到了摇滚乐发展的这一重要动向，但他倒是没有急于欢呼东方文化征服了西方，而是剥去文化帝国主义的外壳，看到了其中的文化共生现象。透过这个视角，读者可以发现有关"家园"和"方向"的双重迷失与全球化的"输出"和"输入"方向的消失有着明显的关联。

不过，鲁西迪倒不是通过虚化"家园"和"方向"来传递全球化时代的虚无感，他借助摇滚"爱与和平"的主题重在传递重拾失落的世界观的力量。迈入全新的世界的个体需要一个全新的样貌，想要重拾失落的世界观，个体需在旧有的世界观的关照下做出改变，这种改变成了鲁西迪的故事中的"变形"主题。

在他创作的一系列小说中，变形主题共有两种表达方式：一种是主人公的形态受到外在力量的挤压，产生实体性变化（如《魔鬼的诗篇》等小说）；另一种是主人公向内卷入某种时空，虽然形体没有发生改变，但是整个个体自内向外，仿佛经历内在爆破一般获得与过去截然不同的特质（如《格里姆斯》《午夜之子》《哈伦与故事海》等小说）。

而在这部小说的第九章《隔膜》的开头，鲁西迪这样写道：

一个宇宙萎缩，另一个就会膨胀。奥玛斯·卡玛于一九六〇年代中期离开孟买去往英国，他恢复过来，感到他真正的本性又流回到了他的血管里。飞机从故土起飞时，他的心也随之起飞，他毫不犹豫地褪去身上的旧皮，仿佛那片边界并不存在般越了过去，就像一个变形人，就像一条蛇。

奥玛斯的"变形"只存在于隐喻层面，并没有发生实质性的形体变化。有趣的是，到了小说的第十三章《变形》之中，这种变形的主题又回归到叙事之中，形成了实际的指涉：

飞往纽约的红眼航班上，在一滩灯光下，有一个还未入睡的拉美裔的孩子，他瞪着凶狠的眼睛，不依不饶地在玩着一种新型的科幻玩具。它是某种类型的汽车，但是他没兴趣发出模拟汽车的呜呜声来玩它，而是在将这辆车拉扯开来。它的尾翼被扭了过来，轮胎向外转动着，直到与折叠桌成了一个直角，车身靠铰链转起并掀开，就像一个解剖模型。它展开、剥落、解构自身，令人眼花缭乱、叹为观止，然后咔哒一声组装成了一个出乎意料的新造型。男孩难以领会这种变形之谜的最终秘诀是什么。他在桌上一次次地砸它，它在桌上成了一个半成品，陷入了一个难以辨认的过渡阶段。

在这部小说之中，奥玛斯的"变形"更像是上述文字中孩子手中的"变形金刚"玩具，虽然构成自身的材料没有发生变化，但是他却获得了呈现方式上的多元。他所经历的是文化上的变形，并处在一个没有完成形态的过渡阶段。

摇滚乐之于青春，其意义恰恰在于通过反叛过去，重新塑造一个全新的自我，这是成长中较为猛烈的一次蜕变，其本身的持久性要远超短暂的原因与结果。奥玛斯的变形亦带有对固有的世界进行全新体验的意蕴，从而与摇滚乐的内核相关。从这个角度来看，《她脚下的土地》也可以看成是有关成长的一部小说。

四

从"成长"小说的角度来看，鲁西迪笔下的过渡阶段也独树一格。在他的英国同胞笔下，少年的成长阶段中经常伴之于水的意象。比如，在短篇小说《夏日里的最后一天》中，麦克尤恩的主人公曾在青春的最后一个夏日里，面对河流有过这样的感触："伦敦是一个我不想让河水知道的很紧要的秘密。它流过我们家时我还不知道伦敦。"伦敦象征着未来，少年所经历的"过渡阶段"具有液态的流动性和目的终会达成的宿命感：不管怎么说，河水必定会流到伦敦。相比之下，《她脚下的土地》中的奥玛斯由于具有更为广阔的成长空间，故他成长的关键阶段都发生在空中，这种悬置在空中，经历非此非彼状态的独特体验，赋予了奥玛斯的经历以封闭、未知的固体特征，一种"隔膜"体验。这种体验恰恰来自前文提及的"双重迷失"，也是本身鲁西迪作为移民作家有别于英国本土作家的最独特体验之一。

奥玛斯在空中体会到的"隔膜"感一旦形成就无法摆脱，它先从空中落到海上，将奥玛斯继续封闭在海盗电台所在的舰船上。而当奥玛斯独自走上英国的街头寻找这个古老国家的另一面时，他发现了面包给他带来的奇特感受：

他只要路过面包房就会不由自主地走进去。某种程度上来说，每日采购并消耗大量的面包成了他首次全身心地与伦敦生活进行的肉体接触。啊，那松软、蓬松、床垫般的面包。咬起来弹性十足、劲道有力的面包。硬在表皮，软在内心：完美的构造对比，充满感官意味。哦，一九六五年的脆皮白面包，切片或者整块享用皆可！哦，或大或小的烤模面包、丹麦涂霜面包、粗面面包卷！哦，天堂的面包，天堂的面包，请让我吃个够！在面包房的妓院里，奥玛斯毫不犹豫地掏出钱来，为他与面包之间非道德的邂逅埋单。它是所有人的，但是一旦交易完成，那些吞下肚的一块块面包，那些爱意的咬痕，就只属于他。东方就是东方，奥玛斯想，啊，但是西方却是酵母。

伦敦对于空降此地的奥玛斯来说是一座"并无实体的城"。他在对松软的面包的感官性体验中找到了对伦敦的替代性体验。奥玛斯将空中的"隔膜"的吞食入腹，实则是在对无根漂泊的状态进行消化，只不过奥玛斯一次次地经历消化不良，他的成长一直封存在松软的固态之中。奥玛斯的病症在小说中借助故事叙事中的隐喻，推而广之变成了全球性的"地震现象"。

但读者需注意到，这一起起"地震"并非真实发生的事件，除了满足神话对应性之外，也是一种"横跨东西方"的全球现象。至此，摇滚乐爱和神话的深层内涵得以揭露，两者都具有蔓延性。从这个意义上来说，小说的原文标题"The Ground Beneath Her Feet"中的 Beneath 一词就具备了双重指向功能，它既表示维娜脚底所接触的这个世界，又指维娜被裂开的地面所吞噬后的地底世界。两片土地对于奥玛斯而言，同样具有不稳定性，既没有源头，也没有归处，永恒地存在于悬置状态之中。

这种不稳定性和悬置感，与其说是一种破坏力量，倒不如说是一种修补和超越的力量，一种与摇滚乐宣扬的爱密切相关的力量。女主角维娜死于墨西哥地震，而在作者笔下，维娜的死更具有仪式性，仿佛她作为摇滚女歌手，这一辈子最为辉煌的时刻就是死亡：鲁西迪将维娜的死与地震并置在同一个"消除边界"的隐喻层面：

奥玛斯·卡玛一直希望人类——也希望自己——能够越过皮肤的边界，不是越过种族分界线，而是将它抹掉，维娜一直是个喜欢怀疑的人，对他普世主义者的观点心怀疑虑，但是她的死却越过了所有的边界：种族、肤色、宗教、语言、历史、国家、阶级……死去的维娜正在改变世界。爱的人群正在展开行动。

地震具有重整世界、超越分离的力量，奥玛斯通过摇滚乐追逐维娜的旅程也具有相同的效果。这不仅是一趟追寻爱的旅程，更是一次超越隔离与纷争的爱的播撒。摇滚乐不是用来改变世界的，但它的存在使得世界多了一种被爱改变的可能。这或许是鲁西迪赋予这部小说最迷人的情怀之一，当类似约翰·列侬等摇滚诗人所渴念的乌托邦世界在灰烬漫天的小说场景中得以清晰的展现时，维娜这个形象也就超越了欧律狄刻的原型，获得了对当下世界的关怀。但如同所有从废墟中立起的新幻境一样，鲁西迪并没有赋予这个全新的乌托邦以牢固的形态。叙事者莱伊在小说中这样感慨：

我们的生活分分合合，我们继续前进，随后再度相逢，随即又各自上路。这就是人类生活的黏结形态，既不是简单的线性，也不是完全分离抑或无止境的交叉，而是像这样按照跳着进入与蹦着离开的顺序搭建起的充气城堡。

从隔膜到松软的面包，再到充气的城堡，小说中"并无实体"的感受贯穿始终。联系摇滚乐和地震，读者会发现鲁西迪与其说颠覆了人们对这两者的破坏性印象，倒不如说重新赋予这种破坏力以重构世界的契机。

反观作者经历，鲁西迪通过将小说的叙事时间定为1989年2月14日是令人感动的，他通过重新书写曾经给他本人带来全球化灾难的时间，延伸出了一段爱的蔓延和恨的消弭的故事。

后现代视域下珍妮特·温特森《守望灯塔》中的"灯塔叙事"模式

施　薇[①]

作为英国当代著名女性小说家之一，珍妮特·温特森以其颇富自传性色彩的处女作 Oranges are not the only fruit《橘子不是唯一的水果》一举成名，并夺得当年英国 Whitbread 最佳处女作奖。英国《独立报》称她为"这个时代最好的且最有争议性的作家之一"；剑桥大学于老牌文学杂志 Granta 将其列入"最优秀的年轻英国小说家"名单。意大利政府授予温特森国际小说奖，理由是她极富个人独特色彩的实验性文学。美国小说家戈尔·维达尔（Gore Vidal）也称温特森是他"二十年来读到的最有意思的作家。"正如珍妮特·温特森本人所言：当你读到任何一页珍妮特·温特森的文字时，你立马就会知道这是谁的作品。[1]（P54-58）而她文本中所呈现出来精致破碎的语言、话语的诗意性，以及她富有创造力的后现代叙事策略则体现了她作品的独特文风。

《守望灯塔》是珍妮特·温特森于 2004 年出版的第八部小说。主人公西尔弗（Silver）以倾斜的方式出生在海边的荒凉小镇索尔茨，并一度和她的单亲母亲居住在陡峭堤岸的房子里，直到母亲出了意外成为孤儿后，

---

① 施薇（1991-），澳大利亚 La Trobe 大学中国研究中心，博士研究生，主要研究方向：叙事学，儒家哲学。

被灯塔守护者皮欧收养，小说的脉络也由此铺开。与常规小说的单线叙述方式不同，温特森大胆创新，采用截然不同的多线交叉叙事，最初通过西尔弗的视角，围绕西尔弗和皮欧的灯塔生活展开，随后分别以皮欧的视角、已去世的达科的视角、中世纪爱情悲剧里的特里斯坦等多个人的视角来叙述各种穿越时间和空间的故事。

整部小说采用故事套故事的方式，让人阅读之初就联想到博尔赫斯式的迷宫叙述，但是又不尽相同。博尔赫斯通过时间的分叉，引出迷宫般的寓言，将原本不相关的故事巧妙无缝地糅合在一起；而在《守望灯塔》中，多线的故事叙述是通过嵌入叙事的空间框架，一个一个地镶嵌其中。通过空间转换，将读者带入故事和文本，从而自然地展现不同人物、不同视角的叙述，将原本毫无联系的故事群都串联在同一个文本内。表面上看似只有两条主线，但其实是长长短短共二十多个故事所交织起来的：圣经故事中的大力参孙、巴别塔、大洪水；中世纪浪漫传奇中的亚瑟王、伊索尔德和特里斯坦；历史中的其他重大事件诸如阿波罗登月、达尔文、史蒂文森家族的灯塔……不一而足。所有的这些都为小说提供了强大的互文性语境，使文本充满了张力。

独特的"灯塔叙事"

温特森在其小说《守望灯塔》中尝试并找到了一种独特的建构方式——"灯塔叙事"，使其能够在封闭的文本空间中进行最大限度的开凿，并使之富于意义可以说。"灯塔"既是珍妮特·温特森在小说中所运用的核心意象，同时也是一种叙事，是一种格局与结构。"灯塔"二字已经和温特森的写作紧密地联系在一起。

在温特森眼中，整个世界是像一个链接一些点并使它的线束交织在一起的网，是一个巨大的海洋。在这片海洋中，时间范畴内的过去、现在和将来，空间范畴内的天上和地下都相互交汇，交错平行的时空编织成一张错综复杂、没有边际的大网。而世界上所有的故事和文本，就像是一个个灯塔，它们看似毫不相关，却彼此照耀，相互呼应，形成互文。"灯塔叙事"体现在文本间如此，在文本内部亦是同样的辐射结构。小说《守望灯塔》本身就像一片海洋，而小说中的各个叙述者就像一座座灯塔，站在截然不同的角度、不同的方位、不同的时间里，却是在同一片海洋中，此起彼伏地照耀着，诉说着同一段往事、同一个故事。灯塔成为小说中碎片化叙述的连接点，将故事串联在一起，成为叙事架构上的节点。这种起伏相接、明暗变化的叙述，打破了传统小说叙事中确定的中心关系网络，文本的意义也不再确定无疑，所有的解读都要通过读者本人的参与来完成。"在时间中，只有被照亮的时刻，其余的都是黑暗。"用温特森本人的话说，是向伍尔夫的致意。

笔者认为，温特森的叙事和主题有着密不可分的联系。小说题目中的"灯塔"既是其主题所指，也在一定程度上暗示了小说的叙事模式——灯塔叙事。因此本文拟在后现代的框架内，探索文本中的叙事技巧，主要从具有代表性的互文性和元小说两方面入手，剖析作者如何通过其独特的叙事策略为主旨的呈现提供互文性语境，凸显小说爱与生活的主题，以丰富后现代视阈下"灯塔叙事"模式的内涵，从而更好地诠释《守望灯塔》的独特魅力。

（一）《守望灯塔》的互文性叙事

在《守望灯塔》中，温特森通过引用、模仿、借鉴或是改写的方式使之与其他文本建立起错综复杂的庞大互文网和对话关系，打破了单一的富有权威性的阅读模式。正如温特森希望文本脱离她本身存在。她说，"就当我已经死了"。在《守望灯塔》这部小说中，温特森将现实与虚构相编织，以"希尔弗"的名义，对历史、宗教文学《圣经》，斯蒂文森的小说作品《金银岛》《化身博士》等进行了改写和重述，对于互文性的运用贯穿于整部小说。限于篇幅，本文只对其中一个互文性文本——《化身博士》进行展开讨论。

《化身博士》是英国作家罗伯特·史蒂文森最具有代表性的作品之一，

小说中，杰基尔 Jekyll 博士是一位正直且颇受人尊敬的医生，他学识渊博、乐善好施。而事实上，他的内心总有作恶的念头，只不过被自己追求完美的性格所压抑而已。为此，他想出了一个解决方法——成为另一个人。借用所谓的他人躯体来满足自己的欲望，肆意作恶而不承担责任。正是在这样的令人兴奋的认知下，杰基尔研制出一种药剂，当他喝下这种试验药剂后，就化身为充满邪念的 Hyde 先生。在黑夜中他到处作恶，残暴地踩在街角不曾相识的小女孩身上，无情地杀死了待人谦卑友好的著名绅士卡鲁……将自己人性中被压抑的恶魔欲望尽情地释放出来。

而在《守望灯塔》中，温特森所塑造的巴别尔·达科形象如同化身博士，是一个典型的双面人。一直以来，达科都记录两个日记：一个是平淡的、学术性的，记载他作为一名牧师在苏格兰的生活；另一个则记录在粗糙磨损的文件夹中，内页都已经被扯烂而看不清页码，笔尖把纸张都戳穿了。当他是达科（Dark）身份的时候，是冷酷、自傲、不负责任的，他推倒了怀孕的莫莉并弃她而去；他凌辱自己后来的妻子，还对她施加暴力。而当他是勒克斯（Lux）身份的时候，他是光和热的化身，他对莫莉充满了爱意，对他们失明的孩子疼爱有加。他觉得对不起妻子和儿子，要用七年的时间来偿还她。他不顾自己的生命安危去救那只失足挂在悬崖边的狗——特里斯坦。

在这里，读者还可以注意到，温特森在给人物取名的时候，很显然受到了史蒂文森极大的影响。这种 Dark（黑暗）与 Lux（光明）形象的反差对立、双面性的人物形象让人无法不和史蒂文森的《化身博士》联系起来，也让人想到热奈特的互文性理论，即"通过简单转换或间接转换把一篇文本从已有的文本中派生出来"[2]（P21）。正如温特森在书中所言，两个人物形象，很明显地存在以下等式成立：达科 = 杰基尔，勒克斯 = 海德。[2]（P179）

小说中，温特森也明确地指出，是史蒂文森和达科的交谈为他之后的创作提供了素材，进而完成了《化身博士》一书。显而易见，两者的互文性体现在人物形象、性格特点和命运等诸多方面。

（二）"灯塔叙事"之元小说叙事策略

在《守望灯塔》中，温特森大胆地运用了诸多元小说叙事策略。主要从三方面展开：

1.灯塔的嵌套——故事套故事

"故事套故事"的叙事策略往往被贴上"框架"的标签，也被称为"俄国套娃"或者"嵌入"叙事[4]（P340）。美国学者内尔斯（Nelles）对这种嵌入叙事（embedded narrative）的结构做了较为细致的分类：水平式和垂直式。他认为在水平式的框架叙事中，叙事话语处于同一故事层，但是由不同的叙述者接连叙述；在垂直式的框架中，属于不同层次的话语相互嵌套。[5]（P132）在温特森的小说《守望灯塔》中，我们可以窥见以上两种不同类型的嵌套模式。

从大框架看，整个文本的讲述是水平式的。关键叙事人有两个，灯塔看守人皮欧和我（希尔弗）。通过对话的形式，两人将有关历史等各种时空穿越的故事逐一呈现出来。以上，构成了叙事的第一层，即小说的最外层结构。

小说的第二层是皮欧和希尔弗的对话内容之中所嵌套的形形色色的小故事。皮欧提到，讲述一个故事得从另一个故事开始讲起，要想讲巴别尔·达科的故事，就得从力士参孙开始讲起。"像个俄罗斯套娃，一条船在另一条船里头。"[3]（P46）这种嵌套就是纵向的垂直式嵌套。在这讲述中，故事其实已处于不同的故事层面。如果说巴别尔·达科的故事还在第二层面，那么所插入的关于《圣经》中巴别塔和大洪水等故事就属于叙事的第三层面了。通过一个故事再引出另一个故事，比如在讲述达科故事的时候，提到了史蒂文森的《化身博士》，这种嵌套式结构并非随意为之，而是经过了精心的设计，与外层叙述结构在不同的层面上有所呼应，或结构、或主题。

2.间断性闪耀——暴露虚构

《守望灯塔》开篇不久，温特森就开始暴露故事的虚构性。"我已能选择我的出生年份了，一九五九年；或者挑选灯塔建成的那一年；……；或者挑选我住进灯塔的那年"[3]（P24）众所周知，真实的故事只可能在一个点发生，这种可以设置在不同时间点的故事显然是作者在创作时的思维过程，温特森故意提醒读者，他们所阅读的文本都是虚构。这表现了温特森将创作过程融入文本的内化倾向，以此模糊真实和虚构的界限，尝试建立一种更契合现实的"真实"。

一方面，温特森间断性地插入暴露故事虚构性的话语（如同灯塔在闪耀），将真实性消解，告诫读者千万不要上作者的当；而另一方面，随着小说叙述层的发展，她又不断地利用各种材料制造真实感。似不经意，其实都是精心设计的结果，比如关于史蒂文森作为灯塔家族的事迹；比如小说中的灯塔和真实中的贝尔灯塔建造的时间相同，都在一八一一年二月一日。另外，她在叙述中实现了真实与虚构的拼贴，把真实的人物和小说中的人物放在一起，比如"乔舒亚·达科找到了他想要的人，罗伯特·史蒂文森将在拉斯角修建灯塔。"把读者带出又带入文本，给读者一种错觉，温特森讲的就是发生在那个灯塔里的故事。从某种程度上来说，温特森用其精湛的叙事技巧，用语言构成了一个看似"真实"的虚拟世界，使得读者在明知其虚构，却无法控制地被带入虚构的真实。这又暴露出小说的想象和虚构。

除了主动暴露创作思维过程以外，温特森还通过对自己的创作和叙事手法进行评论来暴露虚构。"讲故事的方式一般都是开头、过程、结尾，可这种方式在我这儿成了问题。"[3]（P24）"从何处开始讲起呢？挑了最好的时间点讲都这么困难，当你需要重新开始时就更难了。"在《守望灯塔》这部元小说中，创作和批评之间的界限变得模糊，批评的视角被引入文本，使作者和读者合为一体，文本内充满了各种不同的声音。此外，我们也能看到温特森直接在文本中用对话式的口吻和读者交流："好吧，和你说真的,不仅同年,还是同一天呢。"[3](P17)以此来暴露自己的身份,并拉近与作者之间的距离。

3.断线的光束——碎片化

受后现代主义的影响,在《守望灯塔》里,温特森颠覆了传统的宏大叙事模式,拆解了整体性叙述的结构,使之呈现出无序的状态。她所使用的碎片化叙述主要表现在故事的碎片化、时间的碎片化这两个方面。

(1)故事的碎片化。小说中,故事的讲述完全不按照完整的情节发展顺序来展开,结构也错落不定。在这本小说中,我们看不到拥有完整故事情节的故事,每一个故事总缺点什么。更多的时候,我们所能回忆起来的,不是整个故事,而是情节中的几个经常出现的意象,如海洋、海马……我们将关键的意象组合起来,在想象力的作用下,串成了脑海中各自不同版本的故事。正如温特森在小说中自己所言:"一个开头,一个过程,一个结尾。但事实上没有这样的故事,它无法被叙述,因为它是由一根鞭子、一个苹果、一块烧着的煤、一只敲着鼓的小熊和一个黄铜表盘构成的。"[3](P100)

(2)时间的碎片化。与通常按时间顺序讲述故事不同,温特森笔下,没有时间先后的概念,时间都是一个个碎片,她将发生在不同时间段的故事都通过"灯塔"这个意象,在空间中实现了整合。时间会从一八〇二年跳到一七八九年再到一八八六,从一八四八年折回中世纪,随后又返回现在……总之,毫无逻辑可言。读者阅读文本之初会感到茫然,因为在温特森的笔下,时间就像橡皮泥,可拉伸,可压缩,也可以扯断……往往在故事进行到一半的时候,皮欧以一句"我要看守灯塔了"作为故事的中断,而当第二天来临的时候,这个故事的结局就不得而知了,因为皮欧讲述的又将是一个新的故事。每当故事在讲述时,生命中的光亮就如同灯塔闪耀一般被点亮,而故事总是一闪便结束了,就像灯塔也不会一直亮着。因为温特森说,"关于存在的连续性叙述是一个谎言。没有所谓的连续性叙述,在时间中,只有被照亮的时刻,其余的都是黑暗。"[3](P130)在一个故事闯入文本并取代原有故事的过程中,时间的中断使它呈现出碎片的状态,如同中间断了线的光束,而碎片中间的空隙和留白则留给读者更多的想象空间。

元小说叙事策略所蕴含的元小说主题意义

温特森在创作中不仅通过形式上的安排来表现元小说的意义和精神,更是把这种思索融入了文本。从形式上看,她将读者的注意力从话语的实体内容转到了话语产生的过程并通过展示过程,赋予结局和意义以不确定性,给了阐释文本更多的可能性。而《守望灯塔》的主题,归根结底其实只围绕一个中心,即爱。不管温特森讨论的其他可能存在的主题是什么,包括世界的起源、人的本质等,这些问题都是为凸显爱的主题而服务的。因为她一再强调,"这是一个爱的故事",是"爱让一切有了可能"。

小说中,元小说的运用具体体现为温特森对故事创作过程的暴露和插入对叙述及相关理论的简介。前者告诉我们故事是怎样讲述的,"灯塔"是怎样被看守的(文中,皮欧提到"看守灯塔"就是"会讲故事",而会讲故事就获得了爱的能力),这是爱的能力;后者对叙事的评价和分析告诉我们怎样的叙述才是一个好故事,告诉我们温特森眼中的爱是怎样的。温特森通过灯塔、故事将形式和主题相结合,共同服务于灯塔叙事下的爱的主题。

珍妮特·温特森在《守望灯塔》中,构设了"灯塔叙事"这一模式,在后现代的框架中运用互文性、元小说等叙事技巧,在极大程度上实现了主题和形式的统一,小说题目中的"灯塔"体现了作者精妙的构思,在结构中呈现主题,使得文本更立体、更生动。这种相互指涉不断延异的过程也赋予文本更多的可读性和阐释空间,而这种独特的叙事策略无疑成为小说《守望灯塔》中的核心,给予它无穷的魅力。

【参考文献】

［1］Bush C, Winerson J. Jeanette Winerson[J]. New Art Publications: BOMB, 1993,40(Spring).

［2］萨莫瓦约.互文性研究[M].邵炜，译.天津：天津人民出版社，2003.

［3］温特森·珍妮特.守望灯塔[M].小庄，译.长沙：湖南文艺出版社，2013.

［4］Richardson, Brian. Narrative Dynamics：Essays On Time,Plot,Closure,and Frames[M]. Columbus: Ohio State University Press, 2002.

［5］Nelles W. Framework[M]. New York: Pater Lang Publishing,Inc., 1997.

《耶稣的童年》与诗意的救赎

庄华萍[①]

一、诺维拉与灵泊之境

库切 2013 年的小说《耶稣的童年》（The Childhood of Jesus，2013）从一开始就将读者带到一个如梦境般的神秘国度。名叫西蒙（Simon）的男人与其他人一起坐船漂洋过海，来到不知位于何处的海边城市诺维拉（Novilla）。之前他们先在一个叫贝尔斯塔（Belstar）的营地学西班牙语，然后被安置到这个陌生的城市中。孤身一人的西蒙在来诺维拉的旅途中，像其他人一样被清除了所有以往的记忆。与他一同前来的还有五岁男孩大卫（David），大卫在旅途中与家人失散，连他原来带在身上唯一可证明身世的信件也在船上丢失了。于是西蒙担当起男孩的监护人，一起来到诺维拉城市安置中心。

这对毫无血缘关系的一老一少在安置中心找到住所，然后西蒙一边找工作养活自己与大卫，一边着手帮男孩寻找母亲。其实他对大卫的母亲一无所知，然而他似乎并不为此而苦恼。而且读者逐渐得知，西蒙和大卫的名字其实都不过是任意分配的，来到这儿的人都不知道自己出生时的名字，

---

① 庄华萍（1970-），原浙江大学国际教育学院教师，现任教于加拿大滑铁卢大学瑞纳森学院的语言文化系，浙江大学比较文学与世界文学博士，研究方向：比较文学与世界文学。

甚至年龄、出生日期等也都是随意确定的。西蒙后来告诉偶然认识的胡安（Juan）："我们用的名字都是那儿给我们取的，当然我们也许还得到了编号。编号，名字——这些同样都是任意给出的，同样都是随机抽取的，同样都是无足轻重的。"[1]（P296）颠覆记忆、超越现实，人与人之间的关系简单而纯粹，就这样相忘于世界的边缘。

随后西蒙和大卫在一次郊游时，偶然遇到打网球的女孩伊妮丝（Ines）。西蒙一眼就认定她是大卫的母亲。于是他说服伊妮丝接受大卫，并郑重地把孩子托付给她：

"请相信我——请慎重考虑一下——这不是一桩简单的事情。这孩子没有母亲。我无法向你解释，是因为我无法向自己解释。但我向你保证，如果你一口答允，没有什么瞻前顾后，那对你来说一切就变得清澈明净了，就像晴朗的白昼，或者说相信会是这样。总而言之：你愿意接受这个孩子吗？"[1]（P83）

于是，未婚且从未做过母亲的伊妮丝搬进原本西蒙和大卫居住的公寓，自然而然地承担起照顾大卫的职责。在伊妮丝近乎溺爱的照顾下，大卫时而像个智力超常的神童，时而又像有着认知障碍的问题孩子。在学校里他挑战老师的权威，无视一切既定的规则，最后被城市教育委员会裁决送往特殊教育中心。但西蒙与伊妮丝都决定不理会这一裁决，于是带上大卫前往另一个地方开始新的生活。

《耶稣的童年》整个小说叙事都被笼罩在一种迷雾重重、记不清前世今生的氛围中。主人公被动然而又心安理得地接受着自己的命运。每个人对于这样的命运安排似乎没有丝毫疑虑，也没有任何愿望去深究到底是谁安排了这一切。在一种半真实半虚幻的氛围中，一切与过去的关联都被切断。诺维拉这些没有历史、没有记忆的人，仿佛是被潮水冲刷到岸边的海难余生者。不过，这个新生的彼岸不是鲁滨孙的荒岛，而是一个看似人人安居、井然有序的公民社会。

　　某种程度上这看起来像是个乌托邦的故事。然而库切小说向来以多义、隐晦著称，仅以"乌托邦"一词来解读这个文本似乎又过于简单化。正如题目"耶稣的童年"所暗示的那样，这个故事有"某种说不清是神性还是魔性的孩童意味"。学者许志强指出："每一次艺术创作都是对成人世界的解构和逆反，试图返回那个支配我们想象力的源头，我们'神话学的童年'，正如大卫的故事是以魔术般的大逃亡结束，透射一道机灵的荧光；主角身披隐形人斗篷，带着他的养父、养母和爱犬，还有途中遇到的朋友，进入前方没有边界的新生活……"[1]（P3）

　　小说中的诺维拉这个地方，很像但丁笔下的那个介于天堂和地狱之间的"灵泊"（Limbo）。（Limbo 一词源于罗马天主教，根据《韦伯斯特百科全书大辞典》（Webster's Encyclopedic Unabridged Dictionary），该词指天堂与地狱之间的中间地带，尤指未受洗而去世的婴儿及基督诞生前那些正义的灵魂所寄寓之处。Limbo 也出现在但丁《神曲·地狱篇》第四篇中，在不同的译本中，有"候判所、林菩狱、林勃、灵泊"等译法。笔者认为，根据该词的宗教含义，译为"灵泊"更为贴切。）灵泊是地狱边缘的一个所在，在九重地狱的最外缘，虽不被天堂圣光所恩泽，却也是地狱中唯一没有惩罚的地方。学者乐黛云指出：

　　"灵泊"是地狱的第一层，"是一处点缀着青翠草坡、美丽小河的地方"。但丁称之为 Limbo，意从拉丁语 Limbus，自然是取了阿刻隆河的青青草畔或九重地狱之最外缘的意思。在但丁的地狱里，Limbo 是唯一一处没有惩罚、林青木秀的地方，它收留了一些非常特殊的亡灵——即那些早逝的婴儿。这些婴儿本就纯净无暇，正在走向一处"更加美好、更加神圣的领域"。他们的灵魂未曾受到身体强加给它的扭曲和约束，只在身体中逗留片刻便被更高的力量解放，很快就进入它源初的自然状态。[2]（P2）

在《神曲·地狱篇》中，维吉尔将但丁带到地狱的边界。起初他们可以隐约听到来自地狱深处的凄惨哭声，接着穿过一片树林，循着亮光，来到一处流淌着美丽小河、点缀着青青碧草的地方，在那里但丁见到了荷马、贺拉斯、苏格拉底、柏拉图等古代诗人与先哲们。[3]（P26-34）处于灵泊中的亡灵们永远悬在半空，既不受到地狱的审判，也无法抵达极乐的天堂，地狱的永罚与天堂的至福似乎都与他们没有关系。由此可见，灵泊虽是被放逐的灵魂所栖身的国度，但由于但丁让他无比崇敬的古代异教诗人与哲学家的灵魂寄托于此，这个清净之地又充满着恬静肃穆的诗意想象与自由。

正如《神曲》中的灵泊之境一样，《耶稣的童年》中的诺维拉（Novilla）也充溢着朦胧而神秘的诗意。事实上，Novilla这个地名与novella、novel等词一样，来自拉丁语词根novus（new，意为新的），象征着新生与希望。Novi-lla，亦即Novel Land，新生的世界，小说的世界。因此，诺维拉不仅是库切寄予新世界理想的所在，同时也是现实与理想交汇的诗意空间。

在这个新世界唯一正式的通用语言是西班牙语，当大卫自言自语说些别人听不懂的语言时，西蒙告诉他："每个人来到这个国家都是异乡人……我们从不同的地方来到这里寻找新的生活。但现在，我们都在同一条船上，所以我们必须彼此协作。我们协作的一个方式就是说同样的语言。这是规则，一条很好的规则，我们应该遵守这条规则。……如果你拒绝这样做，如果你不好好对待西班牙语，坚持说你自己的语言，那你就会发现自己生活在孤独的世界里，你会没有朋友。"[1]（P202）

以一个老人与一个孩子作为故事的主角，在库切以往的小说中是从未有过的。库切这部新作中，"老人西蒙是这个故事的头脑和骨骼，孩子大卫是这个故事的灵性和血液。"[1]（P3）小说中有个至关重要的细节，西蒙从社区图书馆借来一本少儿版《堂吉诃德》，对大卫说："你和我一起来读这本书，一天读一页，有时读两页。首先，我会把故事大声念出来，然后我们一个单词一个单词地读下去，看看这些单词凑到一起是什么意思。好不好？"[1]（P164）于是他领着大卫开始阅读。大卫后来一直随身带着这本他最钟爱的书。

就像库切其他小说一样，《耶稣的童年》自出版两年多来，评论界对其寓意一直众说纷纭，评价不一。笔者认为，也许上文提到的"西班牙语"和《堂吉诃德》，是可以引领我们进入这个文本迷宫的一把钥匙。

二、堂吉诃德与诗意的救赎

在四十多年的文学生涯中，库切曾经提到过多位对自己写作产生过重要影响的作家，如笛福、陀思妥耶夫斯基、贝克特、卡夫卡等。库切在其虚构或非虚构作品中对上述这些作家的关注，使评论者常从互文性等角度出发将他们与库切作品联系起来。而一直以来，还有一位欧洲作家及其作品也同样对库切的写作有着深刻的影响，这就是十七世纪西班牙作家塞万提斯及其杰作《堂吉诃德》。

库切曾指出，塞万提斯的小说让我们"得以在与现实的无情冲突中探索理想所具有的神奇力量"[4]（P265）。《耶稣的童年》中，有两处提到西蒙引导大卫阅读《堂吉诃德》的两个经典段落：堂吉诃德骑马举剑大战风车及蒙特西诺斯山洞探险的故事。

在西蒙给大卫阅读的时候，大卫问："可是为什么桑丘不去打巨人？"西蒙回答："因为桑丘知道巨人其实是磨坊，你不能跟一座磨坊去战斗。磨坊又不是一个活物。"大卫说："他不是磨坊，他是巨人！他只是图画里的磨坊。"就像堂吉诃德一样，大卫眼中也有一个常人所看不见的世界。西蒙还告诉男孩："《堂吉诃德》是一本不同寻常的书，……它代表了我们两种看世界的眼睛，一种是堂吉诃德的眼睛，一种是桑丘的眼睛。对堂吉诃德来说，这是他要战胜的巨人。对桑丘来说，这只是磨坊。我们大部分人——也许你不在内，但我们大多数人——都同意桑丘的看法，认为这是磨坊。"孩童的想象往往脱离或者混淆现实，大卫很快随着阅读进入了堂吉诃德的世界，因此在大卫看来，"这不是堂吉诃德和桑丘的冒险之旅。这是堂吉诃德的冒险之旅。"[1]（P167）

在伊妮丝无条件的母爱保护之下，大卫始终保持着孩子的天真大胆与无所顾忌。在另一个场景中，大卫不肯好好就着书页阅读，西蒙教育他：

"真正的阅读是你必须去理解书上写的东西。你必须放弃自己的幻想。你必须停止犯傻。你不能再做一个小娃娃。"

……

"我不要用你的方法读，"孩子说，"我要用自己的方法读。有一个很酷、什么都会的人，骑马的时候他是马，走路的时候他是波马（porse）。"

"这根本就是瞎说一气，再说也根本没有波马。堂吉诃德不是胡说八道，你不能自己胡说一气，又假装在读这本书。"

"我会的！这不是胡说八道，我会看书的！这不是你的书！这是我的书！"[1]（P201）

大卫宣称，"我想说我自己的语言"，他不愿意配合学校老师，按部就班地学习阅读与书写，因此老师认为他有"与符号认知有关的特定缺失"。大卫的学校老师向西蒙解释说："他会背诵许多数字，是的，可是不能以正确的数序来数数。至于他用铅笔做的记号，你也许可以把它称作写字，他也许把它称作写字，但这不是我们通常意义上的写字。他写的那些东西是否有什么个人意义，我无法判断。……一位特殊教育治疗专家也许能告诉我们，这里面是否一方面存在通常意义上的缺失，另一方面却是某种创造力的表现。"[1]（P220）

就像《等待野蛮人》中老行政长官无法解读的木片符号、《福》中星期五用粉笔画的一行行会走路的眼睛、《迈克尔·K 的生活与时代》中 K 用南瓜片摆出的图案一样，大卫的书写也拒绝向"体制化的意识"敞开它们的意义。他书写的自成目的的符号，就像堂吉诃德想象世界中的巨人一样，显现出孩童世界的不同之处。所幸，西蒙和伊尼斯没有去刻意纠正大卫的阅读与书写，而是以无限的爱保护着这个孩子的幻想世界。

因此，在《耶稣的童年》中，堂吉诃德代表着一种自由的、个体的、孩童般的幻想与被规训的、公共的、非个体化的世界之间的冲突。与奥威尔《1984》中令人不寒而栗的恐怖、赫胥黎《勇敢新世界》中催眠般的阴霾所不同的是，《耶稣的童年》中大卫的形象蕴含着一种永恒然而结局不明的期待，而作者用简洁的语言捕捉到了这种期待所具有的诗性力量。

三、文学的游戏与想象的乐园

在耶路撒冷文学奖获奖演说（1987 年）中，库切说：

两年前，米兰·昆德拉站在耶路撒冷的这个领奖台上，向那位现代小说的先驱者米格尔·塞万提斯致敬，我们这些后世籍籍无名的作者们正站在这位巨人的肩膀之上。我，还有如此众多的我的南非同行们，是多么希望我们也能跟他一起向伟人致敬啊！我们多么渴望不再去描述那个充满病态情感和无情力量的世界，那个充满愤怒与暴力的世界！而回到那个有着正常情感与观念的人们真正可以居住的世界之中！ [5]（P98）

库切做这番演说时，南非国内的暴力与冲突、酷刑与审查制度正达到无以复加的地步。塞万提斯的堂吉诃德可以轻而易举为自己解决难题，"离开那个灼热的、尘土飞扬的、愁云笼罩的拉曼查，而以一种刻意的想象进入到那个神仙的世界"。南非作家们却无法以相似的写作方式做到，也"无法对其周遭世界或历史进程产生哪怕些许的影响" [5]（P99），这正是令库切倍感痛苦的地方。库切觉得，相对于南非的残酷现实来说，小说的想象力有时也显得苍白无力：

阻碍南非作家的东西也正是同样阻碍堂吉诃德的东西：他所置身的世界将其强力施加于他，并最终扼杀了他的想象力。……南非生命的这种粗粝本质，和它所唤起的那种赤裸裸的力量，这种力量既是实实在在的，又

是在道德层面上的。其冷酷无情、暴虐凶残、贪婪虚伪，都使人既无法爱它，又无法抗拒它。[5]（P99）

在西方文学传统中，堂吉诃德代表着理想与现实之间的矛盾，代表着艺术的想象对于历史及周遭世界的对抗。因而库切循着浪漫主义的传统，将堂吉诃德与拉曼查的关系，解读为幻想与现实之间的冲突与对抗，是主体与客体、理性与自然、精神与物质、想象之境与功用之域之间的对立。

海耶斯认为，库切的耶路撒冷获奖演说恰恰证明了库切对小说的怀疑，证明作家承认对于南非作家来说，小说作为历史的对抗所必然遭遇的失败。[6]（P112-122）"阿隆索·吉科萨诺或堂吉诃德的故事……以想象力向现实的屈服作结，以回到拉曼查和死亡结束。"然而库切同时又指出，"尼采说，幸好我们有艺术，才不至于被事实真相所窒息。"[6]（P99）

于是，库切以自己的小说创作追随着塞万提斯的传统。自塞万提斯以来，小说与小说写作之于人类所身处的时代、地域的联系，是人文学者们面对并探索的问题。库切认为，在南非严酷的现实面前，小说"只有两个选择：（历史的）替补或对抗"[7]，他反对将小说从属于历史话语的做法，并将塞万提斯视为自己的同盟："我们可以这样说，历史只是人们约定俗成互相讲述的故事而已——正如堂吉诃德令人信服但最终失败的尝试一样，历史话语的权威只在于它达成的共识。"[7]

因为小说属于想象的世界，而历史意味着真实，因此这两者之间始终存在着对话与冲突。在耶路撒冷获奖演说与"今日的小说"中，库切对于小说与历史、想象与真实/现实之间二元对立的立场是一致的。在耶路撒冷演说中，库切认为，面对粗粝狰狞的南非现实，南非小说家们要找回他们的艺术想象力是何其艰难。而"今日的小说"中，他坚决地站在小说一边，主张挑战历史的权威。

我们知道，在《堂吉诃德》中，随着叙事进程的深入，主人公对世界的认知逻辑慢慢占上风，他对于现实的理想主义感知，甚至逐渐感化了桑丘·潘沙。安德雷·布林克曾将《堂吉诃德》中疯狂与理性、虚构与真实之间的刻意模糊，理解为小说虚构世界的一次探险，是伊拉斯谟式的傻瓜之旅，是中世纪盲目信仰之后的曙光，也预示着怀疑一切的新世纪的到来。[8]（P29）

　　十六世纪早期荷兰哲学家伊拉斯谟的《愚人颂》（The Praise of Folly）对于塞万提斯创作的影响受到学界广泛认可。库切在《伊拉斯谟：疯狂与对峙》（Erasmus: Madness and Rivalry）一文中认为，伊拉斯谟本希望通过《愚人颂》找到一种"无立场（nonposition）"的立场，"无立场"意味着在对立双方之外找到一种解决办法，即"非对抗或疯狂"，这一立场需要在游戏中通过虚构的叙事实现。[9]（P83-103）

　　由此，我们可以理解库切主张的南非作家面对理想与现实的冲突时所应采取的策略。库切认为，米兰·昆德拉向塞万提斯致敬，意味着相信"情感与理念的生动游戏，在堂吉诃德的世界中成为可能"[5]（P98）。而南非作家的职责恰恰是"以游戏的方式，让写作得以想象无法想象的现实"[5]（P68）。海耶斯认为，库切的"无立场"观念，实质上意味着作家放弃了之前的作为历史对抗的小说观，而笔者认为，"今日的小说"中对历史的对抗观点与伊拉斯谟式的无对抗、无立场实则是相通的。小说唯有放弃种种先在的立场与类型化、标签化的企图，方能"以其自身的进程与方式运作，走向终结"，方能"以其自身的图式与神话模式得以发展"[7]。我们知道，自现代小说诞生之日起，僵硬死板、了无生趣的历史通过添加"权威""共识"等标签，将小说所创造的奇妙世界挤到边缘与角落。而只有文学的游戏、疯狂及想象，就像堂吉诃德式的骑士一样，能够拯救历史于水火之中。

　　昆德拉在其耶路撒冷获奖演说"小说与欧洲"中，将塞万提斯置于欧洲小说的源头，他引用犹太人的格言"人一思考，上帝就笑"，并指出："小说艺术作为上帝笑声的回响临世"[10]（P159）。昆德拉也看到了文学游戏与历史权威话语之间的对立，"这种由上帝的笑声激起的艺术天生不服务于意识形态的必然性，而是抵抗它。它像帕涅罗帕一样，每晚都拆掉神学家、哲学家和博学者白天精心编织好的地毯。"[10]（P161）昆德拉认为，拉伯雷看到了小说家与虚伪道学家（agelastes）的区别，agelastes 是那种不会笑且毫无幽默感的人。因此"小说家与 agelastes 不可能和平共处。由于从来听不到上帝的笑声，agelastes 确信真理是彰显的，所有的人都必须思考同样的事物。"[10]（P160）与库切一样，昆德拉主张小说与历史的对立，"恰恰由于抛弃了真理的确定性和众口一词，人才成了'个人'。小说是个人想象的乐园。"[10]（P161）塞万提斯以堂吉诃德这个人物创造的就是游戏与想象的乐园，这是库切即使在南非种族隔离的晦暗现实中仍深切呼唤和渴求的乐园。

四、"阿里阿德涅的线团"与诗意的救赎

在《铁器时代》中，卡伦夫人将自己体内的恶性肿瘤比喻成一个生不出来的孩子，"生不出来是因为不能出生，因为它不能在我的体外生存。所以，它就成了我的囚徒，或是我成了它的囚徒。它叩门不出，不能走出去。这样的情况一直要持续下去，里面那个孩子在敲门。我女儿是我的第一个孩子……这是第二个，是胎衣，是多余的。"[11]（P84）就像她置身的南非这个国家的"孩子们鄙夷童年，鄙夷那个天真好奇的时期，那个心灵的生长期。他们的灵魂，他们好奇的器官，停止发育了，石化了。而在另一方面，那个大隔离使得他们的白人兄弟的灵魂也都停止发育了，那些灵魂作茧自缚，越缚越紧，完全沉溺在昏睡的茧壳中。"[11]（P84）

然而，在《耶稣的童年》中，大卫的形象让我们看到库切小说中孩子的另一种力量。孩子对语言的游戏心理、对一切既定规则的挑战，使我们看到能指和所指之间完全有可能建立一种崭新的关系。

其实，库切的其他作品中也并不乏堂吉诃德式的人物。比如《铁器时代》中的卡伦夫人、《耻》中的卢里教授及《慢人》中的保罗·雷蒙等，他们身上都或多或少有着堂吉诃德的影子。

卡伦夫人是退休的经典文学教授，她阅读托尔斯泰[11]（P12）、莎士比亚[11]（P39）、霍桑[11]（P118）等人的作品，弹奏巴赫、肖邦、勃拉姆斯[11]（P22）的音乐，这些都表明她在文学艺术上亲近并认同欧洲的传统。她甚至跟黑人少年约翰谈论修昔底德："如果你听过我教的修昔底德的课程，……你也许会对我们人类在战争时期可能发生的事情有所了解。我们是人类，我们生来是这属性，生而为人。"[11]（P82）她跟那个男孩谈论南非的状况，把它跟修昔底德口中所描述的伯罗奔尼撒战争相比。卡伦夫人这一举动不但冲动而且不合时宜。约翰是她女佣儿子的朋友，一个相信暴力可以解决南非问题的黑人少年，他的眼里、心里除了仇恨已容不下任何柔软温和的情感，当然不可能也不屑于理解卡伦夫人这番言论。卡伦夫人这一举动让人联想到堂吉诃德无数次对周围人们发表他的见解。就像堂吉诃德面对那群牧羊人高谈阔论时一样，约翰对卡伦夫人这番话一脸茫然，丝毫不能理解。卡伦夫人也意识到自己的话语是多么苍白："我的话脱口而出的瞬间，落到他耳朵里就像一片枯死的叶子。这女人说什么根本不必去理会，而且又是一个老女人，那就更不必理会了。而最为至关紧要的一点，她是一个白人。"[11]（P81）在南非丑陋不堪的现实面前，她的话语不但苍白无力，而且暗哑无声。当卡伦夫人在小镇古古莱图亲眼目睹女佣弗洛伦斯的儿子贝基被枪杀的事实，面对周围暴怒的黑人，她承认自己根本无法找到一种语言来描述这一切："要把这种事说个明白，……你得求助上帝的语言。"[11]（P102）

库切显然认为，重要的不是找到某种方式或某种合适的语言言说南非的真相，而是卡伦夫人通过垂死者的眼睛，透过历史话语的重重障碍，终于看清了她世界中那些被剥夺与被埋葬者的身影，听见了他们的声音，重要的是"这种抗争的呈现"，是"即使从最势单力薄的群体中"，人们也能发出自己的声音[5]（P250）。从这一意义上说，《铁器时代》呈现的正是一种堂吉诃德式的对历史现实的对抗。卡伦夫人以不协调的声音发起了对历史的抗辩。以伊拉斯谟的观点来说，傻子的话语有着来自其自身的力量，这种力量的价值来自对抗的姿态本身。卡伦夫人对约翰说："这是你本来可以从修昔底德那儿学到的东西。"[11]（P83）这是欧洲的传统，小说的传统，或者说堂吉诃德的传统，可以教给非洲黑人与白人的东西。

堂吉诃德是第一部欧洲小说，或许也是尚未被超越的欧洲小说。库切谈到吉拉尔德（Rene Girard）二十世纪六十年代的著作《欺骗、欲望与小说》时说，"某种意义上说，他不仅对小说内部运作机制，而且对小说之于读者生活的影响，都做出了重要阐释，（对于后者，杰拉尔明确指出他承袭自塞万提斯）"[5]（P104）。在《广告中的欲望三角》（Trianglar Structures of Desire in Advertising，1980）一文中，库切认为："文学中，爱玛·包法利与堂吉诃德是替代性欲望的典型例子，他们不仅模仿书中偶像的外在行为，而且也让偶像随意限定他们的欲望。"[5]（P130）。当然，堂吉诃德因沉溺于骑士小说阅读而形成对于现实的过度与病态的解读，而库切作品的主人公们并没有如此明显的特征，但显然文学在他们身上依然形成一种替代性欲望（vicarious desiring）。

另一个典型例子是《耻》中的卢里教授。作为大学人文教授与学者，卢里写过关于欧洲歌剧及华兹华斯诗歌研究方面的专著，因此评论者多从欧洲浪漫主义文学传统来解读这个人物，很少有人注意到他身上堂吉诃德式的个性特征。小说中，与其因性丑闻而盘旋向下的现实生活境遇形成鲜明对比的，是卢里教授关于拜伦意大利时期情爱生活的歌剧构思与创作。对欧洲文化传统的深刻认同感使卢里教授与南非的现实一直格格不入，就像堂吉诃德一样，他也将经典作为自己的偶像，华兹华斯是他"最看重的大师之一，……很久以来，他心里就回响着华兹华斯《序曲》诗行中那美妙的和弦。"[12]（P14）他自称为"威廉·华兹华斯的评论者和蒙受耻辱的信徒"[12]（P51）。

卢里的思想与言辞就像堂吉诃德一样，刻着其文学祖先的烙印。他将女学生梅拉妮第一次带到自己公寓，给她朗诵莎士比亚的十四行诗，"美丽的尤物使我们欲望倍增，愿美丽之玫瑰获得永生。"[12]（P18）然后马上意识到这是"一步败招"："这两句五步诗的韵律曾经能使毒蛇的言语显得悦耳动听，可现在却增加了两人的距离。他又变成了老师，学者，文化宝藏的守护人。"[12]（P18–19）第二天他给梅拉妮打电话："有什么东西正紧紧抓着他。美丽之玫瑰：这首诗像箭一样直刺他的内心。"[12]（P20）虽然从梅拉妮的态度中感觉到勉强，但此时的卢里已被莎士比亚的十四行诗所引导，诗中将欲望作为对美的回应，使他自以为找到了正当理由。他对梅拉妮说："女人的美丽并不属于她们自己。那是她带给这个世界的恩惠的一部分。女人有责任与别人分享这美丽。"[12]（P18）

卢里这个形象正是杰拉尔德所谓的"替代性欲望"的主体，他所追随的其实是欧洲浪漫主义先驱们的欲望。由于深受浪漫主义诗学传统影响，卢里对于美的欲望，实质上类似于堂吉诃德对于"杜尔西尼娅公爵夫人"的迷恋，而且他寻思"这就是他的性情，而且这样的性情也改变不了了。到了这把年纪，要改几乎不可能。他的性情已经定了型，改不了了。"[12]（P2）性丑闻事件之后，面对调查委员会的质询，他本可以按照他们的要求，以正式道歉的姿态将此事平息下去，但他却固执地拒绝了。委员会成员之一拉苏尔提醒他："卢里教授，这样逞英雄（quixotic，字面意思为"堂吉诃德式的"）真是十分荒唐。"[12]（P55）卢里拒绝以调查委员会希望的方式解决这一事件，而宁可听从自己的内心欲望，他性格与处事的孤傲、愚顽与理想主义，明显有着堂吉诃德的影子。他在课上给学生们讲解华兹华斯诗中的"纯粹思想"（the pure idea）与"视觉意象"（the visual image）之间的平衡，以热恋中的男女作比："也许给凝视的目光蒙上一片薄纱，这样对你更好一些，这样才能使她以活生生的原型，以女神的形象出现。"[12]（P25）这让人联想到，当桑丘告诉堂吉诃德他所爱慕的杜尔西尼娅公爵夫人其实只是身上散发着洋葱味儿的粗鄙农妇时，堂吉诃德却依然相信是有人施了妖术，将他的心上人变成了丑陋村妇。

而卢里与堂吉诃德的根本区别在于，堂吉诃德自认为是有史以来最伟大的骑士，他一心要为心上人效力，除暴安良，卢里却将自私的情欲投射到浪漫主义诗歌中，不顾他者的情感与需求。因此他侵犯梅拉妮的不道德使他跌入耻辱的深渊。在农场被劫及女儿被轮奸事件之后，他才被迫回到现实，开始精神的自我救赎之旅。

《铁器时代》结尾处，卡伦夫人给范库尔背诵维吉尔《埃涅阿斯纪》中的段落 [11]（P202-203）；《耻》的最后，卢里教授想到女儿腹中黑人强奸者留下的小生命时，想道："他一定得再读读维克多·雨果的作品，他可是祖父辈的诗人。也许可以学到点什么。" [12]（P241）虽然卡伦夫人和卢里最终都清楚地意识到，现实的不堪并不是通过文学所能粉饰、逃离的，但正如库切在《马尔克斯：回忆我忧郁的妓女》（Gabriel García Márquez, Memoires of My Melancholy Whores）一文中所指出的，不可否认的是，"自从有了阿隆索·吉诃德的骑士之旅，这个世界变得更好；或者，即使不是更好，也至少是更有生趣。" [4]（P266）

在《慢人》中，科斯特洛将雷蒙戏称为"我的面容惨淡的骑士" [13]（285）。雷蒙怀疑科斯特洛企图把他写进书中："你就像对待木偶一样对待我，……你就像对待一个木偶一样对待所有的人。你编造种种故事并且威逼我们为你来演出这些故事。" [13]（P128）科斯特洛则不断地催促雷蒙做点什么。

"记住，保罗，正是激情使这个世界运转起来的。……如果没有激情，这个世界就依然是一片空虚，没有形成。想想堂吉诃德吧。堂吉诃德大概不是一个坐在摇椅里悲叹拉曼查的沉闷单调的人吧。他大概是一个把铜盆扣在自己的脑袋上，爬上他那匹忠心耿耿的老马的马背，出发去干一番大事业的人吧。爱玛·卢欧，爱玛·包法利，出去买高档的衣裳，甚至根本不想她将怎么为它们付钱。我们只活一次，阿隆索说。爱玛说，那么我们就让它转起来！让它转起来，保罗，看看你能赶上什么。""和阿隆索、爱玛一起，变成主要人物，保罗，活得像个英雄。这就是经典作品教给我们的东西，变成一个主要人物。否则，生活是为了什么呢？" [13]（P253）

　　小说最后，科斯特洛甚至邀请雷蒙跟她一起游遍澳洲大陆，就像堂吉诃德和他的桑丘一样。

　　不少评论者注意到《慢人》对小说创作结构与过程的后现代解构，这同样可以从《堂吉诃德》中找到源头。《堂吉诃德》的叙述开始，塞万提斯就声称故事转述自一位名叫贝内恩赫利的阿拉伯商人。在第二部中，堂吉诃德猛然发现自己被写进一个名叫艾韦兰内达的作者的伪作中，异常吃惊。"虚构作品主人公发现自己是另一部小说的人物，这在文学史上是史无前例的。"[14]（P80）《慢人》的后现代叙事结构与《堂吉诃德》故事套故事的叙事手法如出一辙。

　　正如库切的耶路撒冷演说中所指出的，作为南非作家，总是有太多的真相，太多的真实，以及由此造成的"爱的缺失（Failure of love）"[5]（P97），使他的写作无法像堂吉诃德那样一头扎进想象的世界中。然而，他小说中的主人公们总是渴求借助想象的力量，超越粗鄙狰狞的现实，从而获得某种诗意的救赎。

　　《耶稣的童年》中的男孩大卫是库切的主人公中唯一没有被现实所打败的人，正如大卫的老师所说的："真实……是大卫生命中所缺失的东西。"[1]（P222）大卫把少儿版《堂吉诃德》视作至宝，整天带在身边。西蒙想教他阅读时，他宁愿以自己的方式理解这本书，以一个孩童的至纯想象，创造自己心目中的堂吉诃德。当他披着隐身人的斗篷，带着小狗波利瓦及心爱的《堂吉诃德》，与西蒙、伊妮丝一起向北边的埃斯特利塔出发的时候，他就像小堂吉诃德一样，和他的桑丘们重新开始了新的冒险旅程。

　　也许，唯有属于堂吉诃德的想象，亦即文学的想象，就像"阿里阿德涅的线团"，让我们于晦暗的现实中，获得诗意的救赎力量。文学的声音属于发自边缘的声音，是傻子的、孩子的、狂人的声音，是堂吉诃德的声音。然而只有这个声音具有对抗晦暗现实的无穷力量。

【参考文献】

[1] 库切.耶稣的童年[M].文敏，译.杭州：浙江文艺出版社，2013.

[2] 林国华.在灵泊深处：西洋文史发微[M].北京：北京大学出版社，2014.

[3] 但丁.神曲[M].王维克，译.上海：新文艺出版社，1954.

[4] Coetzee J M. Inner Workings, 2000–2005[M]. London: Harvill Secker, 2007.

[5] Coetzee J M. Doubling the Point: Essays and Interviews[M]. Cambridge, Mass.: Harvard Univ. Press, 1992.

[6] Hayes P. Literature, History and Folly[M]//Boehmer, Iddiols. J M Coetzee in Context and Theory. New York: Continuum International Publishing House, 2009.

[7] Coetzee J M. The Novel Today[J]. Upstream, 1988,6(1):2–5.

[8] Brink A. The Novel: Language and Narrative from Cervantes to Calvino[M]. New York: New York University Press, 1998.

[9] Coetzee J M. Giving offense: Essays on Censorship[M]. Chicago: University of Chicago Press, 1996.

[10] 米兰·昆德拉.小说的艺术[M].唐晓渡，译.北京：作家出版社，1993.

[11] 库切.铁器时代[M].文敏，译.杭州：浙江文艺出版社，2012.

[12] 库切.耻[M].张冲，郭整风，译.南京：译林出版社，2002.

[13] 库切.慢人[M].邹海仑，译.杭州：浙江文艺出版社，2006.

[14] Lópe z M J. Miguel de Cervantes and J.M. Coetzee: An Unacknowledged Paternity[J]. Journal of Literary Studies, 2013,29(4):80–97.

亚里士多德诗学的历史认知叙事学阐释
——兼谈其对19世纪现实主义研究意义

孙鹏程①

亚里士多德的叙事学研究，就目前所见，有《亚里士多德古典叙事理论》，已经很早就提到了"现代叙事理论与亚氏古典主义之关联"[1]（P4），这是一个非常值得称道的思路。但遗憾的是，作者尚未从历史认知叙事学的视角来看待亚里士多德的诗学，我试图从这一点来阐释亚里士多德的诗学。

那么，什么是历史认知叙事学呢？

先看认知叙事学，国内目前的认知叙事学研究，还处于发展前期，以"认知叙事学"为题名搜索中国知网，截至 2018 年 4 月 2 日为止，国内研究共 32 篇论文，其中 2010 年之前 3 篇，且最早一篇为 2004 年。目前有代表性的论著有申丹的《叙事结构与认知过程——认知叙事学评析》[2]、张万敏的《认知叙事学研究：以鲍特鲁西和迪克森的"心理叙事学"为例》[3]、唐伟胜的《认知叙事学视野中的小说人物研究》[4] 等。国外的认知叙事学研究，申丹教授所提的四种认知叙事学范式[2]，除弗卢德尼克之外，戴维·赫尔曼的《故事的逻辑：叙事问题和可能性》（Story

---

① 孙鹏程（1980-），男，浙江苍南人，温州大学人文学院助理研究员，浙江大学比较文学与世界文学专业博士，研究方向为外国文学、认知叙事学。基金项目：本研究为国家社科基金重大项目"十九世纪西方文学思潮研究"（项目编号：15ZDB086）阶段性成果。

167

Logic: Problems and Possibilities of Narrative）[5]、鲍特鲁西和迪克森的《心理叙事学》（Psychonarratology）[6]均是有影响的代表作品，最新出版的《叙事学的计算和认知方法》（Computational and Cognitive Approaches to Narratology）[7]也是启人深思的著作。

历史认知叙事学是认知叙事学的一种，这种范式以历史语言学为模型。莫妮卡·弗卢德尼克的《构建"自然"叙事学》（Towards A 'Natural' Narratology）[8]是一个历史认知叙事学模型，而且是一个结构主义历史认知叙事学模型。《时空体叙事学概论》[9]试图以时空体理论所论为范围，在认知叙事学与历史诗学交叉视野中，构建一个历史认知叙事学雏形，也是将落脚点放在认知叙事学上。我的博士论文《〈等待戈多〉的历史认知叙事学分析》[10]，则在事件层上揭示《等待戈多》虽解构了事件部分内容，但没有解构事件本身。在锁定"等待"事件的前提下，明确提出"约定"和"延宕"都是确定事件。在此基础上，确认《等待戈多》存在明确事件序列，也就是"约定—等待—延宕"，并将之放在历史比较视野，即与弥赛亚期盼事件序列进行比较，判定两者属于同一类型的脚本，进而锚定意义。在博士论文中，我试图将其中的逻辑基础界定为一种改良后的广义模态逻辑，但限于论题，未能进一步展开。

上述研究是本论文进一步的研究前期基础。应该说，对于动辄成百上千篇研究论文的中国学界来说，国内目前对认知叙事学的研究，仅是处于刚刚起步阶段。应该说，还是有相当多的历史认知叙事学资源亟待挖掘，我的《时空体叙事学概论》虽已经试图构建一个历史认知叙事学雏形，但限于论题，也初步涉及亚里士多德思想及其叙事学意义，且主要是从"叙"与"事"交互层面介入，尚未完整全面地对这个亚里士多德诗学的历史认知叙事学内涵予以深入挖掘，所以在这里试图重新回到历史，通过系统的阅读，针对一个具体的问题，重构亚里士多德诗学中的历史认知叙事学内涵。

需要特别指出的是，我们对亚里士多德的研究，可能会陷入一个困境之中，米歇尔·戴维斯曾说："写一本关于亚里士多德（Aristole）《诗学》

（Poetics）的书，不带幽默感，那可就悲剧了。"[11]（P1）由于历史悠久、文献众多，所以，这种研究要么是"平常的（ordinary）"[11]（P13），要么是"奇异（exotic）的"[11]（P13），这显然是一个两难的困境，那么，该如何避免这个两难困境呢？

我想，只要将其放在一个新的视野，或者说刚构建的、有生命力的学科之中，亚里士多德的相关论述，有可能显示出独特的张力、缝隙及矛盾。从这些亚里士多德诗学的缝隙之处，那些文本的潜在推论的互相矛盾之处出发，通过一种不断推论的方式，重构其认知语境，并试图在新的认知语境中揭示出其诗学中有意义的地方，我们有可能避免平常与可疑。需要指出的是，我所采用的中文版是陈中梅译本[12]，而英文版是 Jonathan Barnes 主编的亚里士多德英文版全集，该版在 1984 年的基础上，于 1995 年重印[13]并修正了一些错误。

一、一个叙事历史界面问题：媒介与模态

亚里士多德认为关于"诗"的分类，主要差别有三点，其中一点就是"采用不同的媒介"[12]（P27）。我试图将媒介及其构建的模态视为一个叙事界面问题，而且，根据不同时期媒介及其构建模态的不同作用，可以将之视为叙事历史界面。从亚里士多德相关论述看，他涉及的是一个多模态历史认知问题。

众所周知，自麦克卢汉开始，媒介论就成为文学与文化研究的重要理论。但是，早在麦克卢汉这位电子媒介时代的先知之前，亚里士多德就细致地讨论了这个问题。他认为，有些艺术是用"色彩与形式（colour and form）"[13]（P2316），这里显然指的是"画家和雕塑家"[12]（P31）；另一些则是使用声音，系运用声音的"表演者和艺人"[12]（P31）。

目前的媒介，大概可以认为有三种类型，如口头媒介、印刷媒介和电子媒介等，这已经是约定俗称的媒介研究常识。当然，近来的一些研究者，尤其是赵毅衡，也从功能角度上对媒介进行了分类，他认为媒介可以分为

"记录性媒介"[14]（P185）、"呈现性媒介"[14]（P185）等。需要指出的是，他是将"古代的文字书写与印刷，现代的电子技术"[14]（P185）所构成的媒介，均视为"呈现性媒介"[14]（P185），这是一种有洞察力的看法。

根据口头媒介、印刷媒介和电子媒介的分法，结合赵毅衡的洞见，我认为，从亚里士多德对媒介的潜在描述，其实是可以进一步归纳的。就目前而言，根据亚里士多德的论述，媒介可以归纳为"声音与人体媒介""涉身物质媒介"。这是采用了赵毅衡的洞见，将"电子媒介新媒介"归入"涉身物质媒介"。同时，我也根据麦克卢汉等人的看法认为，"电子时代新媒介"是"涉身物质媒介"的一个非常重要的新发展、新阶段。只不过，我是在赵毅衡看法的前提下，来看待麦克卢汉的提法。

"声音与人体媒介"均是较为早期和原始的媒介，"涉身物质媒介"的使用相对比较后一些，这是与人的历史发展，是有关联的，应该说，媒介是具有历史的维度。

亚里士多德实际上潜在地论述了这些媒介。

首先要谈的部分是"声音与人体媒介"。这部分是人最初运用的媒介，甚至是来自其在动物时就已经存在的部分。舞蹈中所依靠的人体动作与姿态，就与动物的求偶有着密切的关联。常讲的"口头媒介"，其实就是属于这部分。之所以将声音单独列出来，是因为，声音构建语言，通过语言，人获得巨大的发展。越是古老的艺术，越是与"声音与人体媒介"联系紧密，这是因为，"声音与人体媒介"是人类最早能够利用的媒介，尤其是声音，通过声音来传递的艺术，是一种最为方便的途径。人类通过这些最初的媒介，表现了自己；同时，这些媒介为史诗、悲剧的传播提供了最初的途径。这也就是亚里士多德所提的"节奏、语言和音调（rhythm, language, and harmony）"[13]（P2316）摹仿艺术。这些艺术其实是诉诸听觉的，与"声音与人体媒介"相关的。

其次是各种"涉身物质媒介"，雕塑倚靠的石料或青铜，绘画不得不借用的颜料和画布（狭义和广义上的），都是自身表现的一种延伸与拓展，它们是涉身的，与人联系紧密，但是，它又是外部的。所以从这个角度上看，我们常讲的印刷媒介，从艺术媒介角度上看，究根结底，是一种涉身物质媒介。书籍所依靠纸张（印刷术），通过这些印刷媒介，人类的艺术与思想不仅得以更好的表达，而且，得以更好的保存。从模态角度上看，从一个较为广阔的视野中，我们可以发现，印刷术改造了文学的存在形态。通过印刷媒介，文学成为重要艺术形态。这些物质媒介，按亚里士多德的分析，会涉及视觉、听觉及触觉等多种感光。

需要指出的是，涉身物质媒介是一种新的拓展。在媒介转换中，"声音与人体系统"有可能成为对象，成为一种表现的对象，在更低架构中——有可能成为前景——上表达意义，比如说，画作中可以表现人体的各种姿态。

举例来说，19世纪俄罗斯批判现实主义的画作《无名女郎》，在这里，人物的姿态成为一个前景，构成了图像传达意义的表现。姿态首先在这里将对象也就是人形式化了，但在另一个层面，它那种对现实审视的姿态，却构成了描绘的对象。

图1　无名女郎　1883年　克拉姆斯柯依　俄国
75.5cm×99cm　布　油彩　莫斯科特列恰科夫美术馆藏

而爱德华·蒙克（Edvard Munch）的画作《呐喊》（1893）则将声音空间化了，描绘了人的焦虑。这其实是体现了这种媒介更强的表现能力。

图2　爱德华·蒙克《呐喊》　1893年　油画　90.8cm×73.7cm　奥斯陆国家画廊收藏

当前常被提到的电子媒介，是非常新颖的，而且具有综合性的，利用了声、光、影等作用于人的综合感官，来综合表现最新的艺术思考。这种艺术常被视为"视觉艺术"的媒介构成，但是，如麦克卢汉所说，这其实是一种更复杂更多感官参与的艺术媒介。[15]新的电子媒介定会有新的东西，这种新的东西，是否可以变成一种更为自由的东西，应该说值得关注。

但是，电子媒介还是属于"涉身物质媒介"，因为它确实是人的外部拓展，而不是本身姿态话语等。光影的造成，依旧离不开物质部分，需要使用许多看似陌生的设备，虽是这人的拓展，但不是完全使用自身，所以不是属于"声音与人体媒介"，而是应当将之作为物质媒介的扩展。当然，不可否认的是，这种人与物质的交互，有可能进入一个更深的层次，我们需要进一步观察。但在当前所见，部分艺术，如虚拟现实艺术，要达到普及，让所有人如臂使指，依旧需要不少时间。在这个意义上，我说，在目前这个阶段，电子媒介是一种涉身物质媒介，依旧是外部的，它并没有完全嵌入人的身体。

恰是从媒介入手，亚里士多德讨论了模态的一些问题，他所关注的，恰是这些媒介在摹仿过程中，构建了多种渠道。亚里士多德认为"阿洛斯演奏（flute-playing）"[13]（P2316）和"竖琴演奏（lyre-playing）"[13]（P2316）的音乐，用的是"音调和节奏的综合（A combination of harmony and rhythm）"[13]（P2316）。但是，关于舞蹈，亚里士多德既提出了很有趣的观点，又有所不足，他认为舞蹈的摹仿"只用节奏，不用音调（rhythm alone, without harmony）"[13]（P2316）。这既对，但也太过简单了。说他对的地方，舞蹈确实用了节奏，但是，舞蹈还用了很多更为复杂的人体媒介，如表情姿态等。

可以说，亚里士多德很早就将媒介到模态的问题提出来了，他从媒介"多模"的视角认为，"上文提及的艺术都凭借节奏、话语和音调进行摹仿——或用其中的一种，或用一种以上的混合。"[12]（P27）

需要指出的是，媒介在很大程度上，不得不涉及形式与内容的关系问题，这是因为，媒介很多时候，是一种物质和对象，这是属于内容的。但是通过媒介，艺术品获得了自己的形式，甚至可以认为"形式在质料中"[16]（P178），比如说"雕像的形式（形状）在青铜中"[16]（P178）。也就是说，媒介属于形式的质料部分，是一个交互部分，通过媒介，我们构建了一个样式，换言之，就是某种模态，但是，这些样式，不仅纠缠着形式与历史，而且不得不指向分类问题。毫无疑问，这些模态，就像一个突破口，或者说成为一个问号，直指形式与内容争论的难题。

二、形式与内容的类型解决方案及背后的"人与环境交互论"

如上，亚里士多德认为关于"诗"的分类，主要差别有三点，媒介是其中一点，另外的两点就是取用"不同的对象"[12]（P27），使用"不同的方式"[13]（P2316）。

亚里士多德虽然采用了三个标准，但实际上涉及两大标准：如对象其实涉及内容；使用不同方式，则是涉及形式；媒介虽涉及形式，但是是属于形式的质料部分，具有对象的一些特点。所以，总体上依旧是涉及形式与内容。但是，媒介问题的介入，使亚里士多德一开始就站在了制高点上。也就是说，其作为一个界面的提出，就使其"形式与内容"关系论有一个非常重要的启发意义。这启发我们，究竟如何看待这些界面，除了媒介、模态之外，形式和历史之间的纠葛，是否需要其他中介来调解，有没有其他的界面或框架？

亚里士多德的分类法，似乎依旧未能得到其正确的定位。提到亚里士多德或其他古典理论，学界总是觉得旧的。但是，人们对于旧世界的东西，总是过于低估其意义，很少会想到，最早的思考，由于其原初性，总是能在更高一层起头。从这个意义上说，许多问题争论不休的东西，一旦回到原初的起点，只要研究者有足够的把握能力，能另辟蹊径努力思考，常会有一些高层面的豁然开朗。所以，在对很多现代问题有所疑惑时，不妨往"回"走走，很多问题并不一定有直接的答案，但是，只要你足够有心与耐心，"柳暗花明又一村"的理论新思考常会不期而至。

我以为，亚里士多德的艺术类型学，在两方面值得关注，一是它对形式与内容之争的意义，它从一开始，其实就提供了解决"争端"构思，只不过，这些构思没有被揭示出来；二是更深层面的意义，这是属于艺术学深层法则层面的，也就是他的艺术类型学所显露出来的基点，换言之，就是"艺术作为人与社会历史环境交互论"的意义。

上述看法，究根结底，还是亚里士多德与柏拉图之间的"潜在论争"角度，也就是说，依旧是从一个非常传统但重要路径，来看亚里士多德的理论。

但是，如果有一点新意的话，是因为我并试图改进这个路径，从认知的角度，重新看待将亚里士多德类型学的意义，尤其是它对于"形式与历史论争"问题的意义。应该说，视阈的转换，有可能会带来全新的理解。

对于柏拉图来说，现实世界在某种程度上，是一个更为高级的世界的低级摹本。但是，这个高级世界的确显得更为抽象。关于这一点的弊病，冯友兰著作中提供了一个不乏戏谑的讨论："柏拉图有一次派人到街上买面包，那个人空手回来，说没有'面包'，只有方面包，圆面包，长面包，没有光是'面包'的面包。"[17]（P241）这个故事有一些夸大成分，因为，在长面包的规定中，一般的人就可以在具体的操作中找到对象。

戏谑难免令人既快乐又沉默。不过，在尖锐的话语中，定会有某种真知灼见隐藏在底下，甚至，一些被嘲讽的对象中，反而存在着某些令人深思的东西。我想，这个故事有另一种类型学读法：抽象地讨论形式是毫无意义的，形式必须在一定单位中讨论，这个单位，必须是涉及现实，或者说涉及社会历史的。这个单位，其实就是一个类，只有在这个类中，它才获得自己的意义。当然，分类需要恰当，这个笑话里，嘲笑的对象不仅仅是"被饿死的柏拉图"，过于纠结其繁琐的面包分类，显然同样会引起笑的生理反应。但是，不断蜿蜒前进的层层分类，本身有其意义。

更进一步讲，这些分类，是不是构建了对象与形式的通道，也就是说，如我们前面看到的那样，从低端到高端的结构中，对象不断映射，不断"语法化"，进而形成了一些更高层次的新类。而形式一方，是否也存在着一种"词汇化"，不断地降格为新的对象，被新的类所包容？换言之，不断地类型划分与升级，为对象与形式之间的纠葛，提供了一个新渠道。

当然，从我们角度而言，类型的划分需要适当。其实，在上面这个笑话中，到长面包或者黄的长面包层面，这个买面包的问题，就可以解决了。恰当的分类是一个关键。亚里士多德恰是这样做的，现实中也常是这样的。但是，深思起来，无尽的类提供了一个更多的可能，使形式与历史之间，在媒介模态等交互界面来完成基本交互工作之后，提供了一个更深层的"操作"来完成这个问题。这就是类型的作用。

这种观点，如果没有一个历史认知的视角，是很难说得清楚的，或者说如果不是从"艺术是人与社会环境交互"的视角看，是很难理解的。

人们创作艺术，这其实是人与环境进行交互的过程，主体如果要创造艺术作品，虽然必定将自己的念头付诸行动，但同时，如果不与环境交互，则无法创作艺术作品。主体必须承认环境与对象，认识到环境的交互维度，才能够很好地创作出作品来，上述媒介与模态作为一个交互问题，恰好说明了这个情况，类型也是这样的，类型恰是解决形式与历史之间的关键。

形式看起来可以十分抽象，甚至看似可以不涉及历史。但实际上，并不存在脱离历史的形式，即使是看起来十分抽象的线条，如直线等，人们说它美，与他们对线条的认知是有关系的。完全可以想象，在一个遥远的未来，完全认识了宇宙之间最短的距离并不是直线的人们，对于直线的理解，显然会有另一种不同的认知框架。但是，在内容和形式之间，必须放在一个类之中，如果不放在某一个类之中，形式和内容无法获得统一。

在人与环境交互论上，亚里士多德论述得非常好。他精彩的地方，莫过其方法潜在地采用了归纳的方法。戴维斯对《诗学》的阐释，用了"哲学之诗"的标题[11]，我们很难说他是错的。但是，相比较柏拉图而言，亚里士多德带有更多的经验色彩。或者说，他虽然有总体的观念，但是他是向历史敞开的。仅举前面媒介问题为例。从具体作品来看，所有艺术都会涉及媒介，如雕塑涉及制作雕塑材质，绘画涉及颜料和画布。当然，这些问题必须放在交互面或者类之中，这样具体的经验才有较为普遍的意义，而抽象之物才能获得理解。上面提到的关于面包的笑话即是如此。只有在某一"类"中，或者说，需要在某种中介，某种人与历史交互的一个中介，形式才得以表现，才有意义。

所有的艺术形式，在很大程度上，是通过对对象本身所有可能的一种发展。在艺术家与对象的结合中，艺术生成了。应该说，经由认知途径的类型学，或者说，基于人与环境交互论的类型学，是解决形式与内容之争的最好方法。我的这些观点，在重读亚里士多德《诗学》过程中，得到了验证。

亚里士多德一直重视内容，重视质料，正如他同样重视形式一样。他是将艺术视为形式与历史交互的成果的。这种带着浓厚的社会历史意识的思想，使亚里士多德的艺术理论充满了"及物"的特点。艺术不再是虚无缥缈的理式的摹本，而成了一个与环境有涉的人类行为之果。

这个类型学方法，对于形式化和历史化的分歧的解决将会是有效的，而那种注重环境与人的交互面的潜在观点，将会为新的思考打开崭新的空间。

三、早期的叙事影响研究与历史类型学方法

历史认知叙事学，不管是转换自巴赫金时空体理论的历史认知叙事学，还是德国叙事学界的结构主义历史认知叙事学，其诗学模型都是历史语言学模型。我的《时空体叙事学概论》的历史认知叙事学是转化自俄罗斯历史诗学，而历史诗学是一种比较诗学，它的诗学模型同样是历史语言学模型，或称历史比较语言学模型。

需要指出的是，作为比较诗学的历史诗学，是比较文学的俄罗斯学派几代人构建的理论。巴赫金的时空体理论是其最重要的传承与发展，是一种历史诗学。他的理论贡献，在我看来，是创造性地提出了"体裁的记忆"的说法。简单地说，我觉得可以归纳为：在注重影响研究的基础上，同时在不能用影响研究介入的地方，试图用历史类型学的方法，达到影响研究的效果。

我们知道，法国学派注重影响研究，这是一派非常值得尊敬的学派。美国学派重平行研究，他们试图为比较文学扩展其范围。两者均值得尊敬。俄罗斯学派似乎介于二者之间，甚至试图独辟蹊径，走出一条新路来，如上所述的历史类型学，恰是其思考。从这个意义上，巴赫金作为一个比较文学研究者，作为俄罗斯学派的传承人，确实提出了一个非常具有启发性的理论。当然，他所提出的"体裁的记忆"的方法，确实是比较有争议的。

不过，我在《时空体叙事学概论》中，用认知科学的方法来阐释它，将之置于历史认知叙事学的框架中，这种理论未论证的地方，能得以论证。

实际上，俄罗斯作为诗学发展最好的国度，在影响、起源或者说比较等领域，获得了最大的发展，这种传统本身并不是凭空生成，而是与亚里士多德诗学有着密切的关系的，亚里士多德《诗学》本身就具有起源、影响与历史类型学的特征。

亚里士多德认为，诗的起源中，有一个源于"摹仿获得的最初知识"[12]（P47）这会涉及认识和认知之间的区别，一般认为，认知不同于认识，究竟如何区别，可以简单地认为，认知是可以分析的框架，认识则显得"混沌""模糊"。可以认为，亚里士多德所谈的部分，还是多在认识论范畴，不过，还是有一些涉及了认知框架问题。

亚里士多德提出，摹仿通过"收集事物的意义（gathering the meaning of things）"[13]（P2318）获得知识和快感，并且，他认为，如果是"未曾见过的事物（one has not seen the thing before）[13]（P2318），人们于其中，就很难得到快感。这里，已经开始讨论反复出现在人意识中的事物，涉及认知框架问题。人们在认识反复出现的事物，无疑会逐渐形成固定的认知框架或者是这些框架的雏形。或者说，这种"从而见过作品的原型"[12]（P47）恰是开始范畴化的认知框架。在这个意义上，亚里士多德较早地涉及了认知问题。另外，这其实是将影响的来源归到现实世界。这将对于现实主义，是一个特别重要的启发。

亚里士多德较早地涉及了作者现实中的价值取向问题，亚里士多德认为稳重者摹仿"高尚的行为（noble actions）"[13]（P2318），但是，相比较而言，浅俗的人摹仿"卑贱者行为（the actions of the ignoble）"[13]（P2318）。所以，由于取向的不同，其中"有的成为英雄诗诗人，另一些则成为讽刺诗诗人"[12]（P48）。

总之，在讨论了各个方面的因素，潜在地涉及多个认知框架，以及文学与现实之间关系后，亚里士多德提出了自己关于各种文学的判断。他认为，悲剧"来自即兴表演（began in improvisations）"[13]（P2319）。同样，"喜剧也是如此"[13]（P2319）。只不过，悲剧诞生于"酒神赞歌（dithyramb）"[13]（P2319），喜剧诞生于"生殖崇拜活动"[12]（P48）。

亚里士多德重视影响研究和类型分析。他认为悲剧从最初的"萨图罗斯剧"[12]（P49）阶段脱离出来。这可能反映了悲剧虽然具有后世庄严的气象，但在早期依旧不脱其"双面雅努斯"特征，带着很多看似荒唐的成分。应该说，从诗学领域中，亚里士多德是很早就提出了这些问题。这些关于影响、类型的分析，构成了其面向历史维度的诗学最有活力的部分。

四、叙事情境：亚里士多德关于叙事基本要素构成框架的潜在构想及存在问题

《诗学》本身就有一个叙事理论的底子。尽管亚里士多德在前面涉及了一些抒情倾向的艺术。但是，他对于抒情诗，是完全忽视的。这在很大程度上，留下了一些理论上的缺陷，但是，却使其诗学集中于叙事作品的探讨，进而为西方叙事作品和叙事理论的发展奠定了基础。

我在《时空体叙事学概论》中，将巴赫金关于叙事问题的最初结构，界定为叙事情境（situation），并且将之作为第一个认知框架。叙事情境的基本构成，或者说要素，我根据巴赫金在时空体理论分析实践，以及广义模态逻辑基础方法论中的分析，将之界定为人物、动作及时空场点。这三个要素，通过语法化或者说题材形式化等多重映射运动，构成了叙事情境及更为复杂的脚本与心理表征等多种方式。需要指出的是，第一个叙事情境，具有空间性的特征，而叙事脚本等具有更多的时间性。

实际上，在亚里士多德的分析框架中，实际上就潜在地包含着一些最初的萌芽。亚里士多德对最初的叙事基本要素之间的关系，给出了自己的论述。

亚里士多德认为，悲剧是对一个"严肃、一定大小及完整的动作（an action that is serious and also, as having magnitude, complete in itself）"[13]

（P2320）的摹仿。但是，他同时指出，恰是人物，驱动了动作："摹仿通过人物中的动作进行"[12]（P63），所以，"场景必然是整体的一部分（it follows that in the first place the spectacle must be some part of the whole）"[13]（P2320）。这样，在亚里士多德的潜在论述，或者说，在他的归纳中，时空场地或者说场景，是其中的组成部分。当然，在他看来，事件或者说行动，是悲剧的中心，"因为摹仿行动的需要，它才摹仿人物（that it is mainly for the sake of the action that it imitates the personal agents）"[13]（P2321）。可以说，亚里士多德很早指出了人物和时空场点系统、动作之间的关系。而且，这里的分析，是非常自然的，是通过他自己的归纳得出来的。

在亚里士多德看来，戏剧的各种要素中，"事件的组合（the combination of the incidents）"[13]（P2320）是最重要的。"所以，事件，即情节，是悲剧的目的（So that it is the action in it, i.e. its plot, that is the end and purpose of the tragedy）"[13]（P2320-2321）。所以，从一开始，亚里士多德就将事件视为其诗学的核心，在这个意义上，他的诗学是一个关于叙事的理论。

亚里士多德很早有事件组合的概念，以及事件组合的概念对生活意义的思考。在亚里士多德看来，情节是"事件的组合"。一部戏剧，即使在性格方面表现得有一些弱，但只要"拥有情节，也就是事件的组合（has a plot, a combination of incidents）"[13]（P2321），也定能在其艺术性上获得某种程度的优势。在这个意义上，他是认为事件本身是有头有尾。但是，事件的组合，却在更大程度上，代表了悲剧的整体表现，或者说，从事件到"事件的组合"，潜在地指向前面"事件和生活（action and life）"[13]（P2320）。这其实开启了事件和社会生活之间的内在联系。

亚里士多德非常准确地将情节（plot）划分为三个部分，"完整之物由开始、中段和结尾组成（Now a whole is that which has beginning, middle, and end）"[13]（P2321）。这种划分意义十分重大，事实上，在日后的研究中，弗卢德尼克就是从开端、进展（她是用片段 1，2…形式表现的）和结局的意义上，来对事件进行分析的。可以说，亚里士多德的理论对于弗卢德尼克的思考来说，是有其意义的。

不过，在《时空体叙事学概论》中，我也讨论了一个事件意义界定中，认知语境界定的重要性，实际上潜在地涉及脚本。[9]（P96-105）在我的博士论文《〈等待戈多〉的历史认知叙事学分析》中，根据批评的实践，进一步将情节（plot）视为至少三个动作或事件的组合，认为《等待戈多》中存在"约定—等待—延宕"的弥赛亚期盼脚本，并且试图在此基础上将热奈特的 1 个动词分析、普林斯的 2 个动作分析，拓展到 3 个动词分析。我是在与弗卢德尼克的对话中进行推进的。从这里看出，亚里士多德还是有其不足之处，他还没有将事件问题全面推进到历史的维度。因为仅仅是按照弗卢德尼克的划分，以开端、（片段 1，2…，实际上是进展）和结局划分的话，并不能打开历史。我认为："如果在上述基础上，通过具体脚本，强化社会历史维度，用'点餐—交谈—不欢而散'或'接到邀请—紧张发言—意外成功'等不同序列来表述事件，并分析其中的历史比较内涵与文化内涵，将使许多问题得以显现。"[10]（P141）不过，可以看到，亚里士多德实际上在很早的时候，潜在地为我们的讨论搭建了一个平台。他的建构不是没有意义的，亚里士多德这里的讨论贡献在于，这种划分搭建了我们进一步讨论的潜在架构。

当然，《诗学》中所有的论述，并不全是完美的，有时需要从叙事学角度对之进行一些反思。比如说，亚里士多德认为，"事件的结合要严密到挪动或删减任何部分，都会造成整体的断裂和脱节（its several incidents so closely connected that the transposition or withdrawal of anyone of them will disjoin and dislocate the whole）"[13]（P2321），从古典艺术的评价标准，以及从"核心叙事（kernel narrative）"[18]（P83）要求上看，这是合理的。但是，我们可以看到，在现代派艺术之后，审美本身的标准产生了一些变化，而且，从非核心叙事的角度上，叙事的松散性本身是允许的，一些插曲随意增减，不管是在古典时期，还是在当代，都被作品整体规则所允许。

五、对于"可能世界历史认知叙事学"的意义

在《＜等待戈多＞的历史认知叙事学分析》[10]中，我试图将历史认知叙事学哲学基础，定位于认知模态逻辑，而且是改良后的认知模态逻辑。但限于问题与篇幅，未能进一步展开。

如我们所知，模态逻辑可能世界语义学虽然是一种较为成熟的理论，但是它会遇到专名等问题[19]，意义如何传递并确认，显然成为一个需要解决的问题。具体到文学研究领域，我们需要解决的一个具体问题就是：假如文学作品创造了多个可能世界，如何看待这些可能世界中的人物、名称，如何解读作品中的意义与现实世界的关系？

在文学研究领域，我以为，要解决这个问题，需要将可能世界做一个历史认知转换：文学所创造的可能世界，应被视为比现实世界更小的一个世界。这个话语世界虽然扩展了、提炼了现实，但是，它是现实世界的产物，是认知维度上的演绎。在这个意义上，无论作家构建多少个"可能世界"，这些"可能世界"都受总体历史制约。从系统改进了可能世界语义学的方法，也就是情境语义学的视角来看，因为"并不实际存在其他可能世界，只存在我们这个世界的其他可能状态"[20]（前言 P7）。或者说，我们所有的文学构建起来的"可能世界"，毕竟是一个话语构建起来的世界，它是历史的产物。

所以，我是在这个意义上来理解并试图修正亚里士多德的相关论述。亚里士多德认为，诗人的职责是"描述可能发生的事"[12]（P81），也就是"根据可能或必然的原则描述可能发生的事情（what is possible as being probable or necessary）"[13]（P2323）。与之相对的，则是历史描述已经发生过的事情。在这个意义上，亚里士多德认为，诗比历史"更富哲学性和更严肃（more philosophic and of graver import）"[13]（P2323）。

由于文学是对现实世界在认知维度上的演绎，而且是反复的，可以重复构建的。在这个意义上，文学在某些方面，确实可以比历史"更富哲学性和更严肃（more philosophic and of graver import）"[13]（P2323）。这是因为，亚里士多德的历史，是指的历史的书写，而不是绵延不绝甚至产生各种书写的历史本身。在这一点，亚里士多德的研究，将会给19世纪现实主义的阐释，开启一扇大门。

需要指出的是，这种阐释，在某种程度上，是根据亚里士多德注重历史维度的精神，所进行的一种修正。在这里，我试图根据事实和实际情况，对其理论的意义，进行了新的阐释。这种阐释，在某些层面上，强化了其历史的维度，而去除了其不符合实际的成分。

六、新阐释对 19 世纪现实主义研究的意义

我将亚里士多德的阐释，进行了一个转换。这里的转换，带有很强的重构色彩，试图将亚里士多德的许多观点，放在一个新的历史认知视野中，进而从新视野中揭示出亚里士多德有启发性的地方。

理论的构建，本身就有其意义。但是，如果能结合文学与艺术本身，将会使理论更富活力。我选择19世纪现实主义作为结合对象，这并不是随意的一个行为，而是有其缘由的。正如韦勒克所说："巴赫金的兴趣在触及十九世纪小说的时候便衰减了，他认识到，在十九世纪小说错综复杂有增无减。"[21]（P611）要进一步发展和论述历史认知叙事学，显然需要将19世纪文学纳入视野，将其作为研究的重要部分。

我在上面提到了五个问题：媒介及模态问题、形式和内容的类型学方案及人与环境交互论、早期的叙事影响研究与历史类型学方法、叙事情境问题及可能世界历史认知叙事学问题。下面，分述其对19世纪现实主义研究的启示。

第一个是媒介与模态等问题。媒介和模态问题，对绘画领域中的19世纪现实主义具有很强的意义。对于19世纪现实主义文学领域中的问题，

也很有启发意义。对于 19 世纪现实主义，我们要注意到其整体的媒介环境的影响。这个媒介环境，是包括摄像与绘画的。当然，我们更要进一步注意到 19 世纪进一步发展的印刷技术对现实主义的影响。需要指出的是，在研究过程中，我们特别注意关注，视觉及其他感官在 19 世纪现实主义小说中，是怎样更为强劲地发挥其作用的。

第二个是形式和内容的类型学方案及人与环境交互论。19 世纪现实主义的研究，在这个视域中，毫无疑问地会获得其合法性。这是因为，当 19 世纪现实主义成为个问题的时候，它已经以一个类型的面目出现了。在研究中我们要将形式和内容结合起来，并且要从人与环境交互的视角来看待这个问题。比如说，我们要将"叙"和"事"结合起来，要论证在"叙"与"事"交互的视野中，19 世纪社会层面的"事"如何被赋予形式，并且有可能引导"叙"。在"叙"与"事"的交互面中，在人与环境（包括历史因素）的交互中，19 世纪现实主义是如何构建一个叙事新类型的。

第三个问题是早期的叙事影响研究与历史类型学方法。这恰是延续着第二个问题的，也是形式与内容之争的类型学方法。这个问题提醒我们，在历史比较的视野中，需要认真辨析 19 世纪现实主义的源，即其历史起源之处，以及其本身古典成分。同时，我们需要通过历史比较的方法，锚定其本身的属性。除此之外，我们还需要发现其对后世的影响，注意其在哪些方面，构成了新的框架的雏形。

第四个问题是叙事情境及叙事脚本问题。首先，我们将充分利用一个空间性的叙事工具，也就是叙事情境，要分析其他的叙事基本要素，如空间、人和动作，在 19 世纪是如何结合成一个叙事认知框架，是如何构建一个独特的 19 世纪认知工具。其次，对于叙事脚本等，也会充分予以讨论，比如说在 19 世纪现实主义中，狄更斯经常叙述某种处于社会危机的儿童及老人所遭遇的系列事件，这与当时社会保障制度及社会发展速度有非常重要的关联。这种叙述所体现出的认知框架，本身是属于某个特殊时段的。

但是，需要指出的是，根据此次讨论的延伸需要，以及博士论文的实践，我试图提出一个新的观点：在研究的时候要注意"特殊时段叙事情境框架""特殊时段叙事脚本框架"和反复出现的"长时段叙事情境框架""长时段叙事脚本框架"的区分。"特殊时段叙事情境框架""特殊时段叙事脚本框架"仅存于某些时段中，"长时段叙事情境框架""长时段叙事脚本框架"反复出现。这两个框架有可能叠加在一起，比如说狄更斯的儿童叙事，既有可能是属于某个特殊时段，也蕴含着人在很长时段一直感受到的危机性体验，这种长时段的框架，就是我们所说的"长时段叙事情境框架"或"长时段叙事脚本框架"，或者说是某种"经典性叙事情境框架"，我们是从生成和不断调整这个角度来看待经典性的。这一部分，将是研究的重点。

第五个问题是可能世界历史认知叙事学问题，这个问题提醒我们，要从广义模态逻辑哲学的眼光来看待亚里士多德的意义，要将文学视为一个更小领域的所是，而不是夸大其中的意义。这是因为，在对文学研究的意义强调中，亚里士多德一直是一个非常重要的人物。但是，根据历史事实和我们长期以来的观察，将文学构建的可能世界，视为向历史敞开的现实世界的一部分，认为它是话语建构，将更符合实际。文学搭建了无限可能，但其一直是受外部现实影响的世界。即便最为稀奇古怪、异想天开的可能世界建构，都有可能是有其现实根源和外部限制。这样说，比文学完全凭空产生的提法，更符合事实。而现实主义，作为不断构建的、试图复演现实世界的一个可能世界构建类型，虽然不如某些文学潮流天马行空，但由于其对现实世界的贴近，最大程度的重合，反而使其具有极强的创建难度，强大的认知意义和思想力度。需要指出的是，我们在可能世界的观点上，应该趋向一种温和的实在论。这样，一方面会将现实主义讲清楚，揭示现实主义的重要性，另一方面，不会将现实主义的重要性无限夸大，导致"无边的现实主义"，或者说，"无边的现实主义"在某种层面看，极端地说明了现实主义重要性，但是它作为一直特殊的可能世界，依旧仅仅是某一种类型。

【参考文献】

［1］李志雄.亚里士多德古典叙事理论[M].湘潭：湘潭大学出版社，2009.

［2］申丹.叙事结构与认知过程——认知叙事学评析[J].外语与外语教学，2004（09）：1-8.

［3］张万敏.认知叙事学研究：以鲍特鲁西和迪克森的"心理叙事学"为例[M].北京：中国社会
科学出版社，2012.

［4］唐伟胜.认知叙事学视野中的小说人物研究[J].外国语文，2013（02）：38-43.

［5］David H. Story Logic:Problems and Possibilities of Narrative[M]. Lincoln and London:
University of Nebrasha Press, 2002.

［6］Bortolussi M, Dixon P. Psychonarratology[M]. New York: Cambridge University Press, 2003.

［7］Ogata T, Akimoto T. Computational and Cognitive Approaches to Narratology[M]. Hershey PA:
IGI Global, 2016.

［8］Monika F. Towards a 'Natural' Narratology [M]. London: Routledge, 1996.

［9］孙鹏程.时空体叙事学概论[M].北京：中国社会科学出版社，2017.

［10］孙鹏程.《等待戈多》的历史认知叙事学分析[D].浙江大学，2017.

［11］戴维斯.哲学之诗——亚里士多德《诗学》解诂[M].陈明珠，译.北京：华夏出版社，2012.

［12］亚里士多德.诗学[M].陈中梅，译.北京：商务印书馆，1996.

［13］Barnes J. Complete Works of Aristotle, Volume 2:The Revised Oxford Translation[M]. New
Jersey: Princeton University Press, 1995.

［14］赵毅衡.媒介与渠道：一个符号学分析[J].学习与探索，2010（6）：184-188.

［15］孙鹏程.警惕视觉中心主义倾向[J].中国人民大学复印报刊资料（文艺理论），2015
（4）：131.

［16］亚里士多德，溥林.《范畴篇》笺释：以晚期希腊评注为线索[M].上海：华东师范大学出版
社，2014.

［17］冯友兰.三松堂全集（第1卷）[M].郑州：河南大学出版社，2001.

［18］Prince G. Narratology : The Form and Functioning of Narrative[M]. Walter de Gruyter, 1982.

［19］贾国恒.专名及其逆向信息[J].自然辩证法研究，2008（02）：12-15.

［20］乔恩·巴威斯，约翰·佩里.情境与态度[M].贾国恒，译.南京：南京大学出版社，2015.

［21］韦勒克.近代文学批评史：1750-1950.第七卷，德国、俄国、东欧批评（1900-1950）[M].
杨自伍，译.上海：上海译文出版社，2006.

摄影机与手术刀：阿特伍德的
加拿大式"向北"科学观

张　雯[①]

一、引言

早在英国工业革命开始之前，文学家们就以一种悲天悯人的情怀哀叹科学技术的滚滚车轮碾碎了农业文明时代田园牧歌式的宁静与浪漫。科学的理性与文学的温情似乎总是无法调和的矛盾，从在信仰与科学间痛苦徘徊的丁尼生，到视机器为洪水猛兽的哈代，再到当代美国向科技文明发出愤怒"嚎叫"的金斯堡……科学更多地以负面形象出现在西方文学作品中。而在当今加拿大文坛，被誉为"加拿大文学女皇"的玛格丽特·阿特伍德（Margaret Atwood）也在自己的作品中重新阐释了带有加拿大特质的科学观。

作为一位昆虫学家的女儿和一位神经生理学家的妹妹，阿特伍德与一般作家的不同之处在于她本人对科学有着浓厚的兴趣[1]（P176），而且不止一次地在访谈中声称科学只是一个工具，其本身是中性的。但是综观阿

① 张雯（1979-），女，杭州师范大学外国语学院副教授，研究方向：加拿大英语文学。本文系作者主持的 2013 年度教育部人文社会科学青年基金项目"玛格丽特·阿特伍德：后现代主义关照下的加拿大民族性研究"（编号：13YJC752037）；2013 年杭州市外文学会研究课题"阿特伍德小说对于科学的文学阐释"（编号：HWKT2013012）系列成果之一。

特伍德50年的创作生涯，从1969年第一部长篇小说《可以吃的女人》(The Edible Woman)到20世纪80年代中期《使女的故事》(The Handmaid's Tale)，再到本世纪发表的《羚羊与秧鸡》(Oryx and Crake)和《水淹之年》(The Year of Flood)，这些作品无一例外地展现出科学对人性的异化、对环境的破坏，乃至于对整个人类社会的摧毁。既然科学仅仅是一个工具，为什么阿特伍德作品中的科学总是那么"不友好"，那么具有破坏性与毁灭性？正如阿特伍德自己所说，关键在于掌握和使用科学的人。那么，在阿特伍德的笔下，科学的使用者到底是怎样的人？阿特伍德的科学观与其加拿大民族主义有何关系？下文将分别从"摄影机"与"手术刀"这两个意象出发来分析这些问题。

二、摄影机："凝视"权的现代化升级

20世纪60至70年代，摄影机、摄像机和望远镜等在当时看来先进的科技工具频频出现于阿特伍德这一时期的作品中。这是一首发表于1964年的短诗《相机》("Camera")：

你想要这个瞬间：
临近春天，我们俩都在散步，
微风吹拂……

你想要这个画面，于是
你安排我们

在教堂前面，为了取景，
你让我们停步
替我在草坪上摆好姿势；

你要求

云不再移动

风不再摇着教堂

在它的沼泽地基上

太阳在天上静止不动

为了你设计的瞬间。

相机男人

我如何爱你的玻璃眼？[2]（P45－46）

不可否认这首小诗的女性主义倾向：一个手持摄影机的男性为了拍摄他想要的画面，安排与操纵面前的女性摆出特定的姿势与神情。诗中的相机无疑象征了男性对女性凝视和操控的权力：前者借助这一科技工具将女性与景物一起进行物化与他者化处理。国内加拿大文学研究学者丁林棚认为："摄影行为本身就是一种权利手段而非纯粹的审美，摄影首先体现了拍摄和被拍摄者的不对称权利结构。"[3]（P125）（丁林棚的《视觉、摄影和叙事：阿特伍德小说中的照相机意象》与《论阿特伍德〈可以吃的女人〉中的摄影主题和视觉政治》[4]这两篇文章也论及摄影机所代表的"凝视"权力，但丁文侧重于研究阿特伍德的"视觉"叙事策略。）所以此处的"照相机"其实就是男性肉眼的延伸，是男性对女性"看"的权力的隐喻，是传统男女两性"看与被看"模式在现代高科技辅助下的升级。诗的最后两行，"相机男人"这一称谓实际上就是将男性与科技工具并置于女性的对立面；而"玻璃眼"的意象更是把男性的眼与摄像机的镜头幻化成了一个整体，说明科技与男性在本质上是相通或统一的，但对于女性来说却是异质与敌对的。

在阿特伍德的早期作品中，摄影机、摄像机和望远镜等器材的使用者无一例外地都是男性：《可以吃的女人》中的彼得熟练掌握摄影机的各项功能；《浮现》（Surfacing）中的大卫随身带着他的摄像机；《肉体伤害》（Bodily Harm）的男主人公保罗拥有一架高倍望远镜。相对于照相机，望远镜使男性置身于更为有利的"看"的地位：在观察别人的同时将自己隐匿于暗处。而女性却似乎天生对这些器材具有排斥性，如《浮现》中的无名女主人公说："我害怕有一架机器，也会这样让人们消失，走向虚无，就像照相机，它不仅盗走你的灵魂，还偷走你肉体。"[5]（P138）《肉体伤害》的女主人公雷妮是阿特伍德作品中少数拥有摄影机的女性，但她的相机不但没能用上，反而成为她后来逃跑时的累赘。阿特伍德研究专家瑞格尼（Barbara Rigney）断言雷妮的相机是"看的失败的象征"[6]（P108）。

在阿特伍德早期的创作理念中，男女两性的关系往往表现为一场事关生死的战争，因此摄影机所代表的"凝视"权并没有仅仅停留在男性对女性身体的欣赏与操控上，而是进一步发展为对其的掠夺与谋害，这在她的第一部小说《可以吃的女人》中表现得尤为明显。小说讲述的是女主人公玛丽安与男友彼得由恋爱到订婚后又逃跑的故事。小说的主旨非常明确：在当代西方消费主义社会中，甚至连女性也沦落为男性的消费对象，而男性成为消费者的关键就在于他拥有先进的现代化科技工具。男主人公彼得就是这样一个率先掌握了以摄影机为代表的各类高端科技设备的人。在一次晚会上，彼得先后用摄影机对准玛丽安，后者都表现出了异乎寻常的恐惧：

他举起相机……她只觉得身子发僵，冷冰冰的。她没法动弹，就那么站在那里，瞪着照相机的圆镜头发呆，甚至脸上的肌肉也不能动。她想对他说别按快门，可是她没动……[7]（P232）

……彼得站在那里，穿着他的黑色豪华冬季西装。他手里拿着照相机，但她现在能看清这究竟是什么东西了。再没有别的门了，她的身体贴到后面的门把门，眼睛却不敢从他身上离开。他举起相机，将她锁定为目标；他嘴巴露出一排尖牙。有一道炫目的亮光。[7]（P243-244）

当是时，彼得身着黑色西装，玛丽安则一袭耀眼的红衣，而红色是最容易成为射杀目标的。而且，在英文中，"拍照"与"射杀"两个词都是"shoot"。综合来看，这根本不是一个普通的拍照行为，俨然是一个躲在暗处的猎人在捕杀他的猎物，而彼得手里的这架高性能的摄影机就相当于捕猎的手枪。

将摄影机、望远镜等比作武器，这种象征手法在阿特伍德早期小说中并不罕见，比如《浮现》的女主人公说："双筒望远镜对准了我，我能感觉到那种目光，如手枪瞄准器射向我额头。"[5]（P138）乔拍摄安娜时，手中的摄像机"像一架火箭筒或奇怪的刑具对准了，按下按钮，上抬，邪恶的嗡嗡声"[5]（P159）。这正如《可以吃的女人》的题名所暗示的，女性与动物一样，都是男性捕杀的对象和餐盘中的食物。男性借由以摄影机为代表的先进科技，实现了对女性的权力施加。科技沦为强者手中对付弱者的武器。于是，原本中性的科学技术演变成了一种极具破坏性的异己力量。

为什么科技总是与男性联系在一起呢？这源于阿特伍德早期一个独特的创作理念：女性与动物的受害认同。由于加拿大的地理与历史特点，动物主题的作品在并不长的加拿大文学史中占据了相当的比例。阿特伍德在《生存：加拿大文学主题指南》（Survival: A Thematic Guide to Canadian Literature，以下简称《生存》）一书里说："加拿大动物故事的类型与主题演绎有着自身的特点。"[8]（P72）她将加拿大的动物文学与英国和美国的动物故事进行了对比，认为英国文学中的动物实际上是"穿着毛皮的人"，动物王国实际上是人类社会的翻版；美国小说中的动物常常是人类征服和捕猎的对象；而在加拿大文学中：

......动物永远都是受害者，无论它们是多么勇敢、灵巧和强壮，最终都会被杀死，不是被同类就是被人杀死......如果文学中的动物永远是象征，在加拿大的动物故事中它们经常以受害者的身份出现，那么这些动物受害者象征着我们民族心理的什么特征呢？[8]（P75）

阿特伍德认为，加拿大的动物文学之所以总是呈现出一种悲悯、无助与伤感的基调，是因为受害动物的身上体现了加拿大人的弱者心理。加拿大的民族心理中潜藏着一种强烈的受害认同感，即总是倾向于将自己摆放在被害者的位置，而女性由于其所处的不平等的地位，尤其容易与受害的动物产生认同。综观阿特伍德的早期作品，女性与动物的受害认同主题频频出现，基本形成了男性为施害者、女性为被害者的二元对立模式。

问题又来了，是不是所有的男性都是掌握科技手段的施害者呢？答案是否定的。阿特伍德表示，她既反对作为施害者的男性，也不赞成作为被害者的女性，在这个二元对立之外，应该还有"第三种人"的存在："理想的情况应该是某个人他既不是杀人者，也不是被杀者。"[9]（P46）事实上，阿特伍德在早期的几部小说中塑造了不少所谓"无害的第三种人"，即虽然是男性，但并不是施害者，比如《可以吃的女人》中游离于男女两性权利战争之外的邓肯；《浮现》里还没有完全被"文明化"的乔。既然并不是所有的男性都是施害者，那么什么样的男性才是真正代表了科学杀伤力的人呢？答案是"美国人"。但阿特伍德所谓的"美国人"概念并不完全是国籍上的。还是以《浮现》为例：女主人公将那些残杀动物、破坏环境，在加拿大湖区乘摩托艇呼啸而过的人定位为美国人，即使在得知这些人其实是加拿大人之后，她依然坚称："他们来自哪个国家并不重要，他们依然是美国人。"[5]（P151）关于"美国人"一词，阿特伍德在《生存》中做了更为明确的定义："美国人就是猎人。"[8]（P70）他们是传统意义上的成功者："他们是猎人、战士和富有侵略性的金融家。"[8]（P75）在阿特伍德笔下，"美国"一词总是与先进的科学技术联系在一起，而"美国人"就是真正掌握科学技术的人。简言之，"美国人"代表了现代科技文明对人类异化的势力。

阿特伍德专家C.A.豪威尔斯（C. A. Howells）在分析《浮现》时说的"就像男人摧毁女人，有些团体和国家也会摧毁另一个团体和国家"[10]（P20）点明了这一理念：美国与加拿大、男性与女性在本质上都是受害者与被害者的关系。阿特伍德在《生存》中说得更为直接："美国（侵略国）是杀人者，加拿大是被杀戮者。"[8]（P77）阿特伍德的这种观点在加拿大具有一定的代表性：经济与科技更为强大的美国对加拿大的影响更多的是负面的。不少加拿大人认为自己的国家"离天堂太远，离美国太近"，美国是加拿大创建自身民族特色最大的障碍。阿特伍德长期以来作为"加拿大文学的代言人"，具有鲜明的民族主义立场，用她自己的话说："如果你试图像一个美国人或英国人那样写作，而实际上你并不是，那你只能制造出一片塑料。"[1]（P9）言下之意是加拿大作家必须立足于自己的国家。加拿大著名文学批评家大卫·斯坦尼斯（David Staines）说阿特伍德："世界成为她的中心，而她关注的显然是加拿大人。"[11]（P22）C.A.豪威尔斯也表达了类似的看法："……加拿大和加拿大性生成于阿特伍德小说的文本空间里。作家植根于某个地方，而阿特伍德的地方是加拿大。"[12]（P48）由此可见，阿特伍德的科学观实际上是与她的民族主义立场联系在一起的：就像男性借由摄影机成为两性关系中的施害者，美国也通过科学技术成为加拿大的强者。

三、手术刀：现代医学的"肉体伤害"

正如小说《别名格雷斯》（Alias Grace）中格雷斯所说的"哪里有医生，哪里就有坏兆头"[13]（P27）。"医学恐惧症"几乎是阿特伍德笔下主人公们的通病。与科技的使用者相同，阿特伍德笔下的医生也无一例外地都是男性，而男性医生的形象又总是和手术刀联系在一起。格雷斯说医生"把他像猪一样割成小块，就像是腌肉似的"[13]（P28），似乎医生与屠夫是同一个职业。"刀"的意象说明现代医学在治疗的同时也不可避免地有所破坏，而再高明的医术也不过是工具理性主导下的高科技手段而已。阿特伍德早期的两部长篇小说《浮现》与《肉体伤害》从生态女性主义的立场出发表达了对现代医学手段与理念的质疑。

《肉体伤害》创作于 80 年代初，小说围绕着女主人公雷妮的乳房疾病和手术展开，讲述了她因乳房切除而遭男友离弃后，以旅游记者的身份来到加勒比岛国，不料卷进当地的政治纷争而入狱，后经加拿大政府出面调停才得以返回多伦多。正如题名所暗示的，雷妮的身体创伤作为女性受害处境的隐喻是贯穿于全书的中心意象。在这部小说中，阿特伍德将现代医学放置于女性与自然的对立面：现代西方医学对身体的救治是在各类现代器械和工具的操作下，借助于各种对人体有害的化学药品，并将身体极端物化的前提下达成的。因此雷妮"一想到再次遭受医院无用的折磨、疼痛、难忍的恶心、细胞的粒子辐射、皮肤消毒、头发脱落，她就无法忍受"[14]（P60）。而这些治疗手段显然也无法根治她的疾病。对于雷妮来说，直接用冰冷的手术刀将病变的地方切除而留给她一具残缺的身体并不是真正的治愈。小说是这样描写雷妮的乳房切除手术的：

现在她浮在天花板下，在一间白色房间的角落里……她的身体在下面的桌子上，盖着绿布，有几个人围着她，戴着面具，他们正在进行一个操作，一个程序，一个切割手术，不是表皮手术，他们要找的是心脏，在那里的什么地方，把它挤出来，一个拳头在一个血球周围打开、合上。也许她的性命得救了，但谁说得清他们在干什么，她不相信他们。她想重新回到她的身体，但是下不来。[14]（P173）

这个手术过程完全如法国女性主义者西苏（Hélène Cixous）所描述的："女性被驱离了了自己的身体"[15]（P347），人的身体被极端物化了。现代医学使得人丧失了对身体的自主性，将人与自我剥离开来。而与此相对应的是，雷妮在监狱中用自己的双手救助女狱友洛拉：

　　她将洛拉的左手握在她自己的双手之间，一动不动，一切都静止不动，但她在竭尽所能地拉住这只手。空气中有一个看不见的黑洞，洛拉在洞的那一端，她必须把她拉过来……她握着她的手，一动不动，用尽全力。[14]（P298）

　　冰冷的刀与温暖的手，医学的理性与身体的感性，男性的技术与女性的情感，阿特伍德有意造设了一系列鲜明的对比。最后雷妮仅凭一手之力将奄奄一息的洛拉从死亡线上拉回来的事实，无疑证明了后者对前者的胜利。

　　事实上，阿特伍德不止一次地在作品中描写女性双手的治愈能力。《肉体伤害》还讲述了一个加勒比老妪用徒手治愈一个德国女人伤脚的插曲；另一部长篇小说《强盗新娘》（The Robber Bride）里女主人公的外婆也是用手成功地为受伤的邻居止血。这种医治方式多少带点反科学的巫术意味。实际上，用手的温度来对抗刀的冰冷，以古老的巫术来对抗现代医学，是响应了这一时期（上世纪七八十年代）西方流行的女性主义思潮中"回归身体、回归自我"的口号。

　　如果说《肉体伤害》是用手来对抗手术刀，那么《浮现》则是以自然力来抵制医学手段。《浮现》讲述的是在书中没有出现姓名的女主人公回到家乡加拿大北部原始林区寻找失踪父亲的过程。小说以女主人公的心理发展为线索，把寻找父亲、重返自然与找回自我三个过程统一了起来。女主人公年少时曾被自己的老师诱奸并致怀孕，又在后者的安排下在医院进行了人工流产："把我绑起来塞进死亡机器、空空的机器里，双腿架在金属架上，秘密的刀子。"[5]（P193–194）这个流产手术给她留下了永久的心理阴影："我被掏空、被切除了；我身上散发着盐水和消毒剂的臭味，他们把死亡像一颗种子一样种在了我体内。"[5]（P169）盐水、抗菌剂、金属架和刀子等意象构成了一个残酷而冰冷的手术氛围。这一次，被摆放在女性身体对立面的是医学。

为了治愈流产事件对她的伤害,多年以后女主人公重返林区时,不管是受孕还是生产,都极具"反医学"色彩。受孕时,她与情人在野外湖边的湿地里:"躺了下来,让我的左手握住月亮,右手握住消失的太阳。"[5](P192)而她为自己设想的生产过程也完全是返回自然式的:

> 这一次,我要自己来,独自蹲在角落的旧报纸上面,或者树叶上——干树叶,有一堆,这反而更卫生。婴儿会像一个蛋似的轻松滑出来,或是像一只猫崽,我要把它舔下来,咬断脐带,让鲜血流回它应属的大地。那时候月亮会是圆月,充满拉力。[5](P193)

树叶代替了清洁剂,鲜血流向大地而不是金属架,靠月亮的引力而不是药物催产剂的力量使胎儿脱离母体。用自然来对抗医学,也是当时生态女性主义的一个重要观点。

根据生态女性主义观点,女性身体与大自然是同质同源的,而女性受孕与繁殖过程与大地孕育万物的性质是一样的。女性的生育能力是男性所不具备的自然力,这对男性的绝对强者地位构成了一定的威胁,成为男性试图完全征服女性的一个障碍。美国女权主义哲学家苏珊·博尔多(Susan Bordo)说,在整个人类社会,"对女性生殖和养育力量的噩梦般的幻想贯穿了整个时代"。[16](P346)而所谓"女阴恐惧症"(gynophobic)的实质就是对女性生育能力的恐惧和厌恶:"当时人们实际上是无法摆脱女性生殖性那不被驯服的力量,并不遗余力地要将其置于强有力的文化控制之下。"[17](P108)于是,医学与自然、男性与女性之间展开了一场子宫争夺战。博尔多认为,17世纪席卷西方的女巫迫害运动,其真正动因就是男性试图将掌控着女性生育力量的"女巫"驱逐出这个领域。这场战争最终以男性的胜利结束。在女巫被逐出的同时,男性进入和控制了女性的生殖领域。

男妇科医生的出现标志着医学正式进驻女性生育领域："男性逐渐掌管分娩和一般的医疗……在助产术上的这种变化使得妇女在分娩过程中处于被动和依附的境地，终于使得人们相信分娩是一种生理上的潜在紊乱，需要男性的有力控制。"[17]（P109）博尔多还说："强迫孕妇接受医学治疗，为进一步侵犯一个女人的隐私和身体完整性提供了一个苦涩的先例。"[18]（P83）所以妇产科是以健康与科学的名义，借助医学技术和医疗器械对原本隐秘和自然的女性生育过程进行无节制的干预与操控。"与'主体的'身体所依据的神圣理由所受到的特殊待遇相反，医学和法律在未经同意的情况下干涉女性的生育生活时所用的方式是随意和专横的"。[18]（P73）简言之，医学剥夺了女性对身体的自主权。

根据生态主义的观点，现代妇产科把孕妇看成是"胎儿孵化器"，是对女性神秘性和自然力的野蛮解构。以男性为主宰的人类文明化进程，其中一部分就是对女性生育的技术化和文明化改造，而改造的方式即是医学。女性怀孕的母体就像大地蕴藏着各类矿藏，而与男性大肆开采土地的矿藏一样，他们也随意地取出和扼杀女性体内的婴儿。人工流产就是男性野蛮破坏女性身体的自然力和自主性的极端体现。从以上分析可以看出，《浮现》一书从某种角度看就是对这一生态女性主义观点的文学阐释。

在笛卡尔把"人"定义为具有思想性、能动性和创造性的主体的同时，身体被贬为这个高贵"主体"的载体。于是，人就是如吉尔伯特·赖尔（Gibert Ryle）所言的"机器里的幽灵"[19]（P92），身体便成了一具没有灵性的、必须由"主体"加以控制和操纵的机器。理性主义将精神与身体看成是两个独立的领域，认为身体是没有丝毫灵性的、纯粹的物质的混沌，而精神代表了人类（其实是男性）文明和智慧的成就，所以身体只能是精神处理的对象。"身体的'去神秘化'或者'去魅'主要表现为身体被机械地看待。"[20]（P126）理性主义宣告了精神对身体的绝对性胜利。然而，当代西方哲学对这种"崇心抑身"的传统哲学进行了反思和清算，认为身体并不是完全被动的物化"它者"，它可以反作用于精神，而且精神与身体之间并没有清晰的界线，于是出现了身体的灵性化和精神的物性化。西方哲学在提高身体地位的同时，也将精神拉下了理性主义至高无上的神坛，于是整个二十世纪后半期的西方思想界都普遍呈现出"精神的式微和身体的反抗"。

在阿特伍德的早期作品中，与精神／身体、男性／女性、文明／自然这些二元对立相应的，是美国与加拿大之间的对立关系。《浮现》的地点设在加拿大北部魁北克的原始湖区。在加拿大面临被"南方传来的病毒"（暗指美国的强大影响）感染的危险时，北方的荒原地区尚处于相对纯净的状态。阿特伍德认为，"南方"代表了以美国为标志的喧嚣的现代科技文明，"北方"则是加拿大民族归属与心理的自留地。因此，苍茫而渺无人烟的加拿大北部荒原既是加拿大的地理特征，也是加拿大人回归本土与自然的心理象征。《浮现》的后面部分，女主人公选择独自留在北部荒原过着茹毛饮血的生活，暗含了加拿大文化界中"向北"的精神诉求与姿态。所以说，阿特伍德"反对医学，返回自然"主题的实质就是回归加拿大自我。反对科技文明、回归自我与回归加拿大，这三者是统一的。远离科技文明，就是回归自然，而回归自然即是回归自我及自我的加拿大属性。

四、结语

必须得承认，在阿特伍德早期的创作中，科学与人性对立的理念是与生态女性主义交织在一起的。但是细究之下，我们还是可以发现，阿特伍德的科学观中，生态女性主义只是出发点，她最终还是倡导人们回归加拿大式的自我与自然。同时也必须注意到，阿特伍德的创作对于科学的解构呈现阶段性特征，早期的作品多是站在生态女性主义的立场，将科学放置于女性的对立面进行批判，但到了上世纪 80 年代中期的《使女的故事》乃至于本世纪初的《羚羊与秧鸡》，则更多地从环境意识和人类社会未来走向的角度来审视科技滥用所可能带来的灾难性后果。《羚羊与秧鸡》中，作为科技时代"失败者"的吉米所就读的玛莎·格雷厄姆学院与"秧鸡"

考入的沃森—克里克学院形成了鲜明的对比。前者象征着已然没落的艺术文化，后者代表了发展到极限的科学技术。阿特伍德在批判对科学的滥用的同时，也为被其摧毁的旧时代唱了一曲挽歌。

也许，每一位当代作家内心深处都会有这样一种隐隐的担忧：科学的极度发展和过度膨胀将会挤掉文学的一席之地，而最终导致文学的灭亡。换言之，文学家这个群体天然具有一种集体"反科学"的倾向。

【参考文献】

［1］Atwood M. Dissecting the Way a Writer Works[M]//Ingersoll G E. Margaret Atwood Conversations. Princeton: Ontario Review Press, 1990.

［2］Atwood M. Camera[M]//Atwood M. The Circle Game. Toronto: Cranbrook Academy of Art, 1964.

［3］丁林棚.视觉、摄影和叙事：阿特伍德小说中的照相机意象[J].外国文学，2010（4）：123-130.

［4］丁林棚.论阿特伍德的《可以吃的女人》中的摄影主题和视觉政治[J].世界文学评论，2009（2）：174-177.

［5］Atwood M. Surfacing[M]. New York: Fawcett Books, 1987.

［6］Rigney B H. Margaret Atwood[M]. Houndmills: Macmillan Education Ltd., 1987.

［7］Atwood M. The Edible Woman[M]. Toronto, Ontario: McClelland and Stewart, 1973.

［8］Atwood M. Survival: A Thematic Guide to Canadian Literature[M]. Toronto: House of Anansi Press, 1972.

［9］Hengen S. Margaret Atwood's Power: Mirrors, Reflections and Images in Select Fiction and Poetry[M]. Toronto: Second Story, 1993.

［10］Howells C A. Margaret Atwood[M]. London: Palgrave Macmillan, 1996.

［11］Staines D. Margaret Atwood in Her Canadian Context[M]//Howells C A. The Cambridge Companion to Margaret Atwood. New York: Cambridge University Press, 2006.

［12］Howells C A. Private and Fictional Words,[M]. London: Palgrave Methuen, 1987.

［13］Atwood M. Alias Grace[M]. New York: NAN A. TALESE, Doubleday, 1996.

［14］Atwood M. Bodily Harm[M]. New York: Bantam Books, 1982.

［15］Cixous H. The Laugh of the Medusa[M]//Warhol R, Herndl D. Feminisms: An Anthology of Literary Theory and Criticism. New Brunswick: Rutgers University Press, 1991.

［16］苏珊·博尔多.笛卡尔的思维男性化和17世纪从女性特质的逃逸[M]//汪民安，等.现代性基本读本.郑州：河南大学出版社，2005.

［17］Bordo S. The Flight to Objectivity: Essays on Cartesianism and Culture[M]. New York: State

University of New York Press, 1987.

［18］Bordo S. Unbearable Weight[M]. Berkeley / Los Angeles，California: University of California Press, 1993.

［19］Ryle G. The Concept of Mind[M]. New York: Barnes and Noble, 1949.

［20］杨大春.从法国哲学看身体在现代性进程中的命运[M]//杨大春，尚杰.当代法国哲学诸论题——法国哲学研究（1）.北京：人民出版社，2004.

后 记

　　"卖布丁"是一个团队名字，是"Mind Building"的谐音，从这个英文词组可见，我们是一个小众的团体，主要由浙江大学张德明教授门下弟子组成，关注点也主要是学术，大部分都离不开我们的专业——比较文学与世界文学。出这样一个集子，主要还是纪念，纪念我们一同走过的日子，纪念我们一起随风而去的青春年华，纪念那些我们一起默默度过互相支持的岁月，过去如此，希望将来也能如此。

　　集子里部分论文已经发表，《"鲁滨逊三部曲"的隐退和修行叙事》刊于《书城》2017年第5期；《〈蓝登传〉与斯末莱特的不列颠帝国想象》刊于《外国文学评论》2017年第5期；《艾米莉·狄金森空间化的诗歌形式创造》刊于《国外文学》2016年3期；《在文学与大众之间：叶芝的民族剧院理念》刊于《艺术百家》2014年5期；《从厨房说起：论〈婚礼的成员〉中的空间转换》刊于《国外文学》2018年第1期；《萨曼·鲁西迪的摇滚神话故事》刊于《书城》2017年第7期；《摄影机与手术刀：阿特伍德的加拿大式"向北"科学观》刊于《福建师范大学学报（哲学社会科学版）》2015年第3期。

　　原本计划中，这是第 1 辑，我们希望以后还有第 2 辑，第 3 辑……但我们这个"团队"，其实是一个很松散的 community，只是因缘际会，在合适时期、合适地点，聚在了一起，共同成长，但我们并没有很强的愿望，组合成当下十分流行的实打实团队，而且大家都有自己的路，再加上人生聚散无常，我们能做到的，就是尽量努力，一切随缘。